人民日报2016年散文精选

有精神日富

2017年最美散文读本

人民日报文艺部 / 主编

人民日报出版社

图书在版编目（CIP）数据

人民日报 2016 年散文精选 / 人民日报文艺部主编 . —北京：人民日报出版社，2017.7

ISBN 978-7-5115-4761-3

Ⅰ.①人⋯　Ⅱ.①人⋯　Ⅲ.①散文集－中国－当代　Ⅳ.① I267

中国版本图书馆 CIP 数据核字（2017）第 135681 号

书　　名：	人民日报 2016 年散文精选
著　　者：	人民日报文艺部
出 版 人：	董　伟
责任编辑：	宋　娜
联系电话：	（010）65369521
设　　计：	金刚创意工作室
出版发行：	人民日报出版社
社　　址：	北京金台西路 2 号
邮政编码：	100733
发行热线：	（010）65369527　65369846　65359509　65369510
邮购热线：	（010）65369530　65363527
编辑热线：	（010）65363486
网　　址：	www.peopledailypress.com
经　　销：	新华书店
印　　刷：	北京鑫瑞兴印刷有限公司
开　　本：	710mm×1000mm　1/16
字　　数：	302 千字
印　　张：	19.75
版　　次：	2017 年 7 月第 1 版　2017 年 7 月第 1 次印刷
书　　号：	ISBN 978-7-5115-4761-3
定　　价：	49.00 元

目录

| 屐痕 |

索布日嘎之夜——我听到了谁的歌声	鲍尔吉·原野	003
天路的色彩	冯文超	009
春山如煮	赖赛飞	012
鸟　道	李青松	017
百年震柳	梁　衡	029
炫目秋景话乡愁	刘醒龙	034
入花山可称高士	龙　一	038
美的款待	陆　梅	042
界　线	罗伟章	045
我在浦市等你	彭学明	048
如果，五里桥有雾	任林举	053
绿色王国里的寻觅	王必胜	057
陕州地坑院	王剑冰	061
登莲花峰小记	肖克凡	064
大埔古村小记	叶延滨	068
黄埔的三个瞬间	周舒艺	071

| 在洞头过七夕 | 周晓枫 | 075 |
| 读　瓷 | 朱谷忠 | 078 |
| 听听桃花 | 邹　园 | 081

| 故事 |

一个土地与文学的"喀喇沁"	荆永鸣	089
谢书记买车	黎衍俊	094
牡丹花开	李　迪	099
雪天送稿儿	刘庆邦	103
药碾子	刘群华	106
扛一座城市在肩上	马宇龙	110
搓澡工阿满	尚书华	113
乡人偶遇	王慧骐	117
水有多宽	王　选	121
青　梨	吴伟华	125
吴先生	杨　邪	129
老陆的生活哲学	张林华	138

| 大先生 | 赵　威 | 140 |
| 与一株水稻对视 | 周华诚 | 143 |

| 忆旧 |

扛标旗的少女——我的春节记忆	陈平原	153
穿上军装见班长	杜卫东	157
一张老报纸	高洪波	161
"梨花伴月"好读书	何　申	164
两封旧函的光泽	黄传会	168
收集牙签的人	黄咏梅	173
信的随想	李培禹	176
夜　聊	马　汉	181
稻香里的乡愁	梅　洁	185
麦与镰的季节	屈绍龙	189
老家门上的"请"字	孙天才	192
童谣岁月长	唐　毅	195
大槐树依然在	王　溱	197

冬夜说书人	徐　鲁	202
想起雪湖藕	徐　迅	206
冬天里的事情	许　锋	209

| 怀　想 |

换个眼光看私塾	古　耜	215
防止公仆变"老爷"	谷　建	218
《副刊面面观》小序	姜德明	221
览"君子有九思"有感	李国强	223
多识草木鸟兽之名	李汉荣	225
须从规矩出方圆	李建永	228
谈艺是最美的事业	刘绪源	230
采采卷耳	刘学刚	233
有精神曰富	陆春祥	237
高寒岭上文成景	马　涌	240
家　教	田之章	243
端午的阳光	熊红久	246

刻下今天，抗拒遗忘	虞金星	249
年味浓淡总相宜	张　策	251
土地的依恋	张　长	254

| 心　香 |

哲学是他的生活方式	黄　萱	261
林纾故居——风华绝唱冷红生	简　梅	266
暮春拜谒周克芹	蒋　蓝	270
白鹿原下樱桃红	刘兆林	274
冲破烽火与雾霾的希望之光	乔忠延	279
孙中山故居——小小翠亨村	丘树宏	283
巾　帼	邵　丽	288
丰子恺故居——一钩新月天如水	苏沧桑	293
田汉故居——国歌依然在故乡回响	谭仲池	297
永远的丰碑	杨海蒂	301

屐
—
痕

索布日嘎之夜——我听到了谁的歌声

鲍尔吉·原野

我的心是一块顽石,在泥泞雾霾中泡过好多年。这样的心常常听不到草叶在微风里细碎的摩擦音。我来牧区,进入蒙古语的言说里面,感觉蒙古语把我的脑子拆了,露出天光,蒙古语的单词、句子和比喻好像是树条,泥巴和梁柁,像盖房子一样重新给我搭建了一个脑子。这个脑子有泥土气息和草香,适合感受马、盐、泉水和歌声,不适合算计,虚伪的功能完全被屏蔽了。我的心仿佛在蒙古语里融化了,剥落掉核桃一样坚硬的外壳,露出粉红色血管密布的心,一跳一跳,回到童年。

我们坐在蒙古包里喝奶茶,外面响起雷声。牧民说:天说话了。其他人附和:天说话呢。是的,蒙古语管打雷叫天说话,也可译为"天作声"。天这个词,牧民常常尊称为"腾格里阿爸"——天爸爸。他们说出这个词自然亲切,像说自己家里的长辈。在牧民心里,一生都接受着天之父的目光,他的目光严厉而又仁慈,无处不在。

在巴林右旗索布日嘎镇,牧民说,他如果需要一块木料,上山选树。砍树的人心里忐忑不安,斧子藏在后腰衣服里。牧民们不砍草原上孤独的树,那是树里的独生子。他到树林里找一棵与他需要的木料相似的树。比如勒勒车的木辐条坏了,就找一棵弯度与辐条接近的树。准备砍树的人下跪、奉酒,摆上奶食糕点,说"山神啊,我是谁谁谁,我的什么东西坏了,需要这棵树,请把这棵树恩赐给我吧,并宽恕我砍树的罪孽。"然后拔出斧子砍树，砍完拖树一溜烟跑下山了。对了，砍树前，他还要掰下几根树杈示警，说：我要砍树了，住在树上的神灵起驾吧！

我跟别人讲到这件事，对方笑了，说蒙古牧民挺幼稚，不懂科学。我想人类从远古走到今天，并非依靠科学，科学也不应该是巧取豪夺之学。人幼稚是说此人尚处在童蒙阶段，如果民族仍然幼稚，它该多么天真纯洁，归它走的路还有很远，这该是多大的幸运呢？

蒙古民族对其信赖尊崇的事物赋予拟人化的代称，比如把加工五谷的碾子叫"察干欧布根"——白色的、吉祥的老翁，管拉盐车队的首领叫"噶林阿哈"——火的兄长，管接生婆叫"沃登格"——大地的母亲。在蒙古语里面，一切都是生灵，彼此是具有亲属关系的父亲、母亲、兄弟姐妹，尽管这些生灵的外形是空气、云彩、土壤、水或结为晶体的盐。人只是这个大家庭中间叫作"人"的小兄弟而已。不同的语言里暗含着不同的价值观，顺着每一条语言的路都会走向不同的终点，清洁的生活产生清洁的语言。

在索布日嘎，我看见一个男人拥抱一个女人，身旁一人赞叹："乃波乃仁恩特贝日乎"。直译为"细细地拥抱"，也可译为"温柔地拥抱"。实际说的是"细致珍惜地抱住她"。我感叹于世界仍有这么体贴人心的语言，如果心与心拥抱，能不细致吗？我感觉人们现在使用语言太粗率了，无所敬畏，也无所怜惜，我们失去了好多用心描摹生活的机会和能力。

蒙古牧民称走马为"蛟若"，最好的走马是"蛟若聂蛟若"——走马中的走马。他们形容马走起来"像流水一样"，这一种步态寓意着马和马倌的智慧。水跟火是蒙古牧民心中的圣物，他们至今恪守着成吉思汗规定的戒律：不许往河水里扔脏东西，不许在河水里洗衣服与撒尿。河是母亲，河水就是母亲的身体。牧民们告诉我：每一座火里都住着一位火神，他们虔诚的神情表示这是不可怀疑的，"火神是一位女性神灵"。火婀娜地伸展腰身，让黑暗退隐，黑暗在远处注视女火神怎样为牧人煮好每一餐饭食。火的纹理没有杂质，如缎子一般细腻。它飘扬的样子正如母亲小声哼唱一首长调。直到现在，牧民们用干净的木柴和纸张引火，不许往火里吐唾沫，不许泼水。火最好的燃料是干牛粪。牧民说，小时候，父亲把他捡回的牛粪里的羊粪、狗粪和狼粪拣出来，烧这些粪是对火神的不敬。水啊火啊，山川大地，人们用清洁的、没有伪饰的语言吸纳你的回音，存在心里。大自然当中所有原初的事物都有浑朴的本质，即使我们闭上眼睛，用手摸一摸它们，也感觉得出这些事物亘古以来未变的质感。闭上眼睛摸摸并捻一捻河水，水的柔软活泼与清澈是一回事。摸一摸石头就摸到了时间的皱纹和古代。摸摸马，你想象马正用长睫毛的、黑水晶一般的眼睛看你，它光滑的脊背有汗，说明刚刚跑完。有一句蒙古民歌的歌词尤其让我感动——"马驹在羊水里就记住了自己的故乡。"牧民们喜欢传诵一个故事，说一匹马被卖到了长江以南的地方，它不知怎样翻山渡河回到了内蒙古故乡。牧民们说到这里，交换眼神，唏嘘赞叹，并用眼神征求我的看法。我心里想这不可能，马固然会泅水也能登山，但它路过地方的人是不会放过它的。我还是跟着牧民一起赞叹，一起惊讶。既然我们会相信网络上天天都有的谣传，为什么不相信马也有返乡的美德？为什么不信火里和水里住着清洁的神灵呢？我宁愿把自己脑子里贮存的所谓知识清除掉，它们也许早过时了，计更多的民间传说和神话进入心灵。索布日嘎的猎人说猞猁聪明，它平时不留下任何痕迹。下雪天，所有野兽在大地上留下脚印，猞猁等大动物出来觅食之后，爪子踩在大动物的脚窝里行走。我眼前浮现出八十多岁的猎人苏达纳木手脚并用模仿猞猁跨越大步的情形，这多好啊！多幼稚，我喜欢这些还没有摆脱童年的幼稚的人们！

今年 7 月 22 日，农历六月十九。我被邀请参加索布日嘎镇吉布吐村祭拜村庄敖包的仪式。祭敖包何其神圣，村虽小，但越小越纯粹，我被邀请参加祭祀，深感荣幸。晚上，我甚至在镇政府的宿舍里来回踱步，享受这份荣幸。巴林右旗要在天亮之前祭敖包。古人称，约略看清自己的掌纹曰天亮，而天亮前依然伸手不见五指。我们凌晨三点钟起床，三点半出发。开车的司机甚神奇，他在漆黑的夜里瞪大双眼看前方，左右转动方向盘，仿佛他是一只夜视的猫，在夜色稠密的草原上看清一条路。车停了，可能停在山脚下，抬头却辨不清山峰与夜空的分割处。我被扶上一台摩托的后座，抱住驾驶员的腰。摩托突突行进，我听到黑暗中有许多摩托轰鸣前进。摩托驮着我们爬上跃下高低起伏的丘陵，我听到水声，摩托冲过浅浅的河流之后停下来。这时影影绰绰看见许多人，却看不清面孔和衣服。我们登上一座不太高的小山。山虽然不高，但登上去周围却清晰了。一座敖包矗立眼前，上面系着飘动的哈达。全村的男人环立敖包前，他们穿着整齐的蒙古袍，戴帽子，脸膛肃穆坚毅。他们的面色好像比夜色还要黑，只有眼睛和鼻梁反光。驮我的摩托车手竟然穿着陆军作战服，他刚从部队复员。村里的敖包长宣读祭文，祈求敖包神灵庇佑村子人畜平安，风调雨顺。吾等全体俯身跪拜，起身献上自己所带祭品。我献上了酒、袋装牛奶、糕点和奶豆腐。拜过我取一点奶豆腐带给父母吃，用我爸的话说"山神吃剩下的东西，人吃了最好。"

站在山上转身看，仿佛就在转身的一瞬间，天亮了许多。天和地像轻云和浓云分开了，沉黑的大地伸向远方。我身边的村民笑眯眯地互致问候，这时能看清他们的年龄和老年人的皱纹了。他们变得轻松而欣慰，相信自兹日起，直到来年，吉布吐村风调雨顺，国家康泰平安，那是必须的。下了山，略多的光线让我看到吉布吐村牧民身穿的蒙古袍有多华丽。这些光让我看清他们海蓝色蒙古袍上的银白团花和橙色的腰带，灰色蒙古袍大襟的桔红滚边。他们比演员更漂亮，他们的英武气质和服饰在大自然中更显出恰当。而我想到一个村的男人们穿着华丽的衣着在夜色里穿行，该有多么诚恳，携带着他们自己才知道的美，让敖包神多么欢喜。大地啊，你有多少我所看不到的美，坚定地、默默地发生，它们发生在事物的肌理内部，而不是表演。

我们又坐摩托又过河，碾过晨曦铺就的地毯之前我们还按巴林人的习惯祭拜了清澈可爱的沃森花泉水。大地亮了，曦光下的大地多么可爱。光线以它刹那千里的怀抱告诉人们草原的辽阔，比长调唱的、骏马跑的还辽阔。如瓷器般青白色的天空刚刚醒来，而大地比天空更宁静，灌木和草毛茸茸地等待苏醒。远处的山峦如同画家的初稿，还差六遍敷色。而我们在飞驰，身旁还有人骑马，他们显出比骑摩托的人高大，手挽缰绳也比手把摩托好看。骑手在马背上跃跃然，瞻顾四方。东方正好有太阳倾泻的红光，如洪水决堤（这些光每天早上决堤一次）。这时看出平坦的草原并不平啊，每一处隆起泥土都被红光刷了漆，像千万座雕塑面东沉思。前方是吉布吐村，光线早于我们赶到那里。"吉布"是箭头的意思，也是古代的名字。村里的彩钢瓦像在屋顶铺了一片片红毡。这个村好漂亮，户户有同样的黄栅栏和带"乌力吉江嘎"（吉祥图案）的大门，街路硬化，新栽的小树排列成行。太阳把鲜艳的红光照在吉布吐村里一点都没糟蹋，这里像一处童话外景地。而我自从祭祀敖包后成了村民中的一员，混迹在摩托车和马队里，与晨风冲撞。我们相互微笑，如同赞美这个时刻，领取大地天空赐予吉布吐村民和我本人的这个美好的早晨。

也是在索布日嘎，几天前，镇里的蒙古族职员组织了一场野餐会，地点在这个镇临近西乌珠穆沁旗的景区"荣升十八景"。他们在一棵枝叶繁盛的黑桦树下面等我，地上铺着防雨车衣，摆着食品，他们大多三四十岁，带着家属孩子。他们并不说什么，却用眼光亲切地注视我，仿佛眼光是一块布，轻轻擦去我脸上的尘埃。蒙古族人口少，同胞为他们自己民族能出一个作家而高兴，这是这么多双目光交织的眼睛送给我的信息。我很惭愧，我还没达到让这些纯真的目光褒奖的程度，但又没法解释，只好看周围景物。那一边山峦俊秀，这一边草场宽广。蒙古黄榆沿河边生长，如同河流的卫士，保护着它的清澈。黑桦树下面歌声响起来了——《诺思吉雅》，所有的人都在唱，他们的眼睛看着树，看着山，看着虚空，仿佛那里写着歌词——"海青河水长又长……"一遍唱完，再唱一遍。他们用嗓音不断往歌的火堆里添柴，不让它熄灭。这情形特别像海浪一遍遍冲刷堤岸，洗刷着我的心。他们怎么知道我需要洗礼？"吾欲仁，斯仁至矣。"歌罢，一个小女孩用蒙古语朗诵了一首诗，诗中说"这座山哪管只有牛粪那么大，也值得跪拜，因为这是我们的土地。"她以稚嫩的嗓音念出这么诚恳的诗句,态度却坚定,竟使我老泪纵横。我怕在别人面前流泪,可在这样的旷野里,我能躲到哪里流泪呢?谁让你遇到这样的歌声和这样的诗呢?

　　高林艾里是一个村的名字,意谓河的村——这真是一个好名字,我参加了一场牧民为我举办的篝火晚会。什么人值得让村里的乡亲为他办篝火晚会?我闻所未闻。听说这是为我办的,我真是惭愧至极。那是在山坡上,村民几乎从山的各个方向走向篝火,他们好奇地看我。一些孩子大胆地与我交谈,他们读过内教版蒙汉文课本收录的我的作品。我觉得更值得一说的是这里的夜色——珐琅色深蓝的夜空下,山坡上卧满牧归的羊,如石羊。篝火烧起来,有一人高,众多火星往更高处蹦跳。村民们用胸膛迎着火歌唱,高音冲向旷野回不来了,低音被火吸走。我走到山坡看篝火和火边的人群,远处有山的暗影,被搅碎的月色在白白的河水里流淌。我忽然问自己,这是哪里?我是谁?我真忘了自己是谁,忽然感到写作跟做一个淳朴的人相比真是微不足道,到牧区来找写作资源更是卑俗至极。人不写作也能活着,而活着值得做的事是清洗自己,我不想当我了,想变成牧民,放牧、接羔、打草,在篝火边和黑桦树下唱歌,变成脸色黝黑、鼻梁和眼睛反光的人。长生天保佑所有诚实和善良的人。

天路的色彩

冯文超

从昆仑山口到唐古拉山，一路上大多是单调的刺眼的白，这是桀骜不化的冰雪的颜色。它不是美白，是锃亮的刀锋。就是到了蓬勃生长季节，草滩上看到的绿色也非常有限。

在这冰雪天地里，你突然见到碧绿、鲜红、紫丁丁、黄生生的一大堆鲜活颜色，那么缤纷和生机勃勃，叫人惊喜莫名。赵师傅送来的菜，就是这样的颜色。那些菜像温室里刚摘下来的一样。这样的颜色，这样的菜，真舍不得吃，想一直这么望着，让它漫漶滴沥到心里去，真是和氧气一样宝贵，养眼又养心。"看见这些菜，就像看到城市了，看见春天了！"守在这里的铁路汉子这样说，粗犷的心里现出温柔来，像见到了约会的女友。

送菜的赵师傅叫赵军让，四十多岁，矮个子，开朗又干练，是铁路上一名老汽车司机。看着这场景，他也咧着嘴，点燃一支烟，舒心极了。他真想好好睡一大觉，可现在不能睡，还得和那辆冰熊保温车接着往高处爬。高处不胜寒，他要去送春天，一直送到传说能伸手抓天摸星的唐古拉。等把菜一一送到，他才能躺下来。

最早送菜，到一个小小的铁路工区，卸菜时，菜箱里有一片萎黄的菜叶，一个工人把它扔了，想想又去捡了回来。这让赵师傅心里很震撼。在这种地方，菜比玉石还贵重。由于海拔太高的缘故，许多人检查身体时发现缺碘，单位还特地给大家配了香蕉，它含碘多，可又最怕冻。他说，我能开好车，也能调好保温车的温度，不使一片菜叶变黄变烂。果然，过了一星期，他送来的菜，一打开箱子，那些红绿黄紫更新鲜，犹如刚摘下来一样，叫人惊叹！人们不知道，为了调好温度，他多次钻进保温车里感受气温，他需要一个春天和煦的温度，太冷太热都不行，一遍遍试，终于从脸上感受到了那种拂面而来的桃红柳绿的气氛。一路上，他也随时根据天气调节着气温，看见降雪了，就用棉帘把车顶的通风机包住，尽管汽车在寒冬猖狂的风雪里穿行，但车厢里还是躺着暖融融的春天。

这条青藏公路，翻山越岭，像条长长的哈达，但可不是光有诗意的，在冻得脸上起疮的气候里，它不是平坦坦的一溜平，让你放心地飙车，而是说不定什么时候会因冻起了凸凹。公路上随时也会积满冰雪。一次送菜路上，保温车出了故障，抛锚在路上了，穷冬烈风，突然又下起了雪，风雪呼啸着，气温骤然下降，冻得他瑟瑟发抖。担心车里的菜，没办法，他只好打电话要救援。离他最近的线路工区的人，在铺着冰雪的路上以最快速度赶来。每十分钟，他的手机就会响起来：老赵，没事吧？坚持一会！当救援车开到时，一片问候声：赵师傅没事吧？那一张张因高海拔变得发青、发红的脸，手里端着的是热水、急救的药，还有装在保温饭盒里的滚烫的鸡蛋汤。他们送给他的也是一个火热的春天。

将心比心，他觉得他们更艰苦。他们就是天路上那两条锃亮的钢轨，是一根根枕木和一块块道砟，从昆仑山一直铺到了四季冰雪的唐古拉。

又一个落雪的日子，他开着这辆冰熊慢慢爬到风火山时，雪愈大了，群山的沟壑变成一道道雪豹纹，戈壁滩上，风雪纵横激荡，如无数雪豹奔扑咆哮。车子不走了，是那个小小的柴油滤清器被冻住了。公路上就他一车一人，烟雪迷茫中，看见了一个黑点，哦，那是藏胞的帐篷，就踩着一脚深的积雪赶过去。那里燃着温暖的牛粪火，奶茶暖了他，滤清器也烤热了，没想到走了几公里又冻住了。他用自己喝的热水烫，不起作用，最后一急，干脆解开棉大衣，用自己的胸口焐，像怀抱着一个冻得脸色发青的婴儿，焐热了，他的脸也发青了，吞食了几粒抗缺氧的胶囊，车又开动了。

行至可可西里大草滩时,他猛然见到雪白的路面上一个黑家伙像路标一样立在公路中间,不好!这是头大野牛!赶紧刹车。

看着它瞪着酒杯大的眼睛,颈上的鬃毛竖起来,像面黑色旗帜,发怒地盯着眼前开来的这辆车。看那家伙肯定是失恋了。春天野牛发情,它争夺不到母牛,就脾气暴躁起来,变得动辄爱攻击。它像拳击师,像摔跤手,像个即将冲来的小坦克,如果被它那么一顶……

老赵也害怕,一股汗水顺着他的头皮往下淌。他紧盯着野牛,紧握方向盘一动不动。时间一分一秒地过去,双方就这样对峙着。

关键时刻来了救星,突然身后传来汽车喇叭声,这是一辆大马力的大半挂车,笛声分贝很高,响得刺耳膜,让人心悸。这辆车司机见老赵的车停在中间挡道不动,就不高兴地拼命按喇叭。老赵却很高兴,因为他看见野牛慌乱了,终于一扭屁股跑到草滩上去了。

当白色的冰熊顺利开进一个个线路工区时,工人们看见那一箱箱装好的冒着春天气味的新鲜的菜和水果,再看看老赵冻得肿起来像面包似的脸,嘴唇青紫。都望着他,半晌说不出话来,只是把一双双手伸给他。

老赵有张照片,那是他正在开车送菜,鼻子里插着氧气管,神情从容。这是大境界,在这世界高处,生命也脆弱,生命也坚强。有不少人一上路就害怕,可老赵知道,心态重要,干好一件事要有好心态。老赵也是普通人,来到这天路上开车,工资也高些,他要养活身体不太好没工作的妻子,还要供孩子上学。他说心态一定要好,干什么工作都要干好。

春山如煮

赖赛飞

那年春天,赴西周镇夏叶村煮山之约。

气温渐升,南方的竹山已蠢蠢欲动。整个山体的地面开始出现裂隙,从肉眼难以察觉,到豁然开朗历历在目,便知地温升高,山将如煮。山边人更知道山腹内绷满的竹鞭,能量积蓄逼近压力的阀点,而信息传递也已经完成——

我们开始吧!

春季到来,也就是时令的信号一旦发布,一年一度的竹山喷发将在很长时间内无法制止。地面凡有变化处必有东西现身,山上忽然满是毛笋尖尖,伴随着它的,有成堆成堆开花翻涌的土石。

如同找到了一个个出口,不知是压力顺着植株,还是植株顺着压力疾速向上,一晃眼已经比人高,依然带着乌青锥头,在击穿地表之后,继续维持着击穿空气的架势。

生长这个词在此需要搁置一段时间,因为听上去慢吞吞。只有释放两字才能担当,气势、速度、声响,一个不少。这几日气温回升快,又连下了几场透雨,毛笋进入了日长夜拔的境界,一夜能长半米高。一日不见如隔三秋亦不过如此。如果走到昨日停留过的地方,发觉看望过的一片笋,不再是笋孩子,竟是笋大人了,会着实吓一跳。

春笋——山上的这个物事太能长,需不时地将其中的货色起出来分配到各家煮它一煮。也只有这个法子才能截停汹涌的生命流，让它暂时止步于此。

这段时间，是浙江象山县山里的收获季节，如同田野里的金秋十月。仿佛"开镰"一词，有飒爽之意，"开锄"一词，则掷地有声。一锄头下去，皆成开山之作。

此际山外的人也到来，看见山上全是笋，路上尽是运笋的队伍，居民家中也是笋，村庄的空气里充满煮开了的笋味——那是某种春风得意的味道。

我们这番前去村民张大哥家挖笋，其实也想顺便挖挖他的生活。我相信他将告诉我的是这辈子经历所得，有些干脆是祖祖辈辈积累下来的，哪怕三言两语，也抵过平日千言万语。

听他说，笋看雨水，如果不足，笋未能成材的就多，趁早挖去晒笋干，是物尽其用。这种笋天生有早夭之相：顶上毛发干枯，捏它的身子一手的僵硬。而能长大成竹的笋，毛发青翠润泽，肉质富有弹性，这一点隔着厚厚的衣服也能摸出来。春笋长成的竹大而直，竹节外鼓，肌肉很厚。由冬笋长出来的瘦小而竹节平，营养不良的样子，它的篾柔韧，坚固，用到后头发红。

上天固有好生之德，每一样都有每一样的好。又如黄泥山长出的竹，属于从小生在优裕环境里未经历练，将来多半要蛀的，石山上出来的竹就像从小艰苦惯了，制成竹器多少年也不会朽坏。三五年的竹最会长笋，生育旺盛，十年以上开始出产稀少，高龄了。

过年以后，春笋现身，至谷雨笋头齐，最多。立夏，开始落市。而八月份开始，冬笋又在竹鞭也就是竹龙根里生出。

运气好时，他们挖到过的春笋之大，在一米四五这样，六七十斤重，就像开矿，远不是几锄头可以搞定。那种情形下，虽然挖的仍旧不过是笋——日常之物，寻宝得手的感觉却实在明显不过，好端端的人就高兴坏了。

开春以后，对于夏叶乃至西周的所有山里人家来说，闲着也是闲着，好天气总要上山。仿佛漫山的宝物出土，不去挖一挖实在对不住。特别是留守的老人家，进山的时候，家里的小狗跟着野游。挖笋人碰到一起，狗的数量与人一样多，而且寒暄得比主人还要热烈。

山里人家，笋现吃现取。如果烤咸笋用，最好是"黄泥头拱"。这种笋是长在黄泥山上竹鞭入土很深处，刚露出地面的黄毛一小撮，大头全在下，未见过世面。

挖出来的笋不能搁过夜，而且得保持不见光状态，免得老掉。前面说过笋的生长势，排山倒海一泻千里，只在时间里老去，并不限于何种形式，不论是在土里还是空气里，是囫囵还是被砍头。只有一点不同，后者属于老上加旧，吃起来硬，不够鲜甜——这也只有张大哥他们才能分辨和讲究，靠着常年围着竹山的本钱和资格。当我试图阻止他们砍削掉尚觉得可以下咽的部分，得到的回复是：这么老还想留，我家的竹椅子送给你煮煮吃去。

张大哥家跟别家一样，山上长着笋，院里家里晒着笋、腌着笋。笋饭、笋团子、笋炒蛋、笋烤肉、红焖小竹笋、大烤咸笋、咸菜笋尖汤……一辈子的笋吃下来，人也吃得落直，气质清淡。

夏叶村依山傍溪，人家与村道的干净，又跟城里的不一样，属于用清风吹过、山泉水洗过、红猛日头晒过的清洁。至于动静，唯有天籁了。

城里人常叫嚣要住到乡村，喜欢，其实多半是逗口舌之利。到夏叶这样清静到骨子里的山野，一天到晚看山看水看人，保证熬不了多长时间。太寂寞了呀。

但张大哥他们不一样，仅仅是竹山笋事，就会占去他们很大的注意力，虽然打理竹山看起来也是很马虎的事情。每年，冬笋到春笋，从十月份到次年夏至，隔三差五地上山，挖笋、收拾笋、吃笋、卖笋，间或呼朋引友。比如今天，到屋边山坡挖笋就花了两个小时，还是一堆人与狗，如果一人一狗，去山深处，准定一日。回来剥笋，也就是用利刃纵向一剖横向一剜，立刻出来大颗雪白笋肉。堆得高高的笋壳运回山里，与竹叶一道成为养分。竹山总是疏松柔软，被笋拱松的，被铁锄挖松的，也是落叶堆积得日久日厚。其实有些人就地剥笋还山，替自己减负过，再干净利落地下来。

烤笋还要更长时间，有时候连煮带焖一夜。时光就是这样过去。生产开路，生活紧跟，两相情愿。隔着季节，隔着一番轮回，期待、忙碌、满足、松口气……一切都是新鲜，人跟着每年翻新一遍，来不及多想，轮不到枯燥乏味。

张大哥挖挖笋，也参与管理着村事，包括一条重要村道的敞亮与否，还带着他的小孙子。小家伙养到村里不久，还没有学会说话，却皮实得很，先学会了作虎啸。每对一事惊讶、高兴，便花起眼噘起嘴长啸一声，无意中能听出另一种生长。爷孙俩特别亲密，总是熊抱在一起。六十开外的张大哥依然壮实，看着怀中的孩子是笋般一日一个样，他每餐就着花样翻新的笋喝几两土烧酒，这日子一溜如水。

半路出城者，若肯这样身心俱在其中，与村庄、与四季、与自然万物同命运共呼吸，才有希望呆下去，直至把自己种活在乡村世界里。

人老成精，笋老成竹，数不清的竹，挖不尽的笋，长长的翠翠的默默的夏叶村。初来乍到的人，一番攀高跌底，呼吸了不一样的空气像换了一番心肺。讲的也都是眼见为实的事体，一桌子家常菜，笋占了好大一片，配着平常一锅白米饭，吃出久违的好味道。

越来越多的人喜欢去挖笋，总归是这件事原始感很强，符合野外、野炊这一类的冲动。一群人得空在山里转悠，恍惚回到了原始人采集的时光，找到了植物鲜嫩的根茎部分，集中，硕大，容易得手，足供饱餐。大家冒昧地欢呼，接下去一顿子掘地三尺，七手八脚，出来后，名正言顺地再次欢呼，才装入卖相同样原始的容器内，卖力地背着走。

为了延续这种原始野性，西周人往往在院子里搭灶，露天烤笋。这甚合吾意。

现挖现剥再现烤，笋切成斜角大块，铁锅里放的是清水和海盐，架起柴火开烧。这味家常菜，算起来金木水火土五行俱全，一番铺排，浪头很大。

比起先前的紧赶慢赶，烤笋完全可以坐下来从长计议。悠闲的时光里，想想笋，想想人。觉得毛笋这种大块头食材，生来是主角的料，绝不肯配合他物。最初使笋成为吃食的前辈们，应该很费了一番功夫吧。当试过什么都不能征服它，只有让水、火、时间这老三味使它服帖。人们对食材的处理经验，通过长期摸索出来的古老的纯粹的吃法，才是经典。西周人对饮食界的贡献，当记上一笔。

生笋总归是糙，一根根粗纤维明目张胆地排列。它是发物，富有刺激性，容易使人过敏，旧疾复生，假如只是生吞活剥吃下去的话。但烤到位了，缺点全消。这是熬制的功夫，笋在锅里退去生涩、桀骜不驯，只留下脆的质地、清的气息、丰富的养分……揭开锅盖一看，满满一大锅只剩下小半锅，柔腻而乌沉，正往外泛出一粒粒白花。

宁可食无肉，不可居无竹，正是西周人，将未来的竹，白煮出肉感。一种素生活，过得滋味甚浓，也是本事，值得再记一笔。

竹为乡土感很重的植物，论及宜室宜家，近乎标配，皆大欢喜。深谙此道，每当春天来临，西周人包括夏叶人就广发英雄帖，多多益善地过起笋节，时间在4月中旬到下旬长达二十天。

下手算狠，一个节日，就将一年中最美的时光都取走了。

鸟 道

李青松

> 来不过九月九，飞不过三月三。
>
> ——巍山民谚

一

当鸟醒来的时候，森林就醒了。

这是一个寒凉的早晨，我带着一支小分队在巍山的林子中穿行，深一脚，浅一脚，沿着意外横生的林间小道。我们是清晨从管护站出发的。出发时未见天气异常，走着走着，忽然就下起雨，接着就雾气弥漫了。

细雨和浓雾打湿了衣衫，发梢及鬓角有水向下滴落，也不知是汗水还是雨水。七拐八拐，湿漉漉的林间小道归入一条蜿蜒的湿漉漉的古道。虽然脚步沉重，但脚下的古道却令我们兴奋，那是当年徐霞客走过的路，那是当年驮着普洱茶的马帮走过的路。磨光的石头路面上，泛着幽幽的光，深深的臼形马蹄窝里尽是传奇。

古道旁边是高大的松树，间或，经年的松针和破了壳的松果，跌满路面。松树下的蘑菇和菌子很多，松鼠在树上蹿来蹿去。松林里弥漫着一种松脂、腐殖层和菌子混合的气息，令人神清气爽。我随手摘下一枚松针，用手搓了搓，然后放在鼻孔前，尽情地吸着那浓郁的松香的气味，倏忽间，那种感觉又勾起了我记忆深处的某种东西。

是啊，现代文明夺走了我们对气味的敏感性。我们适应了汽车的尾气，适应了工业废气，反而对泥土的气味、草木的气味渐渐生疏了，我们对时令变化的感觉越来越迟钝了。

变化莫测的古道总是在前面故意丢下一些诱惑，把我们往高处引。行走相当艰难。说是在行走，实际上是在攀爬一座高山。只不过，一切都被这座猛恶的林子遮挡了，视线之内全是高高低低的树木。森林是以华山松为主的针叶林，树龄在三十年之上了。间有旱冬瓜阔叶树，也有楠竹、箭竹、野山茶、厚皮香等竹子和灌木，灌丛中毛蕨菜多得很。一丛一丛，密不透风。密林深处，偶有惊悚的鸟叫传来，弄得人心里一颤一颤的。

这是险象环生的一段茶马古道，垭口，古称隆庆关。

康熙年间的《蒙化府志》（古时，巍山被称为蒙化）记载："隆庆关在府城东，高出云表，西有沙塘哨，望城郭如聚，东有石佛哨，西山如峡，八郡咽喉。"这段文字寥寥数语，却把隆庆关的地理位置、险要程度，及所处的地位和所起的作用，描绘得清清楚楚。

向导告诉我，从前，在巍山，人跟人吵架吵得不可开交，或者做事发横寸步不让的时候，就会有人说："你狠就到隆庆关站起嘛！"

向导是管护站的一名护林员，彝族汉子，绰号"野猫"。每天在山林里巡护，"野猫"熟悉这里的一草一木。他身穿迷彩服，头戴迷彩帽，黝黑的脸膛透着憨厚和淳朴。"野猫"家住在山下的村里，小时候就是捕鸟的高手，后来看了一部电影，就醒悟了，再也不干捕鸟的勾当了。

我问："那部电影叫什么？"向导"野猫"说："是一部纪录片，叫《迁徙的鸟》，好像是一个法国人拍的。"我说："对，导演叫雅克贝汉。那部电影我也喜欢。""噗噗噗！"向导"野猫"用双手做着鸟飞翔时翅膀扇动的动作，说："电影里的空气像是被鸟切开了一样。"我说："是啊，雅克贝汉是一位了不起的大导演。"

忽然间，树干上的爪痕引起我的注意。"林子里都有什么动物？"我问。"豹子、林麝、野猪常在林子里出没，猞猁爬树最厉害。"向导"野猫"说。

一听说林子里有豹子野猪，大家就有些紧张，眼睛不由自主地往两边的树丛里打探，唯恐跳出一匹豹子或者别的什么猛兽，把自己叼走，脚步便有些急促了。

尽管队伍阵形有些散乱，人人腰酸腿软，汗水横流，但没一个人掉队。我们目标明确，信念坚定，什么也动摇不了我们前行的脚步。经过艰难的攀爬，及至晌午时分，我们到达了目的地——准确地说是登临了目的地，那是一个神秘的所在，令我瞪大惊诧的眼睛。

二

那是一座奇崛的垭口。

海拔两千六百米，远看垭口高过云表，两端陡峭，隘口处可谓一夫当道万夫莫过。右侧是一座破败的石坊，名曰"路神庙"，庙旁边赫然矗立着一块长条石碑，碑上刻着四个大字：鸟道雄关。

所立石碑距今已有五百年的历史了。向导"野猫"说，碑宽五尺一，高二尺一，厚三寸。他的粗糙的手指就是标尺，那碑已被他量过无数遍了。据说，那四个字为明代万历年间某位文人题写，可惜，其姓名已无从查考了。估计，也不是等闲之辈。向导"野猫"指着石臼状的深深的马蹄窝说，当年出关进关的马帮，马蹄必踩这个蹄窝，不踩，马匹就过不去。我仔细看了看，还真是——不难想象，当年马帮行走至此是何等谨慎和小心呀。

史料记载，这里是昆明由弥渡进入巍山，直通滇南而达缅甸的古道关隘。历史上，此处是滇西古驿道的必经之路，商贾、脚夫、货郎、马帮通过此关进入蒙化（巍山），往思茅，去西双版纳。往西呢，也可抵保山，达芒市、瑞丽而后入缅甸。

南诏时期，唐朝派出的官吏，就是从此关入南诏的。明代徐霞客也是过此关入蒙化的。"鸟道雄关"所在的山唤作达鹰山，这是前些年改的名，原名叫打鹰山。

有专家考证，这是地球上迄今发现的最早的有明确文字记载的鸟道。

此处既是古代马帮通行的地面道路,也是候鸟通行的空中道路,是人道与鸟道的巧合,是一个空间与另一个空间的相叠。

巍山县林业局长危有信告诉我,每到中秋时节,有成千上万只候鸟从这里经过,越过哀牢山脉,到缅甸、印度、马来西亚半岛等地去越冬。危有信说,每年飞经这里的候鸟有数百种,常见的有天鹅、鹭鸶、长嘴滨鹬、白鹤、海鸥、大雁、黄莺、斑鸠、画眉、喜鹊、鹦鹉、海雕等等。当中能叫上名字的,只是一少部分,更多的叫不出名字呢。

碑上的字为繁体字。"鸟"字颇有意味,头上的一撇被刻意雕成了一只鸟和一把刀的形状。繁体字的"鳥",下面应该有四个"点"的笔画,但碑上的"鸟"字只有三个"点"。也许,这是古人在提醒后人,要注意保护鸟,否则,鸟会越来越少吧。

候鸟迁徙是一种自然现象。

当地有民谚:"来不过九月九,飞不过三月三。"

候鸟的迁徙是一场生命的拼搏和延续。迁徙呈现了鸟类坚定的意志。迁徙虽危机重重,但却数千年经久不衰。为了履行那个归来的承诺,候鸟坚持飞向那遥远而危险的里程。飞翔,飞翔,飞翔,不停地飞翔,只有一个目标——为生存,最终却献出生命。当春天来了的时候,候鸟们开始展翅启程,飞往北极出生地,有些是不舍昼夜的急行军,有些则是分阶段的,一程又一程,朝遥远的目的地奋力疾飞。

候鸟以太阳和星星来辨别方向,对地球磁场如同罗盘般敏感,始终如一地在不同纬度间穿梭飞行。它们经历着时间和空间的演进,它们看着花开花落,经历着生老病死,它们俯瞰着地球,呼吸着地球每一寸肌肤散发出来的气息。

它们生命的全部意义就在于飞翔和迁徙。

飞翔在体现候鸟生命存在的同时,也给了它们生命的目标——不畏严寒不畏风暴,无论白天还是黑夜永不停歇,即便是短暂的歇歇脚,也是为了更好地前行。沿途的美景不重要,重要的是目标和承诺。从寒冷的极地到炎热的沙漠，从深邃的低谷到万米高空，候鸟在迁徙的过程中，面对各种艰难环境和人类的贪婪，表现出了惊人的勇气、胆略、智慧和情感。

经过千辛万苦，到达目的地之后，候鸟便筑巢产卵，哺育后代，延续生命。不久，小鸟诞生了。随着时间的推移，新生命将跟随父母进行一生中的第一次迁徙。幼鸟才刚刚学会飞行，就要启程，没有预习也无须探路，便能惊人地抵达数千里外的目的地。

迁徙是候鸟关于回归的承诺，而它们为此却要付出几乎是生命的代价。周而复始，矢志不渝。

那个永恒的主题还在继续——迁徙，迁徙，迁徙。

鸟类自身虽然拥有看清云层活动的锐利的"气象眼"，但风暴和浓雾等糟糕的天气现象，常常干扰它的分辨力，使得航向选择发生局部错乱，并往往被光源所吸引而迷失方向。

中秋节前后，"鸟道雄关"常出现"鸟吊山"的奇景。

由于"鸟道雄关"特殊的地理位置，使得冷暖气流在此交汇，形成浓雾缭绕的现象。夜晚，雾气更是浓重，甚至遮住了月亮星辰。候鸟至此，分不清路线，不得不停留下来。所有的鸟都涌向那个狭窄的隘口，它们互相碰撞，发出各种婉转凄切的叫声。此时，当地村民用竹竿击打，不消两三个时辰，即可捕获一两麻袋的鸟，俗称"打雾露雀"。

鸟类趋光现象，至今科学家没有给出合理的解释。

不单单是"鸟道雄关"，在整个哀牢山地区"鸟扑光"的事情屡屡发生。据说，上世纪70年代，一猎人在山中打猎，夜宿山林，生火取暖时，突然间有大量鸟俯冲下来，扑入火堆，活活烧死。猎人认为这是凶兆。他不知所措，惶惶然逃下山去。

1958年，大理北边鸟吊山脚下有一座木棚失火，恰好那是一个无月有雾的夜晚，熊熊大火映红了夜空。霎时，引来无数的鸟，鸟群在火光附近扑棱飞翔。赶来救火的人，这才猛然想起，这座山为什么叫鸟吊山了。从此，每年秋天都有人来燃篝火打鸟，曾有人创造了一夜打的鸟装了八麻袋的纪录。人背不动，是用四匹骡子驮下山的。

当然，用竹竿击打，致使鸟雀直接毙命之法过于残忍，更多的则是布网于鸟堂或者鸟场之上，张网捕鸟。

早年间，当地农民在鸟岭上掘出很多坑，坑口用树枝和茅草遮挡，坑底铺之以树叶或者干草，人藏在坑里，眼睛透过坑口的掩盖物看着空中。坑口之上是一张张网，网前是点燃的松明子或干柴堆，也有点煤气灯、电瓶灯的。夜里，雾气弥漫，看不到星星了，鸟会产生一种错觉，把火光或者灯光当成了黑夜里的光明通道，纷纷扑来。坑里的人呢，就蹲着，守网待鸟。鸟扑进网里，就有来无回了。

那坑不叫坑，它有一个文雅的名字，叫鸟堂。而山顶树木砍掉后暴露出的林间空地，并且可以张网捕鸟的地方，则叫打鸟场。在南方的很多地方，田是田，地是地，鸟堂是鸟堂，打鸟场是打鸟场。土改时期，当地有分田分地分鸟堂分打鸟场之说，也就是说，鸟堂、打鸟场与田和地一样，都是革命的果实，是农民赖以生存的生产资料。田和地是可以继承的，鸟堂和打鸟场也是可以继承的。

在鸟堂里、在打鸟场上张网捕鸟是流传已久的民间传统。

1988年之前，一些村民一辈子就靠捕鸟为生，一个鸟堂或一个打鸟场就可以养活一家人。"鸟无主，谁捕谁有""鸟是天子送来的礼"，村民把捕鸟看成如同采野果、采菌子一样寻常。

打开云南老地图就可看到，茶马古道沿线光是叫"鸟岭""打雀山""打鹰山""鸟吊山"的地名就有三十多处。据粗略估算，早年间，每年被捕获的候鸟都有不菲的数量。

年复一年，亘古不变。

直至《野生动物保护法》颁布，村民像挨了一记闷棍，被敲醒了。捕鸟成了犯法的事情，再也不能捕鸟了。鸟堂、打鸟场被渐渐废弃了。

荒草和苔藓，从废弃的鸟堂里百无聊赖地长出来了。

灌木和芭茅，从废弃的打鸟场上肆意妄为地长出来了。

三

一个秋日的黄昏，当雅克贝汉注视着一群叫不出名字的候鸟戛然划过巴黎上空的时候，他忽然想飞。他说："在人类的梦想里，总有一个自由的梦想——像鸟一样自由飞翔的梦想。"我们这些早已在灵魂上折断了翅膀的鸟儿，在某个早晨或午夜，在登上飞机或走出地铁的一瞬间，是否也有一种久违的冲动呢？

每年，全球有数十亿只候鸟在繁殖地与越冬地之间飞翔迁徙。迁徙距离最远的可达两万公里，是地球上最壮观的景象之一。

候鸟迁徙往往沿着一条固定的路线飞翔。那条固定的路线通常又被称为"候鸟迁徙通道"，简称"鸟道"。

地球上共有八条鸟道，其中就有三条经过中国。一条为东线，来自西伯利亚的候鸟沿大陆海岸线南下，至菲律宾和澳大利亚，以躲过寒冷的冬天。一条为西线，候鸟穿越四川盆地、哀牢山山脉和青藏高原山口，进入南亚次大陆和云贵高原越冬。一条为中线，来自蒙古中东部草原的候鸟经内蒙克什克腾旗沿太行山、吕梁山越过秦岭，经罗霄山脉与雪峰山脉之间的天然通道，往南方或南半球越冬。

鸟在水上飞，

鸟在山上飞，

鸟在树上飞，

鸟在风里飞，

鸟在云里飞，

鸟在梦里飞。

"鸟道雄关"仅仅为西线鸟道上的一个节点，而这个节点却有着至关重要的意义——它是整个西线鸟道的"喉结"。

喉结通畅，鸟道才能通畅。如果喉结出了问题，就有可能导致候鸟迁徙发生大的灾难。后果难以想象。

雅克贝汉说:"人总是在改变,而鸟却从来不。"鸟的眼睛长在两侧,它们实际上看不到前进的方向,但它们飞往目标的信念从未动摇过。人类的眼睛长在前方,但却常常处在迷茫中,找不到前进的方向。

四

浓雾,渐渐被我们甩到了身后,留给了稠密的森林。

从"鸟道雄关"下到管护站,由于出汗过多,口渴得要命。危有信差人找来刚刚采下来的新茶,用火塘上白铁壶里烧得滚烫的山泉水,为每人泡上满满一杯绿茶。我们顾不得斯文了,端起杯子就喝,结果被烫得够呛。

危有信向我们介绍说,"鸟道雄关"位于哀牢山北段的五里坡林场境内,这绿茶就是林场的茶园自产的,是原生态的高山云雾茶。我又端起杯子,先闻,后品,再饮……果然是好茶呀!

在管护站的屋檐下,我们坐在木墩上,围着一张木桌开了一个小型座谈会。

危有信介绍,管护站于多年前就组建了护林队,队长叫黄学智,1962年生。队员除了今天为大家带路的"野猫",还有六位,他们都在山林里执勤巡护,晚上才能回到管护站。他们的名字分别叫李友平、李家彪、字兴城、李如祥、字朝家、徐礼兵。他们多数是山下村民,因为自愿爱鸟护鸟,才被招聘来的。工资不高,每月才八百元,由县上财政统一解决。

我说:"工资的确不高,应该增加一些。护林员也要养家。"危有信讲话还是带有一些当地口音的,我担心记错,就叫他把护林员们的名字写在一张纸片上。当危有信把写好名字的纸片递给我时,我惊讶地发现,危有信的字写得工整、稳健,是标准的行楷呢。

候鸟迁徙季节,队长黄学智和队员们就干脆在山顶搭上帐篷,昼夜巡护。让当地村民改变或者彻底放弃传统的捕鸟习惯是一件很难的事情。许多村民农闲时出去打工,候鸟回迁的季节,就追随着候鸟的翅膀回来布置机关了。捕鸟机关被护林员拆除后,还伺机报复。护林员到村里办事遭村民围攻或者追打是常有的事。有的护林员家里的稻田被投了除草剂，导致秋天颗粒无收。甚至，有人往护林员家里抛砖头，砸玻璃。

队长黄学智，眼神里透着机警。他个子不高，长得敦敦实实。他穿的那件汗渍斑斑的红马甲，边角都被刮破挂花了。一看就是个老山里通。他从事护林工作已经有三十七年了。在巡山时曾被兽夹夹中，险些失去一条腿。为了救治一只受伤的鸟，他爬树误碰了马蜂巢，结果马蜂群起攻之，他跳下树逃跑，而发怒了的蜂群并不放过他，疯狂追赶，情急之际，他一头扎进一个水塘里，才算躲过一劫。护林护鸟工作，实际上还是做人的工作，把人看住。黄学智经常提上酒，拎上腊肉，到那些老猎手家里喝酒，与他们交朋友。一边喝酒，一边讲解有关国家法律规定，苦口婆心地劝他们以后不再打鸟。就这样，许多捕鸟人转变成了护鸟人。

1997年9月，国际鸟类研究会议在巍山召开。美国、英国、法国、印度、越南、泰国、印度尼西亚等国家和地区的四十多位鸟类专家参加了会议。会议期间，鸟类专家们还专门到鸟道雄关开展了科学考察活动，并环志候鸟八十八个品种两千五百多只鸟。

"都是为小鸟而来吗？"那些蓝眼睛黄头发白皮肤黑皮肤，操着难以听懂的各国语言的外国专家的到来，令巍山人瞪大了眼睛。随着外电的报道，"鸟道雄关"一夜之间世界皆知了。

然而，捕鸟人并没有因为"鸟道雄关"的闻名遐迩而收手。

2009年10月，某日凌晨，危有信正在沉睡，一阵急促的电话铃声把他吵醒，是护林员打来的。说"鸟道雄关"附近的山上有人捕鸟，人数众多，护林员制止无效，请求派森林公安干警出警。冒着细雨和大雾，危有信带领森林公安干警急速赶到现场。好家伙，护林员被围住了，数十束手电筒的亮光照彻夜空。旁边是"咻！——咻！——咻！"不绝于耳的用竹竿打鸟的声响。

危有信命令森林公安干警分两路包抄，说时迟，那时快，有五名捕鸟人被当场擒住，其余捕鸟人见势不妙，呼啦啦消失在夜幕中。现场泥泞不堪，追捕过程中有一名干警摔倒，造成腿部受伤。

这次行动收缴了一批竹竿和死鸟，还有数件雨衣、灯具等物。经询问才知晓捕鸟人都是石佛哨村人。危有信陷入沉思，宣传的力度不可谓不大，打击的力度不可谓不小，可为何捕鸟的事情还屡屡发生呢？

次日，危有信带领鸟类环志人员来到石佛哨村，把夜里收缴的竹竿、雨衣、灯具等一应放在村委会的木桌上，让村主任通知村民来认领。可是两三个时辰过去了，没有一个人来。村民以为，这是来抓人的。偶尔，有几个孩子在门口缩头探脑地张望。危有信把几个小孩叫进屋，问他们都叫什么名字。说话间，环志人员取出鸟环给随身带来的鸟戴上，然后让每个小家伙摸一摸。危有信说每只小鸟都能吃很多虫子，虫子少了，才能多收粮食。

"打鸟好不好？"危有信问。"不好！"几个小家伙异口同声地回答。小家伙们一双双天真的眼睛看着那只小鸟。"来，你们把它放飞了吧。"孩子们手捧着那只小鸟来到院子里，危有信说大家一起倒数五个数："五、四、三、二、一，飞吧！"小鸟呼啦啦飞走了。大家热烈鼓掌。"回家告诉妈妈，不让爸爸打鸟好不好！""好！"孩子们蹦蹦跳跳地离开村委会，回家去了。

到底有没有效果呢？危有信接连几个夜晚上山查访，"鸟道雄关"静悄悄的，一片安宁。

五

"鸟群高声的啼叫激活了漆黑的夜空，那震耳的歌声形成阵阵气流，我在薄雾渐消的黎明，听到了这种吟唱。"这是奥尔森描述的夜晚美国苏必利尔荒原上的鸟鸣。

然而，在中国云南的哀牢山，我分明也听到了类似的鸟鸣。尽管相隔万里之遥，但对于鸟的翅膀来说，距离从来就不是问题。

如果说奥尔森从古朴的荒野中找到了一种抵御外界诱惑的定力，一种与天地万物融为一体的安宁的话，那么我在哀牢山鸟鸣中，时而哀婉、时而欢愉的调子里,却感受到了某种复杂的无法准确描述的东西。这就促使我更冷静地思考,人与自然到底是一种怎样的关系?人该承担起怎样的使命和责任?

危有信告诉我,已将"鸟道雄关"申报自然保护区,保护的对象就是此处的山林及飞经这里的候鸟。巍山县政府颁布了禁捕令,严禁在"鸟道雄关"捕鸟,违者按法律惩处。然而,举凡天下事,从来堵不如疏。可是,如何疏呢?危有信说,准备在"鸟道雄关"建一个观鸟台,开展有组织的观鸟活动。通过观鸟活动拉动乡村生态旅游。山下村民可以搞一些"农家乐",为观鸟者和游客提供餐饮和住宿服务。让村民参与保护和服务,让村民在保护和服务中获得收益。

"变被动保护为主动保护",危有信的眼睛眨了几眨说,"当保护候鸟也能使村民的腰包鼓起来,也能买上小汽车,也能盖上新房子的时候,谁还会冒着触犯法律的风险捕鸟呢?"

我无法判定"鸟道雄关"的未来,因为未来不仅仅取决于今天的认识,还有行动和坚守。不过,鸟的翅膀与生态文明的脚步相伴相随,是可以肯定的了。

尽管地球表面被人类糟蹋得面目全非,但在天空中,鸟类仍然是主角,无论是雪鹅、野鸭,还是大雁,都有自己的尊严。雅克贝汉说:"对我而言,唯一重要的东西就是美好的情感。"还用问吗?雅克贝汉的美好情感一定在空中,那飞翔的翅膀,已经永留在他的梦里,永留在他的心间。然而,对鸟来说,鸟不会等任何人,它的目标是远方。

——稍纵即逝。

——稍纵——即逝。

在巍山走动的日子里,我常常被一种淡淡的幽香所吸引,所陶醉。原来,那是幽兰的芳香。巍山人养兰之风始于唐代南诏时期,民间一直有养元旦兰、素馨兰、朱砂兰的传统。朱砂兰更被尊为明清的贡品,被称为"圣品兰"。随意走进某个村落,推开半掩的院门,满院的清香就会扑鼻而来,让你无法闪避。

我想，爱兰花的人，也一定热爱生活，热爱生命吧。

由幽兰我又想到了候鸟。是的，当"鸟道"与"人道"相遇之后，人性深处的东西——善，或者恶，就淋漓尽致地呈现出来了。

候鸟，为了生存而艰难迁徙的历程，也许，并没有大开大阖的戏剧情节、跌宕起伏的个体命运，有的只是鸟的悲切与顽强，欢乐与不幸。飞翔，飞翔，飞翔。鸟的羽翼在风中闪动，我们似乎能够触摸到风的颗粒了。然而，看得越清楚，内心便越是凄凉了。为鸟？为我们人类自己？此时，这种复杂的心境，连我自己也说不清楚了。或许，今日鸟类的命运，就是明日人类的命运。

在巍山，在巍山的"鸟道雄关"，跟随着候鸟飞翔的翅膀，我渐渐发现，与自然之间的接触，与动物之间的感情，其实对人类来说始终是一种需要。它让我们感受到生命存在的奇迹，感受到生物之间奇妙的感应和联系。

飞吧！飞吧！飞吧！

——候鸟。

百年震柳

梁 衡

地震能摧毁一座山，却不能折断一株柳。

约在百年前，1920年12月16日晚8时，宁夏海原县发生了一场全球最大的地震，震级8.5，裂度12，死二十八万人，震波绕地球两圈，余震三年不绝，史称"环球大地震"。这远远大于后来我国1976年的唐山大地震和2008年的汶川大地震。虽已过去近百年，海原大地震仍然是全球地震界说不完的话题。

1920年的中国，民国初立，军阀混战，天下大乱。贫穷落后的西北忽又遭此奇祸。是年秋，海原的小气候突然变好。田野丰收，谷物满仓，梨子硕大无比，直把枝条压得喘不过气来。而树上秋果未落，春花又开，灿若白雪。当人们正惊异于天降祥瑞之时，进到12月却怪象频频。群狼夜嚎，畜不归圈。平日里温顺服帖的家狗瞪眼、炸毛，疯狂地咬人。天边黑烟滚滚，地心雷声隐隐。深夜里山民静卧窑洞，望见远山红光罩顶，又闻炕下的土层深处，有如撕布裂木之声，令人毛骨悚然，惊为魔鬼作祟。

到16日晚8时，忽风暴大起，四野尘霾，大地开始颤动，如有巨怪在土下钻行。霎时山移、地裂、河断、城陷。黄土高原经这一抖，如骨牌倒地，土块横飞。老百姓惊呼："山走了！"有整座山滑行三四公里者，最大滑坡面积竟毗连三县，达两千平方公里。山一倒就瞬间塞河成湖，形成无数的大小"海子"。地震中心原有一大盐湖，为西北重要的产盐之地。

湖底突然鼓起一道滚动的陡坎，如有人在湖下推行，竟滴水不漏地将整个湖面向北移了一公里，被称之为"滚湖"。至于道路断裂，田埂错位，村庄塌陷等，随处可见。所有的地标都被扭曲、翻腾得面目全非。

这些被破坏的还都是些非生命之物，而受灾最重的当属人，有生命的人。当地百姓一向生活苦寒，平日居住全靠依山挖洞为窑。这种既无梁木支撑，又无砖石为基的土窑，大地轻轻一抖就轰然垮塌，整村、整寨、一沟、一坡的人，瞬间就被深埋黄土之中，如意大利庞贝古城之灾。水灾之患，还可见尸；火灾之患，还可寻骨；而地震之灾人影全无。所谓"死者伏尸于黄土之中，无骨可葬；生者龄居于露天之下，无家可归"。震中的海原县有人口十二三万，粗略统计就死了七万余人。有一户人家正在为过世老人做周年祭，请来亲朋三十多人，全数被捂在土中。震后常有孑遗者指某处说："这里埋我全家。"整个震区在多少年后才大略统计得死亡人数约二十八万人。至今，这仍是全球史上死亡人数最多之天灾。当时的甘肃省长给大总统徐世昌的十万火急电报说："人心惶恐几如世界末日将至，所遗灾民，无衣、无食、无住，游离惨状目不忍见，耳不忍闻"。但北洋政府也只是以大总统的名义，捐一万大洋了事。

海原大地震实是因地球的印度洋板块与太平洋板块相互挤压所致，与近年来的汶川大地震同出一因。在这条地震带上有两个巨人一直在扛着膀子，艰难地较劲。这种相持，大约千年左右就会打破一次平衡，两身相错，大地轻轻一抖。有案可查，1982年国家地震局曾在当地开深槽验土，探得六千年来，在海原地区这两个板块就有六次因较劲失手而引发地震。第一、二次大约在五千年前，第三次在两千六百年前，第四次在一千九百多年前，第五次在一千年前，第六次即海原大地震，在一百年前。不要小看两个板块轻轻一擦，世界就几死几活，如同末日降临。

远的没有记载，就说百年前的这一次，大地瞬间裂开一条二百三十七公里长的大缝，横贯甘肃、陕西、宁夏。裂缝如闪电过野，利刃破竹，见山裂山，见水断水，将城池村庄一劈两半，庄禾田畴被撕为碎片。当这条闪电穿过海原县的一条山谷时，谷中正有一片旺盛的柳树，它照样噼噼啪啪，一路撕了下去。但是没有想到，这些柔枝弱柳，虽被摇得东倒西歪，断枝拔根，却没有气绝身死。狂震之后，有一棵虽被撕为两半，但又挺起身子，顽强地活了下来，至今仍屹立在空谷之中。

为了寻找这棵树，我从北京飞到银川，又坐汽车颠簸了四个多小时，终于在一个深山沟里找到了它。这条沟名为哨马营，一听这个名字，就知道是古代的屯兵之所。宋夏时，这里是两国的边界。明代时，因沟里有水，士兵在这里饮马，又栽了许多柳树供拴马藏兵。后几经更迭，这里成了一个小山庄，住着五户人家，过着被外界遗忘的桃源生活。直到1981年由中国、美国、加拿大、法国组成的联合考查队，沿着二百三十七公里长的地震裂缝徒步考查时才发现了它。我们从县城出发，车子在大山的肚子里翻上翻下，左拐右折，沿途几乎没有看到人家，偶有几座扶贫搬迁后留下的废院子，散落在梁峁沟坎之中。坡上大多是退耕后的林地，树苗很小还遮不住黄土。可想百年之前，这里更是怎样的荒凉寂寞。正当我心头一片落寞之时，身下的沟里闪出一团翠绿，车头一拐，驶入谷底。行到路尽之处，眼前的一棵大柳树挡住了去路。原来这条路就是专为它修的。

这就是那棵有名的震柳。它身高膀阔，站在那里足有一座小楼那么大。枝叶茂盛繁密，纵横交错，遮住了半道山沟。难怪我们在山顶上时就看见这里有一团绿云。沟的尽头依稀还有几棵古柳。脚下有一股清泉静静地淌过，浸润着这道沟。几头黄牛正低头吃草，看见来人，好奇地摆动尾巴，瞪大眼睛。这真是一个世外桃源。欲问百年事，深山访古柳。但我不知道这株柳，该称它是一棵还是两棵。它同根、同干、同样的树纹，头上还枝叶连理。但地震已经将它从下一撕为二，现在两半个树中间可穿行一人。而每一半，也都有合抱之粗。人老看脸，树老看皮。经过百年岁月的煎熬，这树皮已如老人的皮肤，粗糙、多皱，青筋暴突。纹路之宽可容进一指，东奔西突，似去又回，一如黄土高原上的千沟万壑。这棵树已经有五百年，就是说地震之时它已是四百岁的高龄，而大难后至今又过了一百岁。

看过树皮，再看树干的开裂部分，真让你心惊肉跳。平常，一根木头的断开是用锯子来锯，无论横、竖、斜，从哪个方向切入，那剖面上的年轮图案都幻化无穷，美不胜收。以至于木纹装饰成了我们生活中不可或缺的风景，木纹之美也成了生命之美的象征。但是现在，面对树心我找不到一丝的年轮。如同五马分尸，地裂闪过，先是将树的老根嘎嘎嘣嘣地扯断，又从下往上扭裂、撕剥树皮，然后再将树心的木质部分撕肝裂肺，横扯竖揪，惨不忍睹。正如鲁迅所说，悲剧就是将人生有价值的东西撕裂给人看。你看，这一棵曾在明代拴过战马，清代为商旅送行，民国时相伴农夫耕作的德高望重的古柳，瞬间就被撕得纷纷扬扬，枝断叶残。天灾无情，世界末日。

但是这棵树并没有死。地震揪断了它的根，却拔不尽它的须；撕裂了它的躯干，却扯不断它的连理枝。灾难过后，它又慢慢地挺了过来。百年来，在这人迹罕至的桃源深处，阳光暖暖地抚慰着它的身子，细雨轻轻地冲洗着它的伤口，它自身分泌着汁液，小心地自疗自养，生骨长肉。百年的疤痕，早已演化成许多起伏不平的条、块、洞、沟、瘤，像一块凝固的岩石，为我们定格了一段难忘的岁月。我稍一闭目，还能听到雷鸣电闪，山摇地动。

柳树这个树种很怪。论性格，它是偏于柔弱一面的，枝条柔韧，婀娜多姿，多生水边。所以柳树常被人作了多情的象征。唐人有折柳相送的习俗，取其情如柳丝，依依不舍。贺知章把柳比作窈窕的美人："碧玉妆成一树高，万条垂下绿丝绦。不知细叶谁裁出，二月春风似剪刀。"但在关键时刻，这个弱女子却能以柔克刚，表现出特别的顽强。西北的气候寒冷干旱，是足够恶劣的了，它却能常年扎根于此。在北国的黄土地上，柳树是春天发芽最早，秋天落叶最迟的树，它尽力给大地最多的绿色。当年左宗棠进军西北，别的树不要，却单选中这弱柳与大军同行。"新栽杨柳三千里，引得春风度玉关。"柳树有一种特殊的本领，遇土即根，有水就长，干旱时就休息，苦熬着等待天雨，但绝不会轻生去死。它的根系特别发达，能在地下给自己铺造一个庞大的供水系统,远远地延伸开去,捕捉哪怕一丝丝的水汽。它木性软,常用来做案板,刀剁而不裂;枝性柔,立于行道旁,风吹而不折。它有极强的适应性,适于各种水土、气候,也能适应突如其来的灾难。美哉大柳,在人如女,至坚至柔;伟哉大柳,在地如水,无处不有。唯我大柳,大难不死,百代千秋。

我想,那海原大地震,震波绕地球三圈,移山填河,夺去二十八万人的生命,为什么单单留下这一株裂而不死的古柳?肯定是要对后人说点什么。地震最常见的遗址是倒塌的房屋,错裂的山体和沉默的堰塞湖。但那都是些无生命之物,只能苦着脸向人们展示过去的灾难。而这株灾后之柳却不同,它是一个活着的生命,以过来人的身份向我们宣示,战胜灾难唯有坚守。一百年了,它仍站在这里,敞开胸怀袒露着伤痕;又举起双臂,摇动青枝。它在说:活着多么美好,这个世界上没有什么能够扼杀生命。地球还照样转动。

我出了沟口翻上山头,再回望那株百年震柳,已看不清它那被裂为两半的树身,只见一团浓浓的绿云。一百年前,在这里地震撕裂了一棵树;一百年后,这棵树化作一团绿色的云,缝合了地缝,抚平了地球的伤口。我知道县里已经建了地震博物馆,有文字,有图片,但是最生动的,莫如就在这里建一座"震柳人文森林公园",再种它一沟的新柳。震柳不倒,精神绵长,塞上江南,绿风浩荡。这不只是一幅风景的画图,更是一座活着的博物馆,一本历史教科书。

炫目秋景话乡愁

刘醒龙

晓得大悟是小时候所读的书籍中，有太多关于河口与宣化店的描写。河口是红四方面军不得不撤离鄂豫皖的最后一战。那一战红四方面军倾尽全力，没有战败，也没有打赢，只能在万般无奈中"再见"大别山。宣化店的情况也是如此，新四军五师全部主力集结于此，面对十几倍敌对兵力，新四军五师的十万官兵，以自我牺牲的姿态，坚守到最后一分钟，才突围去向四方，成就了近代史上，不以胜利为目标的胜利。那时候这地方被称为礼山，直到以胜利为目标的胜利在全中国实现后，这一县域才以铁血铸就的大悟山作了名字。

而金岭，这大悟的一个小小村落，被人知晓的首先是那片土地上，茫茫田野开着真如铺了黄金的向日葵花，以及那些不亚于任何一处久负盛名秋景的红叶。不知何时开始的，各种各样的自媒体上，标明大悟，说着金岭的炫目秋景。让南来北往的高铁，在一处叫孝感北的小站停了下来。与小站相比略显夸张的一群群人，大多行装简约，兴高采烈。大家都晓得，孝感北其实就是大悟。这从附近河水清幽，山势高耸，红叶浓郁就能有所判断。

秋风一路所向，无一不是秋天的意志。舍不得绿色的植物们，费着老大力气将大大小小的身子，藏在低一些的地方，使得自己尽可能变得不那么显眼。偶尔也有一些还没来得及收获的晚稻，孤单地点缀在田野上，宛如黄昏时节家门口的路灯，明确而温馨。

长江北岸，有一阵子没落雨了。荒草干枯，不是尘土也是尘土，大大小小的阔叶林，忽远忽近地将浓淡相宜的秋色打扮得五颜六色。有些出人意料，那所有的银杏树上的所有黄叶子，或许是大悟山中，金岭之上，天太洁净，地太清淡，一切分明是在秋风中，偏偏透着一种含有某种深意的娇羞。没过多久，真的踏上金岭土地，就明白这种娇羞也算是人的一种原始情怀。

山中的小小村落，注定会被大山掩藏。金岭的不同之处是藏得太深了，就连红军医院和新四军医院都能安然无恙地设在这里，而不必担心那些惨无人道的围剿与屠杀。在腥风血雨中能躲在无数险峰的缝隙里，是一种得幸天赐的安宁。一旦普天之下都安宁了，这些只供躲藏的缝隙，就成了连美景也无法输出的屏障。

银杏的娇羞还有一番难以出口的言说。一江春水向东流，是说浩荡长江能否载得起太多愁？长江北岸有一个词：苕！如果有人说，那个地方的人尽是苕！那话里的愁肯定是几条长江也载不起。苕的意思几近于傻。说那个村里有好多"苕"，也就是说那个村里有许多傻子。金岭就是一个有好多"苕"的村落。金岭银杏再美妙，面对那些不知穿衣遮蔽的家中男女，只能是连自己都觉得不好意思。金岭银杏再动人，面对如此小小村落竟有四十四户，共四十四位孤寡衰弱老无所依的特级贫困者，能够示人的表情只剩下无地自容。

什么叫乡愁？乡愁是藏在心中最美的美，落在命运中最苦的苦，从嘴里说出来时，总是欲说还休，欲言又止；分明说不完，道不尽，却又是除非醉到昏天黑地，一个字也不想透露。就像叫着金岭，想着金岭，于心里偏偏苦不堪言。就像守着铺天盖地绿水青山，自家的那口供日常用的水井里的水，却是近处猪圈牛栏积液模样令人不可言说。

枫檀秋色，是天下最奇幻的。与银杏那江河湖海一样的波澜壮阔不同，一枫一檀各自成趣，一样的阳光照耀，不一样的色彩斑斓；一样的秋风吹过，却没有一样的摇曳风姿。如此光怪陆离，就该有对策应运而生。哪一样颜色是命定，哪一种光彩是未来，需要精准认识，精准扶持。金岭成为精准扶持对象才几个月，情形就发生根本变化，农业示范板块、旅游乡村公路、古民居改造、河道整治、农村安全饮水工程、环境综合整治和农家乐旅游项目，在十平方公里的范围里，如枫檀一样展现出多姿多彩。行万里路，读万卷书。说的是求知。几位从省直机关下来驻村的干部，硬是在金岭的山上山下，田头地边，在这几个月里，人人行走了五百多公里。与求知相比，这样的行走，需要一腔热血与不掺一点杂念的拳拳深情。

金岭还有一种动人的植物名叫乌桕，秋风来时，这些参天的高大乔木，一树树的像玫瑰，像牡丹，像金箔，眼皮一眨，这样的乌桕就会变成那样的乌桕。稍等些时日，霜更浓时，各色树叶一一落尽了，所有乌桕便会不约而同地变得雪白，那是它们的果实！

银杏黄了，枫檀该黄的黄了，该红的红了。这时节，乌桕本该是这万般灿烂中的一部分。走在金岭正在修筑的大路和依旧保持原貌的小路上，偶尔有乌桕心不甘情不愿地透出初红。更多的乌桕仍旧继续着春天与夏天的青枝绿叶。相同的天气，相同的季节，相同的雨露，相同的风霜，乌桕们为何要与银杏们与枫檀们另做一番模样呢？

一位老人说过一番话。老人年轻时，跟着新四军五师爬过千里大别山的每一条山沟与山头。老人年过九旬时，还带着满身的枪伤与弹痕，为这些山沟与山头的富饶奔走。老人说，乡下的人最需要的是乡喜。这话让人听来振聋发聩，又让人沁入心脾。乌桕不肯黄，不肯红，不肯玫瑰，不肯牡丹，不肯金箔，就在于乌桕比银杏和枫檀更懂得春天与夏天，懂得春天长一些，夏天长一些，多一些耕种时光，接下来的秋天才有实实在在的美妙。

在金岭，见过几位在家门口做着简单事情的老人，那些沧桑纵横的脸上，挂着一些由衷的微笑，既望着一群群初来金岭的陌生人，又望着熟悉的村子一天变一个样子。由于这道比银杏、枫檀和乌桕更美的景致，我写了一句话：情怀家国，耕读人生。接下来又写了一句话：脚踏实地，不忘初心。写完这两句话时,起云的天空忽然下起了小雨,今年秋天长江北岸的第一场雨眼看着就来了。雨落久了盼晴,天晴久了盼雨。大悟金岭盼的是将世世代代的青山变为真正的金岭。因乡愁而乡喜,因乡喜而乡愁,在如此转变中,金岭的每一个角落都会成为流传在人世间的美丽风景。

入花山可称高士

龙 一

前不久我住过一家名为"花山隐居"的小型酒店，在苏州城西天池花山脚下，没有电视，只供应素食，倒也对应了我这次太湖之行的目的：寻访隐逸文化遗迹。临行之前我也曾问自己：当今资本横行之盛，物欲膨胀之强，雄心壮志之大，可谓前无古人，人们都在忙于追求各自的目标，谈隐逸给谁听？我给自己的回答是：纵观五千年文化传统，盛世才多产两种特殊人群，第一贪墨之官，第二隐逸之士，因为安定与财富是这两种文化的社会基础，是必需的前提。与盛世相对的是乱世的遗民、难民和残民以逞的军阀。

"花山隐居"自带苏式小巧庭园，茶花、青竹掩映的白粉墙上嵌了块石雕牌匾。我没细看书家的落款，只觉楷书秀润有余，上书"庆泽绵延"，应该是移自某处旧宅。我用手机播放石慧儒演唱的单弦《风雨归舟》："卸职入深山，隐云峰，受享清闲。闷来时抚琴饮酒，山崖以前。"将那块牌匾和这段岔曲搭配一处，让我突然有一种恶作剧的感觉，因为近年来，有些贪官相信，最应该"绵延"给后人的不是"积善之家庆有余"的"庆泽"，而应该是钱与权。于是，对于他们来讲，"卸职入深山"，造福桑梓就不必了，况且他们心中还有着深刻的忧虑，为昔日同谋者的牵扯担忧，为在职时的"政绩"追责担忧，因此，"浮槎泛海"，避居他国，便成了他们侥幸的选择。而那些心有余悸却没能"泛海"的卸职贪官，就只能感叹"览镜唯看飘乱发，临风谁为驻浮槎"（包佶《岁日作》）了。

说起"卸职入深山"，紧邻酒店的天池花山倒是个好去处，因为山上有一处相应的遗迹。这座小山不高，散步正好。山的本名叫"华山"，篆书"华"与"花"为两个字，隶变之后合为"华"，只好另造了一个"花"字使用，而"华"与"花"却一直通假，给我写这篇短文带来不少麻烦。吴中人文荟萃，山道边高品位的摩崖石刻颇多，山腰处有块坐榻大小的光滑圆石，镌有"且坐坐"三字，恰为歇脚之所，乃是前人的意趣。山中有寺，据说由东晋高僧支遁所开创。今天支遁的名声不算甚高，但他的朋友许多人都知道，如书圣王羲之，如因"淝水之战"取胜得保东晋数十年的"江左风流宰相"谢安。这座山寺名叫"华山翠岩寺"，青石匾额，字体颇多《西狭颂》的味道，好看得很。寺名匾额的落款为"前国务总理农商总长李根源敬书，住持果门立，民国二十年"，这个落款上应该只有"李根源"三字楷书为本人书写，其他衔名之类的，大约是住持果门制匾时请书家添补的。

我在这里为什么一定要纠缠匾额落款这点小事呢？因为落款的时间为"民国二十年"，即公元1931年，在此八年前，曹锟贿选总统成功，李根源作为老同盟会员，再造共和的功臣，"滇军"领袖之一，自然是不肯与贿买总统的直系军阀合作，便南下苏州隐居奉亲。

中国的隐士主要为士隐。所谓"大隐隐于朝，中隐隐于市，小隐隐于野"只是一个统称，细分起来，最常见的乃陶渊明式"采菊东篱下""戴月荷锄归"的"农隐"。也有贾岛、李叔同一类的"僧隐""禅隐""道隐"，或者"竹林七贤"那般饮酒、服药、清谈机辩的"狂隐"。还有范蠡畏惧"狡兔死，走狗烹"、功成身退式的"避隐"，以及名画《韩熙载夜宴图》中描绘过的，"以醇酒美人自污"式的"自污隐"。甚至还有曹振镛式的"多磕头，少说话"，历任三朝宰相的"磕头隐"等等。在汉文化儒释道三大支柱之下，往往将隐逸行为归结为消极主义。其实，能称得上隐士的，不论是哪一种，都算得上是有学识、知进退的聪明人，对于他们来讲，最常见的隐居目的或为"避祸",或为"自省",或为"放下",对于个体的人来讲,这些行为都有着内在的积极意义。而对于另一类隐士来讲,隐居既是"用之则行,舍之则藏",也是一次将个人才能转向新目标,重新定位人生价值的机会。李根源便属于那种身体力行,积极行动,造福于他人的隐居。

苏州有一处"英雄冢",与"花山隐居"同在吴中区,也就是李根源"卸职入深山"后,创办农村改革会、小学、成人夜校、医院、公共浴池,并且撰写《吴郡西山访古记》的吴县。就在他题写"华山翠岩寺"匾额后的第二年,即时1932年,"一·二八淞沪抗战"爆发,举国震惊,李根源义不容辞,自然投入到抗战工作之中。蔡廷锴的第十九路军、张治中的第五军苦战一月有余,伤亡甚众。日中双方停战后,第十九路军和第五军撤至苏州休整。李根源动员各方力量救治伤员,并有诗记之,《慰负伤将士》:"民族血战场,丈夫意激昂。马革犹甘愿,何畏此金创。敬如祖若宗,医治有吴侬。一旦鄂瘢复,疆场再殄凶。"不幸的是,有七十八位将士伤重不治,李根源捐献自己的土地埋葬抗日忠骨,便是"英雄冢"。今天我们来到这片爱国英灵安葬之地,可以看到两块保存完好的石碑,一块为李根源篆书阴刻,形如滴泪的"英雄冢"三字,旁有题记曰:"中华民国二十年九月十八日,日本陷我辽东三省。明年一月二十八日,复犯我上海。我十九路军、第五军与之浴血鏖战,至三月一日,援兵不至。日寇潜渡浏河,我军腹背受敌,二日全军退昆山。是役也,战死者万余人,舁葬于苏州善人桥马岗山者七十八人。著姓氏于碑。题曰:英雄冢。中华民国二十二年四月朔日腾冲李根源题书。"由此我们可以说,不论是汉文化传统中的隐士还是隐逸文化,绝不是消极的自私自利,而是每当大是大非之前,其内心力量和行动力量之强大,往往会令出世之人大吃一惊。有关这一点,正是隐逸文化的精髓所在。

英雄冢前的另一块碑是张治中将军刀劈斧削般的楷书"气作山河",旁有题记曰:"李印泉先生(引者注:李根源,字印泉)在苏集前十九路军、第五军上海抗日一役殉国将士骸骨,凡七十八具,葬于马岗山之麓,命名英雄冢。以治中曾忝附斯役属题。自维当时制敌无术,书此不觉愧悲交集,泪下如绠矣。中央陆军军官学校教育长、前第五军军长张治中。"这篇题记表达的乃是汉文化精髓之一的"耻文化",所谓"知耻近乎勇"是也。张治中将军败于外寇,埋葬将士之时,勒石自责,所以才有"愧悲交集,泪下如绠"的文字。而"知耻"其实是隐逸文化的核心之一,这其中不单有张治中将军的自责之意,还有李根源先生当年"耻与为伍"的自洁。当今流行文化中,盛行谈论"逃离"二字,这也应该算作隐逸文化的一种现代表现吧,但有一点必须明确说明,隐逸不是自我逃避,更不是自私自利,而是自我砥砺,是对自我的再发现。所以,"逃离"之前,不妨先向前人学习一番。

美的款待

陆 梅

对一个不吃羊肉、不擅歌酒的人来说,新疆的美真真无福消受,也没有资格谈论。可我又一次去了新疆,又一次来到心驰神往的喀纳斯。张承志说,在新疆他完成了"向美与清洁的皈依"(《相约来世》书序)——当你被成全了并能够入门理解它时——这美会唤醒一种深刻的感情。浩瀚盛美的新疆,恐怕用我几辈子的人生去努力去抵达,也不得入其门!可是在喀纳斯的那两个日和夜,我确确实实领受了无限多的美意——有时美本身就是一种距离感,它需要成全,而不是占有。

这是第二次到喀纳斯。第一回是无尽的夏,脑海里独独留下群山郁绿——到处是绿,阳面草坡是绿,环湖四周的云杉、冷杉、落叶松、红松和满目的白桦林是绿,那一刻,连我看到的喀纳斯湖也是绿的。如同泼墨一般的苍茫的绿啊,简直要把我整个的身心都染绿!这一回,可巧赶了个春夏交替。野芍药虽已呼啦啦开过,但是更多花儿正次第芬芳。黄的是野罂粟、蒲公英、金莲花、毛茛,蓝色紫色的小花最是惹人怜,阿拉伯婆婆纳、新疆风铃草、贝母、勿忘我……身陷喀纳斯漫漫花海,称自己懂植物是可笑的。镜头收纳了一帧又一帧道不出名的山花,各般形态,种种斑斓,我徒叹无知,此生我是连植物也入不了门了!脑海里跳出英国诗人丁尼生那句箴言般的诗:"当你从头到根弄懂了一朵小花,你就懂得了上帝和人。"——原来你慨叹的,前人早就替你慨叹过了。大自然何其神妙,即便一朵小小的野花，你以为懂得，却也未必能够。

那就单单赏个美景吧。俯瞰一弯又一弯蓝醉了的喀纳斯湖，云天相伴，山谷激荡，那样一种蓝啊，我寒碜的文字怎生描摹！罢了罢了，那些绝美的天地宝物倘真能够明明白白道明了，我们又该往何处去魂牵梦萦？我们蒙尘的心又往哪里去清理？

新疆太大，喀纳斯地处牧区的阿勒泰，布尔津县城通往喀纳斯的盘山公路上，连绵起伏着广袤草原。远处的山麓、更远处的雪山，眼前一晃，平坦草原上撒落的牛羊群和哈萨克牧民的白毡房在你眼皮子底下消失，很快，同样的景象又在另一个牧区遥遥袒露。对一个向往美的浪漫旅人来说，阿勒泰的夏牧场是美丽而迷人的——确实迷人，巨大的湛蓝天幕，云彩飘浮，无边的山峦草滩，牛羊成群，大地静默，万物呈祥，阳光金子般灼热……这是夏季草原的恩赐。一个旅人，只管接收大自然盛情的款待，而不必去操心牧人们的日常，转场、迁徙、鼠害、狼患、沙暴、严寒、恶劣天气……乃至和时光一样漫长的寂寞与孤独。

在美面前，我常常拙于言辞。比如喀纳斯当晚不期而遇的那个星夜——真真是星河无边的浩渺宇宙啊，那么美好，那么壮丽！那满天的星斗，不是一颗一颗，而是一团一团，水钻般镶嵌在低低的黑蓝天幕上。你走在清香阵阵的松林里，大路笔直，左右不顾，只一径往星空看，瞬间就飘离了地面，鸟一样轻盈低飞……原来，宫崎骏动画片里的那个童话世界是存在着的，不是虚幻！梵高画笔下的星空同样也不仅仅是艺术的夸张！那一刻，我真真切切感受到：一个人若是持有对童话的信仰，那么他会拥有更多的心灵生活。

很久很久没有走夜路的经历了。城市里的晚上不叫晚上，声光电覆盖了一切。城市里的晚上甚至比白天还热闹，市声嚷嚷，星星们待不下，一下跑得无影踪。如此灿烂的天幕为谁开？——为所有静默的大地和大地上珍惜自然、拥有更多心灵生活的人们。在喀纳斯，我感到的不只是群山静默的神奇，还有草原上的牧人们永恒的信仰。信仰的呈现不单是宗教，还有比宗教多得多的对美的追寻，比如对生活的歌唱，对自由的热望，纵马驰骋的民族，对自然天地和一切生灵存有一份敬畏，信仰于他们而言就是生活本身。

生活在喀纳斯湖畔的图瓦人祭山、祭天、祭湖、祭树、祭火、祭敖包，尽管图瓦人原木垒成的小木屋里，墙壁上高悬成吉思汗的画像，佛龛里供奉着班禅，但这不影响他们对英雄的崇拜和对古老仪式的虔诚。大地永恒而神秘，草原、星空、大树、绵延的山脉，都是他们的家。

在第四届西部文学奖朴素而庄重的颁奖会现场，第一次聆听到图瓦人用一秆草笛吹出的天籁之音，真正的"动唇有曲，发口成音。触类感物，因歌随吟……玄妙足以通神悟灵，精微足以穷幽测深"（晋成公绥《啸赋》）。原谅我对音乐的无知，此前我并不知晓那一管很普通的笛子原是蒙古族的传统乐器"楚尔"，由一种名为"芒达勒西"的苇科植物茎秆掏空钻孔后调制而成，三个孔可以吹出五个声、六个音。神奇的是，那旋律完全靠舌尖来控制气量，由喉咙的振颤发出和声。

楚尔乐曲《喀纳斯湖的波浪》从图瓦艺人的笛孔里飘出的刹那，我惊异得凝神而坐，肉身呆在那里，心魂情不自禁被牵扯，化身为喀纳斯湖岸边的一缕清风、一抹烟云……那样一种低诉，哪里是吹给人间的音乐，那么美，又那么神秘，夺人心魂，却又难以言说。

如果美也是一种神启，那么我在喀纳斯听到的"楚尔"和"呼麦"，遭遇到的黑蓝晶莹的夜幕，乃至深夜十二点喀纳斯湖畔云母般的天光，都是一次次心的唤醒。美，不仅需要成全，有时还是神启。浪漫和忧伤的背后，往往是一个民族寻美路上的爱和宽恕、尊重与悲悯以及发自内心的人道主义。

界 线

罗伟章

县境之外,我最先知道的地方,除了北京,就是四川本省的松潘。那是1976年8月,某天夜里,房舍震荡,犬吠牛鸣,我从虚楼跌入了牛圈。第二天进学堂,老师说昨夜发生了地震,地震的地方叫松潘。从此,地震和松潘同时植入我的脑子,并成为同一个概念。

多年以后,我走过了许多地界,其中大部分都忘记了——但松潘没忘,尽管我从没去过。在我的观念里,甚至血脉里,松潘是一个灾难性的名词。这里的灾难并不与恐惧相连,而是暗含着某种启示,在我很小的时候,松潘就教我懂得,人是大自然的一部分,并不天然地拥有凌驾于自然规律之上的特权。正因此,无论如何,我得去松潘走一趟。

去松潘的里程,就是探寻一条河流的里程:逆岷江而上,过汶川、茂县,到达岷江源头,就是松潘了。话虽如此,从成都出发,开车却需大半天。沿途山势奇伟,雪峰隐隐,路边槐花开得正繁,阳光和风,将花香蒸腾拂动。松潘城卧于山谷,古城新城并势,藏回羌汉杂处,其扼控江源、邻接陇藏的地理位置,使之在历朝历代都是兵家重地。正因此,虽有据说为薛涛流放松潘期间作的《十离诗》,松潘究竟属于男性,松潘城也是一座男性的城。

可它确又有着女性的干净、祥和与丰饶。街沿店铺林立,各族民众,近乎安静地做着生意,收来的虫草,也都盛进笸箩,在街面低头打理。去藏民德嘎家做客，厨房和饭厅在同一间屋子，女主人轻巧的步态和内敛的眼神，男主人纤尘不染的歌声，捧出的正是草原和蓝天。去羌寨和回民拱北寺，一样会受到热情接待。曾经，民族间因生存、习俗和信仰而时起争斗，使松潘以"不易抚绥"闻名，而今都已埋进历史。同行的青年作家羌人六说，他有一年来松潘，饭桌上汇聚了几个民族，几个民族的朋友都说，我们是兄弟，我们是一家。这事让他感动至今。划分民族缘于尊重，因此本不是为了确立界线，而是为了抹掉界线。

事实正是这样：花灯舞来自北方，被藏民接纳，水晶乡藏寨的川盘花灯舞，还成为了非物质文化遗产；羌族锅庄里，有藏族锅庄的神韵；回民小调里，又饱含汉族音乐元素。

这种相互学习与借鉴，是对"界线"一词的最好回应。

还不止于此。百余年前，英国植物学家威尔逊来到松潘，拍下了松潘古城的照片，百余年后的一天清晨，我与几位朋友爬上城背后的西门顶，俯瞰古城，发现大体格局，与威尔逊的照片相比并没有多少改变。在这里，城垣逾百代，栈桥越千年。这是一座把历史记忆植入日常生活的城市，历史和当下，如水溶于水中，并在生活里淙淙流淌。就连汶川地震后安徽援建的新城，也充分考虑了川西民居特色，与古城保持格调上的一致。但这丝毫也无损于它的现代感。真正的现代感必与传统相通，世界文化的前景，也并非单一趋同，唯此，才让彼此间的尊重、沟通和丰富真正成为可能。

但要做到这一点是多么困难。5月中旬的一天，我们翻越四千米雪山，去施家堡乡双河村看蓝莓基地，同时看对面山上的珙桐花，还有山间瀑布。老实说，我非常失望，所谓基地，只有沟畔小小的一片，刚刚羞涩地结出果实，珙桐花只能远观，目力再好，也最多看个影影绰绰；尤其失望的是那挂瀑布，既不宏大，也不瑰丽，比我老家的差远了。我坐在草坪上喝水，不想费力走到瀑布底下。这时候从阿坝州委下派到松潘县政府工作的张艳走过来，给我讲珙桐的身世，说那是冰川时代的遗物，恐龙都灭绝了，它留了下来，目前，野生种只在中国生长，且只在少数地区，是植物界的大熊猫;因其花序如白鸽舒展双翅,珙桐被称为"中国鸽子树",它开的花,又叫"中国鸽子花"。

听到这里,我坐不住了。那挂瀑布,就从生长珙桐的山上下来,它们是一体的,我不知道那条竖起来的河,日夜奔流了多少个春秋。当我靠近瀑布,感受到它的阴阴凉气和溅玉飞珠,心想,我应该尊崇每一地、每一处、每一个人所珍视的,不可轻率地将人们热爱的家乡风物人情作比较。在松潘,有闻名遐迩的牟尼沟和黄龙风景区,当地人却把这挂并不起眼的瀑布郑重推荐,一定有他们内心的选择。再比如蓝莓,尽管我曾见识过兴安岭地区广袤的盛景,而它来到这片高原,该是经历了多少艰难的试验与驯化,对他们而言,这小小的一片,也是件了不起的大事。

幼年跌入牛圈所受到的教育,因为这趟松潘之行,我又有了新的理解。

我在浦市等你

彭学明

亲爱的，我现在在浦市，湖南湘西的浦市，湘西泸溪的浦市。我现在正捏着一支画笔，可是，我一进浦市，我的画笔就傻了，傻傻的，不知道怎么落笔。

浦市实在太美，我的画笔画不出浦市的颜色，任何画笔的颜色都会在这里失色。我的画笔画不出浦市的意境，任何画出的意境，都会缺少浦市的诗意和神韵。浦市本身就是一幅巨大的画，任何灵巧的画笔，都会在这里变得笨拙。

浦市的画是粗线条的。画的轮廓，就是三块。古巷，民居，河流。三块轮廓，三块腹肌，每一块腹肌还有小的腹肌。关键是，细细一看，还有胸肌、三角肌，有棱角分明、无比性感的人鱼线。至于哪是胸肌，哪是三角肌，哪是腹肌，哪是人鱼线，我也说不清。你就想吧，想哪就是哪，想哪是哪就是。因为浦市是一个天生的美人胚子，不管是美女还是美男，正面，背面，都不是一个美字了得。每一块肌腱、每一根线条、每一寸肌肤，都是一整条弯来直去、直去弯来的风景线。

古巷有三条纵的，长好几里。一条是河巷，一条是正巷，一条是后巷。可浦市人不叫巷，叫街。河街，正街，后街。浦市人见过大世面，知道街巷是怎么回事，不但这几里长的巷子叫街，那几十条连着长街的短巷子也叫街。天后宫街、十字街、中正街、下正街、犁头咀街、太平街、烟坊街、万寿宫街、寨尾头街，连珠炮似的，叫得你眼花缭乱。

这三条纵的长街，是浦市最重要的几根筋脉，把几十条短街前后周围连在一起。就像三把梭子连着几十根锦线，织呀，织呀，云一根、霞一根、虹一根，山一笔、水一笔、屋一笔，风一梭、雨一梭、光一梭，一块硕大的锦缎就织成了。

街道上生长的各种色调的民居，民居上横斜出的各种色调的物件，物件上高挑出的各种颜色的配饰，都成了一团团的彩墨，在宣纸上洇润、浸染。不说别的，就说墙，黑的、褐的、白的、灰的、灰白的、灰黑的、褐红的，多种颜色。一道道光把墙壁釉得锃亮锃亮的，一道道雨把墙壁洗得沟沟壑壑的，一阵阵风把墙壁吹得冷凝沧桑的，还有一缕缕菜香和炊烟，把墙壁熏得温温暖暖的。

走进去，每一条小街都宁静得似乎只有时光了。时光静静的模样，时光呼吸的模样，我们都仿佛看得见、听得到。你看，时光就那么凝结成了一条又窄又薄的街道，以一地石板的形态肃穆，以一线天光的表情灿烂。高高的天光总是笑眯眯的、眯成了一条缝，漏到石板上，把石板镀得闪闪发亮。雨洗后的石板，更是清清亮亮的，照得见清晰的影子。一街的高楼，一街的矮屋，一街的吊在房梁或屋檐的红灯笼、红辣椒以及各个门面五颜六色的旗幡，都倒映在雨洗后的石板街上，仿若一街落英缤纷的桃红、梨白、草绿和橘黄。微风一吹，那影子在水光中掀起涟漪，丝丝洇散，摇曳飘舞，仿若时光细微的呼吸。

在李家书院，聪明的李家人，在屋顶开一个升子样的天窗，时光就变成了一个大大的升子，装满光亮，如瀑倾泻，跌落庭院，照亮整个院落，照亮琅琅书声。有风的时候，风跌落进来。有雨的时候，雨跌落进来。有云的时候，云跌落进来。有月的时候，月跌落进来。有星的时候，星跌落进来。云雀、画眉，还有喜鹊、燕子，也常常好奇地跌落进来。你一定会说，雨跌落进来，那不全完了？才不呢！聪明的李家人，在院子里留有一个四四方方的天井，天井与天窗相对，专门迎接和安置天外来客。这样的书院，李家不是唯一，一个小小的浦市，居然有十多座书院，一个个书院染起一城书香。

那个吉家大院，是山西一个姓吉的商贾在明代来到浦市做桐油生意时建的豪宅，历经沧桑，却容颜依旧。姓吉的看上了这里的风水，就割舍不下，建了豪宅，坐地经营。那高大结实而又厚重的石头墙，昭示着吉家的富贵殷实和大智慧，门闩上那个看不见的、一按就可以关门打狗的小机关，又尽显了吉家的谨小慎微和小精明。房梁、门窗和门脸上的雕梁画栋，笔笔精致，刀刀细腻，幅幅唯美，全是凝固的明朝时光和吉家辉煌。

如果说李家书院的时光是书卷的，那吉家大户的时光就是豪华的，而青莲世第的时光，则是最安详的。

青莲世第，是另一个李姓人家的宅第。青莲，象征着主人高雅的品质和追求。世第，象征着家族久远的历史和意愿。一座世世代代居住的宅第，仿若一朵清纯高洁的青莲，绽放在后街的小巷深处，清新，脱俗，安逸，净世，凝结着人世最美的时光。后街本是低调的，低调得都是小门小户。所以，再气宇轩昂的青莲世第，看上去都格外低调朴实，毫不起眼。如果不是当地人引路，你很可能就擦肩而过了。如果擦肩而过，你擦掉的就是你人生最该享受的一种时光，你过掉的就是你人生中很难再会遇到的安详。安逸脱俗的时光，清新净世的安详。说它安逸脱俗、清新净世，是因为一进去，你仿若来到红尘之外、世外桃源了。那种庭院深深的清冷，那种庭院深深的安宁，那种庭院深深的肃静，让人一下子仿若隔世。红尘的喧嚣、世俗的浮躁、人间的欲望，一下子就被这深深的时光锁在门外，拦在身后，六根清净，与世无争。坐在这里边喝茶边谈文学，文学才是文学，没有其他。坐在这里边喝茶边听音乐，音乐才是音乐。坐在这里边喝茶边聊世界，世界才是世界。坐在这里边喝茶边想人生，人生才是人生。总之，这里谈什么，什么都纯粹。想什么，什么都才像那么回事。这么一个安逸、脱俗的所在，你不安逸、宁静也安逸、宁静了。这么一个清新、净世的所在，你不清新、净世也清新、净世了。这么一个高雅、脱俗的所在，你不高雅、脱俗也高雅、脱俗了。就像一朵莲花，出了污泥品自高。

爱热闹的，可以去万寿宫。高大、宽敞的万寿宫，是当年红极一时的江西庙，是江西客商的会馆。这里，有一个很大的戏台，浦市的目连戏和辰河高腔在这里上演。美丽的旦角水袖莲花摇唱着出来，英俊的生角风火铁骑飞奔着追来。唱爱恨生死，演忠奸良善，大精大彩让整个会馆的观众都站起来大声喝彩。

这目连戏和辰河高腔，是南来北往的文化融汇的，是整个华夏的文化精髓哺育的，是戏剧的活化石。明朝时，华夏版图被划为两京十三省，而两京十三省都在浦市设有会馆。明清至民国年间，在这古镇里，除了两京十三省的会馆，还有二十多座货运码头、三条商贸古街、六座古戏楼、几十个寺庙、作坊。您说，当年的浦市是多么的昌盛繁荣！

这样的昌盛繁荣是从河街边这条宽广的河流来的。这条河叫沅水，是浦市的母亲河。宽阔浩荡的母亲河给浦市孕育了丰富的铁和朱砂，赐予了浦市丰盛的木材和桐油。铁黑砂红，木沉油亮，都是那个年代不可缺少的贵重品。所以，浦市的码头，每天都是商贾往来、舟楫蚁拥、万家灯火。铁从河上运过，一河的铁兄铁弟在河面拱手相逢。砂从河上运过，一河的砂姐砂妹在河面笑逐颜开。木材和桐油在河上运过，一河的船工号子和水手野性赤裸的身影。沅水创造了浦市的商业繁荣和文化汇聚。不说别的，就说浦市的踏虎凿花，就是华夏文化汇聚的典范。踏虎本是合水乡的一个村落，因为凿花起源于这个村落，所以叫踏虎凿花。这浦市的踏虎凿花，融汇了陕西山西的剪纸、浙江福建的木雕、贵州云南的蜡染以及本地的扎染等民间工艺。聪明的浦市人，把图样先剪在纸上、再钉在板上，然后一刀一刀的刻、一刀一刀的凿、一刀一刀的雕，再把雕版涂上各色，印在布上。要花，花就开了。要鸟，鸟就飞了。要鱼，鱼就跳了。要果，果就熟了。要神，神就来了。如果要个美人，美人就闭月羞花地有了。所有的梦想，都可以美美地绽放、美美地开花。

虽然浦市昔日的繁荣昌盛消失湮没了，浦市的历史却厚重博大了。那些曾经的繁荣昌盛，都变成了历史留了下来，历史又变成了风景留了下来，风景又变成了财富留了下来。街，巷，楼，墙，瓦，檐，河，船，戏，人，都一页页地翻过去，一页页地翻过来，成为浦市亘古不变的美、万古长青的景。一个地方的历史，就是一个地方的大地，越久越深厚，越久越肥沃。一个地方的历史，就是一个地方的天空，越久越广阔，越久越高远。没有了历史，就没有了根。

那些从历史的风景里走出来的浦市人，就像是从《诗经》里走出来的好诗句，有风、有雅、有颂，有韵、有味、有情。男人像唐诗一样飘逸，女人像宋词一样温婉，老人小孩，都像汉书一样回味无穷。厚重的历史赋予了他们厚重的人文，厚重的人文又锻造了他们厚重的品行。

曾经商旅云集的南来北往，造就了他们的宽广包容、热情好客和质朴善良。曾经繁荣昌盛的辉煌，使他们拥有的不仅是自豪、自尊，还有底气、豪气和乐观、淡定。他们如此安逸、知足，是因为他们知道自己脚下这片土地有足够的吸引力、向心力和爆发力。浦市认定了自己，未来认定了浦市。我曾经错过了丽江和香格里拉，又错过了凤凰和乾州古城，还错过了喀纳斯和云水谣，我再不能错过浦市，再不能错过你。

如果情有花期，我在浦市等你。

如果爱有轮回，我在浦市等你。

如果今生有缘，我在浦市等你。

如果，五里桥有雾

任林举

纵然，"天下无桥长此桥"之誉非这座石梁桥莫属；纵然，八百七十七年的历史和两千二百五十米的总长也堪称世界"独一无二"。在这样晴好的天气里，它仍像一句名不副实的"牛皮"，看起来竟显得有一些狭窄、短小和粗陋，宛若一段庸常的条石小径。站在"水心亭"前放眼，石桥以光速向两侧展开——瞬间，左侧的晋江安海镇、右侧的南安水头镇以及对面窄窄的海湾和林立的高楼便尽收眼底，一览无余。

或许，正是因为这通透的视野和清晰的映像，骗过了我们的眼睛，耽于表象的眼睛才骗过了我们自己的心。这样的桥，本是我们短浅的目光和狭小的胸怀无法测量的，如今它又避开我们的目光，将无限的深远和广阔深藏于斑驳而光润的石板之中，不呻吟，也不摇晃，就更像一个具体、静默、有限且没有太深经历的存在。其实，我们的"眼见"，有很多的时候并不一定为"实"。

如果，有雾笼罩了五里桥身和我们浅薄的视野，桥上的每一块条石都将成为一道时间之门——

两千三百零八条巨大的石板，缄默着，严丝合缝地挡住了时间的空白。石头与石头的并列，却在实质上构成了时代与时代的交错。来自不同年代、色泽不一的石头，从八百七十七年之前的南宋绍兴八年一路铺排过来，永乐、天顺、成化、嘉靖、万历、雍正、乾隆、嘉庆、道光……时代的信息被编进这无声的长卷，再以桥的面貌横陈于我们眼前。于是，桥已不再是桥，而是来自不同朝代、不同岁月凝固的记忆。在桥上行走的人，并不知道自己的脚一步跨越了几百年，但沉睡的石头却会因为这隔世的敲叩，而响起几百年以前的回声。

一桥飞架，如一条结实的连线将散落于岁月之河中的珠子，串缀成一个完美的整体。数百座船形桥墩，共同负载着晋江八百多年的历史，总会在雾气的掩护下悄然起锚。八百多年的岁月里，它们总是沿着时间之轴，不停地驶向一个方向。

如果有雾，桥下的涛声里一定回响着岁月的低语，时光深处的嘈杂，那是"五里桥"在晦暗中醒来，波翻浪涌地回想起自己的身世。

绍兴八年，正是中原大地战火纷飞的年代，兵灾四起。龟缩于临安的南宋政权置民生于无暇顾及中。乱世中的晋江人，却在这民不聊生的世道齐心建起这座跨海桥。那么浩大的工程，即便在太平盛世也是需要一些雄心和胆识的呀！这座桥最终能够建成，不仅反映出当时晋江地区的经济繁荣、发达，更体现出这个地区民众的文化基因及其群体所拥有的心气和精神。

最早动了建桥念头的是僧人祖派。今天已无法考证他当时是否考虑了国家的政治、经济形势，但就建桥这件事本身倒也很好理解。宗教本来就可以抛开任何政治、经济方面的因素而特立独行，人在什么时候不需要有一个坚固、可靠的精神支柱呢？更何况，在波浪翻滚的海湾之上建一座桥以代"舟渡"，不仅可以救众生脱离跋涉的苦厄，而且本身也具有某种"解困""破茧"的象征意味。人间路绝，才是天路的开始。从"中亭"附近一块有"浯州屿颜达为考妣施此一间"字样的碑刻可见，当时的人们无疑已把修桥、建庙这类事情都视为世俗的"宗教"了。只可惜最后"僧祖派始筑石桥未就"（《晋江县志》），才使这项工程紧接着由"上界"坠入"红尘"，一搁就是数年。

"五里桥"的主要出资方是当地有名的富商，名黄护。据史料记载，黄护生于公元1086年（北宋哲宗元祐元年）。从小读书习文，本来有志于仕途，十七岁时参加科举考试，但是名落孙山。后来改行习商，二十岁时随姑丈高纪昌到广东经商，后又渡海到渤泥（今文莱）发展。三十岁时衣锦还乡，在安海街坊上开了十二间商铺，主营米粮、蔬果、杂货，次营饮食、海鲜、山珍，成为安海当地首富。黄护博览群书，善篆隶、棋弈、诗谜，喜欢结交高僧，并热心公益，造福乡里。除了捐资建设这处俗称"五里桥"的"安平桥"外，还捐地兴建了石井书院，捐资整修了安海龙山寺等。不幸的是，工程进行到一半，黄护于1144年（绍兴十四年）病逝，享年五十八岁，死后赠封为荣誉县长"晋江县尉"。黄护去世后，儿子黄逸继承父志，继续主持"安平桥"的兴建，至1152年终于完工。后代安海镇桐林村黄氏一族，奉黄护为一世祖，郑芝龙的伯母黄慈慎和继母都是黄护的后代。

雾霭之中，会有隐约的歌声传来。《爱拼才会赢》！

不会有谁想到，这首家喻户晓的歌曲就出自晋江。这里是它真正意义的故乡。更不会有谁想到，一首歌曲要经过近两千年的孕育和酝酿，才能变得如此扣人心弦。从遥远的晋朝，从传说中的"衣冠南渡"开始，晋江人就再也没有停息过奔波"打拼"的步履。向南，入马来、印尼、菲律宾群岛，开辟了"南洋"海上丝绸之路；向北，直指琉球，开辟了北线"海丝"；留在本地的，也没有停滞不前，而以智慧和辛劳创造和丰富了熠熠闪光的潮汕文化。

翻开史册，历代晋江人在这个"弹丸"之地留下的印记简直辉煌得令人震惊。中国的科举制度始于隋开皇十八年（598年），止于清光绪三十一年（1905年），历时一千三百零七年。自唐贞元八年（792年）欧阳詹首开闽南登科及第之风后，千年间，晋江才俊辈出，共涌现出文武进士一千八百五十三位，其中文武状元十一位，文状元八位、武状元三位，文科榜眼十三位、探花三位。科举所选，自然为人中之杰国家栋梁，所以在此基础上所出的历代十六位宰相也就不足为奇了。及至商道，历代可圈可点的"大腕"就更不计其数。2000年，《华尔街日报》评1001—2000年世界五十巨富，中国共占有六席：成吉思汗、忽必烈、明朝太监刘瑾、清朝和珅、清末伍秉鉴、民国宋子文。盘点下来，真正不靠占、不靠贪、只靠自己打拼的巨富只有一位伍秉鉴，他就是晋江人。其实，堪与伍秉鉴比肩的晋江富商还有很多，唐朝的林銮、南宋的黄护、明中期的李五、明末的郑芝龙、郑成功，清末民初的黄秀烺，民国的陈清机……个个都是商战英雄。时至当下，一个面积刚刚占到国土面积万分之一的"五店市"，竟然创造出占全国生产总值二百分之一的成绩，自不必说，也还是奋力打拼的结果。

很多名字，很多现实之外的人，隔着时间的雾霭，在我们的眼前或意识里一一闪现，又忽然逝去，如忽浓忽淡的雾气一样，摇曳着、变幻着，凝聚又消散。只有脚下的石梁桥，宛若大地的脊梁，坚实、稳固，似紧贴着我们的身体，又似乎无始无终地延伸着——

如果有雾，回过头去可能看不见那副"天下无桥长此桥"的楹联，但"心"会更清楚此桥的真正长度。它可不是仅仅联通了海湾两侧两个乡级小镇，从这里出发的人，已经走过了古泉州，走出了"八闽"，越过了南洋，走到了到处无桥又到处有桥的广阔世界。

如果有雾，回过头去可能也看不见另一副"世间有佛宗斯佛"的楹联，但你会看到此乡历朝历代之人心中的信仰。几十处宗教遗址的完好保存已经证明，十几种宗教曾在此地此乡甚至民众心中和谐共存，不管当初种下过什么植物，最终都开出了一样的花朵，结出了一样的果子——善与爱。一代代晋江人告别了这一片"风头水尾"的贫瘠之地，相继投身于一切未知、深远无底的远方，却总也没有断掉故乡的血脉和根系。多年之后，这些身如飘萍的游子，却纷纷掩藏起曾经的悲伤、疼痛和苦难，把以性命拼得的鲜花与果实、财富和荣光甚至最后的心愿都捎回故乡，成就了它几百年持续的繁荣。

然而，那天的五里桥上确实无雾。也好，就让我们的目光穿越光的栅栏，深入那些石头的本质。最后还是发现，这座桥本不应归在物质类的文化遗产之列，因为它更接近某种精神，所以更适合做一个精神标本或成为一个精神坐标。

绿色王国里的寻觅

王必胜

竹溪，鄂西北山城小县，名字让人不由得想到生态景观和山水风景。在华夏版图上，竹溪地理位置近乎居中，经纬度大略交叉于中国地图的中心点。西北面的秦岭，挟汉水逶迤而来，西南与巴山交臂，东通荆楚，南抵神农架，秦、渝、鄂交界，三方四面，接壤互通，形成一个特殊的地理区位，遂有了山水自然的奇妙和人文风情的独特。

山因水而媚，水因山而丰。这里是南北气候区划过渡的分水岭，秦岭巴山在这里形成犄角之势，是汉江最大支流堵河的源头、国家南水北调中线工程重要水源区。境内有大小河流一百九十七条，林地面积三百九十万亩。绵延起伏的山脉，莽莽苍苍的森林，曲曲折折的溪流，玉成了一派生态自然的奇妙之地。竹溪所辖的三千三百多平方公里，森林覆盖率达到百分之七十六点八，植被覆盖率百分之八十三点九。汉水泱泱，五河交汇。汇湾、泉河、竹溪河、柿河、堵河齐聚，在新洲镇一带形成"五水归一"的景象。竹溪有各类植物二百零四科，被列入濒危国际贸易公约的野生植物有六十二种，珍稀的有桫椤、红豆杉、珙桐、小勾儿茶等，在拥有十八里长峡国家自然保护区等四个国家级和省级的森林公园、湿地公园中，可见它们身影。物华天宝，造化天成，山高水长，为竹溪的生态的丰茂，添薪加柴。

生态为时下热门话题，人们衡量幸福指数也注重生态的考量。水泥丛林的人们关注生态，也就计算蓝天晴日多少，尘土雾霾大小，而竹溪一年百分之九十七的空气质量为"优"。置身这片绿色世界，没有生态的焦虑。明丽的蓝天，洁净的空气，养眼的绿色，是这里最珍贵的生态福利和幸福指数。

行走在这片绿色世界，忽而路断林密，山重水复，忽而流水人家，柳暗花明。竹翠，溪清，万物生动，很好地诠释了"竹溪"二字的含义。那天在通往万江河的路上，时隐时现的小溪，崎岖蜿蜒的山道，板桥掩映，奇花生树，炊烟人家，稻禾清香，依稀感受到当年陶渊明笔下的桃源胜景。听说，不远处就有一镇名桃源，远古时期这里为古庸国，武陵、桃源，曾为当时的地名，而桃源古镇的许多物象，可当作陶公笔下现实版的风景。夜宿新洲镇，山前碧波清澈的高山湖，秋月高悬，更发思古之幽情。在这秦巴山脉、汉水流域盘桓的唐代诗人，不少名作恰是眼前的写照。明月松间照，清泉石上流。野旷天低树，江清月近人。古今相通，思接千载，诗意与现实同美。绿潭青草、修竹茂林，或隐或现的山居灯火，岚烟缥缈，宿鸟啾啁，交织成一幅生机盎然的图画。

当年的商贾从巴渝、荆襄之地，北通长安，走出了如今仍斑驳可见的鸡心岭古盐道，以盐茶为主的商道，蜿蜒千年，风雨沧桑，留下不尽的人文话题，也为竹溪自然生态注入神奇的内涵。

然而，人们津津乐道的是被称为楠木故里的地方。山中半日穿行，是为了这片珍稀的楠木而来。离县城四十多公里的新洲镇烂泥湾村的高坡上，偌大树群形成绿色阵势，枝叶纷披，高者三十余米，矮者也有两层楼高，树干修直，遒劲密匝，并不规则地生长在水汽氤氲的半坡中，静静地凝望着群峰。这是湖北省境内最大野生楠木群。被誉为国树的金丝楠木，为国家二类保护植物。材质好，柔韧度上佳，防虫拒腐，历久不朽；透气性也高，尤其是纹理，呈各类图形花样，色泽高贵，暗香袭人，自古以来在民间被誉为树中黄金，也被视为名贵林木的公主，是历朝历代的皇宫建材，也有皇帝的龙座、床榻，选用上好的楠木制作。

眼前这楠木丛，四百多棵大小不一的树，集中在近八亩地上繁育。最大的一棵已有四百多年历史，尊为树王，粗壮身躯要三四人合抱，四周专有栅木护卫。几棵稍细的老树，横七纵八，各自顶天立地般伫立，身躯黛青亮色，在秋阳中尽显勃勃英姿。"霜皮溜雨四十围，黛色参天二千尺"，杜甫的古柏诗作，庶几神韵相似。近看，躯干不同纹理，如衣料花纹，也如木耳状，大者似一幅抽象山水扇面，小的如硬币，因树龄不同，色泽各异，细腻与粗犷，平滑与粗糙，不一而足。有人称道楠木树纹的美，是树中极品，体现了大自然的鬼斧神工。楠木根部却有结痂，几乎树树不落，令人好奇。这痂块，好像受了什么重创，"创口"大小不一，大的长约一尺，宽有一拃，其形状像葫芦，或柚子等。据说这是楠木自然生理现象，名为"满面葡萄"结瘿。楠木傍坡而生，枝叶多在顶端，形成宽大树冠，身子却光溜赤裸，经风沐雨，而长长的根系外露在石块与泥土间，交错缠绕，受山泉长年浸泡，根蒂泛绿，在杂草污泥中，如蛇蟒蛰伏，因此多了一些神奇传说。山泉、石块、泥草，还有水汽、阳坡，形成了她适宜的生存环境，阴湿，草稀，土少，却也顽强生长。要不是亲见，难以想象名贵如斯的黄金树、公主树，如此负重隐忍，令人敬畏，令人唏嘘。也许，当其成为板材有了实用价值时，她的雅致脱俗的品性才可显现。其实，楠木对生存环境要求高，多是在南方的高山密林和水源涵养优良的地方，生长期长，一般六十至九十年成材，是林木中寿星，最长者可逾千年。有资料称，贵州的一株楠木，专家鉴定已有一千三百年的历史。

　　竹溪古时为大庸国，公元前611年，楚庄王灭庸，大庸版图统一为楚。历史悠悠，风华赓续，遗存积淀，也风化消散。而楠木似乎也没有得到特别关照。在竹溪的植物王国，她始于何时，不得而知。至少，晚近才有竹溪楠木成为皇宫客人，如同公主出嫁，走出深闺的记录。清代同治年间修纂的县志《古迹》中说："慈孝沟距县城六十余里，地势幽狭，两岸峭削，水出柿河。其地昔年多大木，前明修宫殿，曾采皇木于此。"但是，这"皇木"的采伐、进贡的细节和场景，多年来人们在不断寻找史料依据。后来，一处石崖诗碑的发现，"皇木"开采之事，得以确证。在竹溪南部鄂坪乡一个山沟，半个世纪前，村民偶然发现山头峭壁上字迹斑驳的石刻，考证出这与当年采"皇木"史实有关："采采皇木，入此幽谷，求之未得，于焉踯躅，采采皇木，入此幽谷，求之既得，奉之如玉。木既得矣，材既美矣，皇堂成矣，皇图巩矣。"此为嘉靖三十七年光化县知县廖希夔所撰。当年，为修复故宫，皇宫下旨在南方找寻上好楠木，秦巴山区、汉水流域为其一选，近邻的光化县廖知县，受命一路西寻，在竹溪柿河一带的东湾村慈孝沟里找到。官差玉成，岂不快哉？欣喜之情，溢于言表，一则仿《诗经》的文字，赫然立于楠木的发现处，流传乡里。往事成了史迹，先民之功，后人敬仰，这诗，这石，不经意间留下了历史证词，也丰富了楠木故里景观的故事。而今这石刻已成为省级保护文物。

从那楠木丛林往下，有数百步陡峭的阶梯，缆车必不坐，徒步下去，正好体会自下而上瞻望的感觉。回头望，那片楠木林，高与天齐，而青黛如玉的树冠，在袅袅山风岚气中，如一片祥云，兀自飘然，无论春夏秋冬。

陕州地坑院

王剑冰

一

你知道"陕"是哪里吗?你一定会说,陕西,陕西的简称就是陕。其实,陕在河南的三门峡,古时称为陕州,陕以西才为陕西。那么,这个夹耳的陕,就让人有了诸多兴趣。造物主随性造的这一块陕地,险崛而奇特。这里还有一条著名的崤函古道。黄河以南只有两条狭路可通东西,从洛阳伸出的丝绸古道,至今仍留有一段车辙深深的痕迹,人称崤函古道。古道一直没入崤山天险,著名的秦晋崤之战即发生在此。秦皇汉武东巡的车辇,在函谷关写出《道德经》的老子,诗人李白、杜甫们,还有从这里出去的杨玉环、上官婉儿,无不要过这条古道。

千仞峭岩与万里怒涛的冲撞挤压,也在陕地托出了三道塬,并形成了地坑院。我深信,地坑院就是人与自然共同书写的大书,是最具创造力和生命力的体现,谁能想到,多少年间,竟然有成百上千家村落,潜伏于地平线之下,成为天下奇观。

二

雪片似梨花,覆满整个陕塬,勾勒出一个个坑院。谁家拦马墙散出了炊烟,让塬上的黎明活泛起来。一条狗钻上来,雪原有了一溜花瓣。这时候听见了鸡鸣，起伏于无边的沉静中。

红衣女子一点点地从地下冒出，手挥扫帚，坑院上方一条小路显现出来。这是新婚不久的女子，来的时候，柿子还在树上，红炫炫地挂满坑院四周。扫帚扫到了塬的边上，塬下，一条大河正蒸腾着雾气远去。

这样的景象也许上世纪初就被德国人航拍在了影像中。坑院虽不用一砖一瓦，却有自己的风骨，所建必有遵循，所用必有遵守，所设必有尊重，说到底，还是民族智慧、东方文明的结晶。德国人鲁道夫斯基由此惊叹这人类建筑史上的活化石是"大胆的创作、洗练的手法、抽象的语言、严密的造型"。

独特的陕塬，高险平阔，南有重峦叠嶂的崤山，北临沉郁雄浑的黄河，深沟狭壑纵横，陕州故迹遍布，远处的镜湖，还会有天鹅翔集。站在这样的地方，该是有诗的。唐玄宗旅次陕州，曾吟出"境出三秦外，途分二陕中。山川入虞虢，风俗限西东"的诗句。当时驻跸哪里呢？想他没住地坑院，若在地坑院留住一晚，诗中情怀当更为雄奇。

一代诗圣也错过了地坑院，黄昏时匆忙投入的是石壕村的靠山窑。那地方离塬上并不远，却存有不安定因素。若果老杜走上塬来，住在坑院，情境或有不同。说不定晚年选择这里，便不会"茅屋为秋风所破"了。

又过去多少年，慈禧来了。慈禧避乱长安回京，没走回头路。光绪二十年九月，慈禧的銮舆进入函谷关，到这里天色已晚，只得在地坑院落脚。陕塬人没有亏待她，腾出最好的窑院，点起过山灶，给她做"十碗席"。高高在上的慈禧对现在"高高在下"有些不适应，然而面对舒适和美味还是做了一回普通人。

不过，陕塬人虽安于一隅，但性情刚毅，遇日本人来犯，自发组织，不让侵略者安宁。至今这里仍有遗迹，纪念抗争中的牺牲者。

三

头一次住进地坑院，感到有一种四合的凝聚与向下的沉淀力，却离天尤近，繁星框了一院子。院子像塬上开的天窗，所以人们敢大声地说，畅快地笑。这里娶媳妇才真的是入洞房，热炕上任怎么打滚，也不怕偷听了去。三道塬，相互交织和延续的，也许就是这种简单的安逸感。

天黑严的时候，坑院就成了一种暗物质。巨大的安静，使夜溶解得贴切而真实。偶尔有小曲传出，那种抑扬顿挫的眉户调，混合着蛐蛐、咕咕喵、南瓜花、扁豆花的声音，实为一种天韵，有女人在这天韵中剪着窗花，消磨一天中最后的时光。

什么时候有了叽喳的鸣叫，叫不出名字的鸟你说我唱，汇成无与伦比的乡间大集。而坑院还在深深地沉睡。太阳被塬的一头悄然挑起，镀亮湿漉漉的早晨。塬上永远都散发着一种清香，那是最本质的土的味道。

一位老人从坑院里走上来，见了我，看着不认识，话语却出了口。我赶紧回应，声音里，竟然有一种亲切与感动。

很长一段时日，对于尘世来说，这里是远僻的、深藏的。当地行保护和旅游措施后，地坑院就像尘封的窖酒醇香四溢。纯粹的乡村越来越多地远离了视线，这一片坑院越加亲近地挤占了怀旧的情感。有人来看建筑，有人来搞摄影，有人支着画板写生，有人搜集俚语唱曲，有人学习泥砚剪纸，有人什么也不为，就为了看看与自己的老屋有什么不同。想若是李白苏轼来，也许会把坑院当成一方金樽邀月起舞。地坑院是一个个模子，能翻模出民间艺术的孤绝与惊喜，翻模出华夏中原的诚厚与质朴。

再次来到地坑院时，梨花正旺，柔风掀落片片花瓣，花瓣把一个个院子铺满了，有些花儿高出坑院飞，与桃花杏花汇在一起，直把整个山塬绚成缤纷的世界。通向外面的村路在塬上起伏，渐渐升出一个人，又升出一个人，近了才看清是年轻的姑娘小伙儿，他们身后是年迈的老人，千叮万嘱地相送。年轻人渐渐没入塬下，只剩纷舞的梨花与摆手的老人。我突然有些伤感，当年坑院里种梨，是图吉利的意思，现在倒有一种离别之情。再多少年过去，坑院里还会有人厮守吗？

登莲花峰小记

肖克凡

天池花山者,天目山余脉也,坐落吴中,直望太湖。山之东坡为花山,西坡为天池,两坡合称天池花山,有"吴中第一山"美称。其主峰状若莲花,得名莲花峰。

花山东麓有旅舍,取名"花山隐居"。中国隐居文化,属于古代文仕生活,今人生疏久矣。花山隐居?一时间觉得古风浩荡,仿佛穿越时空,"乃不知有汉,无论魏晋"了。

一座中国古典式庭院,迎面有"空山可留"砖刻匾额,与众不同。踏进前院,穿堂而过,庭中有池塘,曲行有游廊,廊下有山石,石旁有玲珑宝塔,塔旁海棠含苞玉立,只待信风拂来,旋即盛开。

拾阶登楼,廊厦深长。左侧露天观景,右侧一间间客房不以阿拉伯数字编号,而是别出心裁:冰心居,涤心居,赏心居,畅心居,沉心居,鉴心居,洗心居,清心居,惠心居,静心居,沁心居,随心居……真是心有所居,归属花山了。

夜晚空气清新,伴花香安眠,梦入儿时摇篮。花山隐居的清晨,你是被鸟儿啾鸣唤醒的,窗外喜鹊登枝。

都市白领生活,早晨依靠闹钟起床,声声噪耳。花山隐居的清晨,唤你回归大自然。

花山隐居的客舍早饭,有素食化趋势。白米粥、煮玉米、蒸红薯及佐餐小菜雪里蕻、白水煮蛋提供人体所需营养。

此时，面对近乎寺庙斋饭式的早餐，你猛然想起昨晚仓促入住，没顾得上开电视看节目。桌旁有人小声告知，这里是花山隐居，客房里不放置电视机。

常年旅行，客房不放置电视机还是第一次遇到。置身当代社会同质化生活，遇到"第一次"的事情很少，N次的事情居多。是的，人类已经被电视捆绑在床上，手机则训练着"低头族"和"拇指控"，我们的人生几乎被锁定在小小屏幕里，忘记抬头远眺——前方风景独好。

走出花山隐居旅舍，遥望花山不远。山不在高，有仙则名。我们从东坡起步，乘兴寻访仙踪。花山顶峰海拔一百七十一米，不高。我们安步缓行，沿"花山鸟道"上山，优哉游哉。

花山鸟道两旁，巨石多见，正是摩崖石刻群了。一路观赏石刻，一路引人驻足。首先见到一尊刻有"上法界"三字的巨石。我乃俗人不通佛理，暗暗揣度"上法界"三字含义，深知拜山须怀敬畏之心。

满山皆石，逢石皆字，山野充满石趣。这令花山有了内容。上山途中，我依次看到这样的石上刻字：山种。隔凡。吞石。百忆须弥。龙颔。坠宿。渴龟。华山鸟道。凌风栈……自然风景固然好，人文历史沉淀其间，花山便厚重起来，山水皆有来历。

一尊巨石刻有"向上大接引佛"，令我心情肃然。之后的巨石刻字便是"布袋""皆大欢喜""落帽""卧狮"……前行数十步，有摩崖石刻"菩萨面"。来到"三转坡"巨石前，回望"菩萨面"，遥想乾隆皇帝品尝翠岩寺美味，那尊"菩萨面"巨石无疑是镌刻着天池花山美食历史的功德碑了。

花山的摩崖石刻，字字点睛，处处化魂。倘若空山无字，花山文化内涵锐减，几近野山了。纵观花山摩崖石刻，可谓点石成金。人人行至刻有"且坐坐"的石前，仿佛受到神明关爱，随即倚坐石前小憩，活像个听话的大孩子。

站在刻有"石床"二字大石板前，你会觉得这是神奇造物为后人预备的下榻处，登山疲劳，请你侧卧歇息。

最具匠心的是那尊刻有"仙"字的巨石。这个朱红色仙字将"人旁"置于"山"字头上，透露出民间社会的人格化精神。至于"百步潺湲"巨石刻字，则带我们随流水去了。

一尊尊花山摩崖石刻，开启一扇扇自然之门，让游人领略自然风光之时，还得到心灵感悟。

老子《枕中记》云，"吴西界有华山，可以度难。"华山即花山。由此可见，花山宗教活动历史悠久。山间有翠岩寺名刹，历经千年风雨，如今只存废墟，依然吸引游人拜谒。

翠岩寺大殿始建于宋，毁于元，明永乐万历重建，兴盛于清初。翠岩寺大殿文化浩劫年代被毁，原址遗存十数根石柱，冲天而立，远望宛若举香祭天，令游人难掩惋惜之情。

翠岩寺遗址侧旁，已然重建了大雄宝殿，建筑坐东朝西，并不在翠岩寺山门中轴线上，这有违寺庙常规。聆听讲解得知，起初主张在翠岩寺原地重建大雄宝殿者，不在少数。然而，为维护文物原貌，保护历史真相，吴中最终决定保留"华山翠岩寺"原址遗存，异地重建大雄宝殿。这种远见卓识极具文化意识，使得只留存十数根石柱的翠岩寺遗址，近乎国宝了。

如今，翠岩寺遗址院内古树参天，栎树榉树浓荫匝地。游客行走其间，仿佛置身历史深处，耳畔犹闻般若大家支遁法师开坛讲经之声。

路经御碑亭，亭内御碑镌刻康熙乾隆游览花山诗作，表达了登临花山终遂夙愿的帝王情怀。

前往莲花峰，须经放鹤亭。仙鹤远去，空余鹤亭。然而，簇簇白花盛开，点染山间春色。我突发奇想，这满山白花或为当初仙鹤抖落羽毛，化作种子迎春绽放吧。

登山途中，道旁石壁刻有乾隆《华山作》诗："问山何以分高下，宜在引人诗兴者。遥瞻濯濯青芙蓉，南嶂犹平堪跋马……"我发现这面石壁曾有刻字，为了镌刻帝王诗作将前人刻字铲平，只剩一个变体的"云"字。

汉字"云"有诉说之义，这个残留的"云"字与乾隆皇帝诗作并存，就这样向后人诉说着什么。有人不知所云。有人知所云。

终于登临莲花峰。这就是吴中第一峰。山巅有巨石矗立，酷似莲花盛开。尽管海拔只有一百七十一米，我立于莲花石前，顿觉高山仰止，斗胆攀登莲花石上，迎风站立，倍感自身渺小，了无斤两，放眼远望，绝无一览众山小之豪情。

我以为这就是莲花峰给我的告诫，于是心有所悟，深感不虚此行。

拜谒了莲花峰，沿石阶小路从西坡下山，便入天池境内了。山下就是寂鉴寺。前方有寒枯泉，前方有洗心池，前方有菩萨面，前方有天池禅茶……

游天池花山，登莲花峰，感受好山好水。此前走过不少名山大川，山高路远往往乘坐索道缆车。然而这样的过程好比读书，乘坐索道缆车等于只读了山之前言，便径直阅读山之后记，对中间内容不甚了了。然而重要的恰恰是过程。天池花山仿佛造物主为凡人量身定制。一路游览，不需任何交通工具介入，一派自然天成，令人欣然而忘返。

天池花山，不大不小，正好。那朵硕大无比的莲花，正在海拔一百七十一米的地方等你。莲花盛开，清风入怀。

大埂古村小记

叶延滨

五月的浙西,烟雨蒙蒙,一座座青山隐现于缥缈的云雾间,洗出满目青翠。此时出行,是种享受,呼吸那大山密林间透出的清新,忘情于青山绿水,任绵绵细雨一阵阵洗去都市生活积在胸中的尘埃。

我们一行前去常山县的大埂村。大埂古村位于严谷山麓,东边是三衢石林风景区,西北毗邻开化国家地质公园。古村的两位"邻居"皆是有名头的风景区,古村让人羡慕的生态环境,自然也是不用多说,一句"青山绿水怀抱中",足矣。前些日子,大埂古村被当地政府列入了"历史文化村落保护与利用重点村",这次是文化部门的领导邀我们一行前往,一是想让我们感受一下大埂村尚没有进行"开发保护"、完全原生态的古村魅力;二是希望我们能从一个外来者的角度,为古村的保护开发提供一些建议。

在村子里走了半天。村头村尾,花草林木,房前屋后,窄巷宽池,拐角遇见乡情,抬头就有惊喜,撞见许多让我心跳的场景,记下许多让我眼热的风情。怕它们今后消失了,消失如擦身而过的老朋友,只剩下隐于雨帘的背影。写此小记,留下二三履迹,不虚此行。

会所。会所是现在大家都能理解的名称。古村有两处岁月遗留下来的会所。一间是吴氏宗祠。最早建此古村的是安徽迁居的吴氏,定居后在此开矿经商,成为古村大姓。吴氏宗祠始建于清代嘉庆四年。岁月蹉跎,风雨侵蚀。高墙石柱大门面的祠堂,已经残破得塌了一半屋顶。不过那些残存的高墙，那些依然屹立的红砂石柱，那些精细雕刻的木刻配饰，足以让我们想到当年家族兴旺的气势。另一间会所是半个世纪前，人民公社修建的礼堂。现在这个礼堂依然是间公用场所，破旧的大门口，挂着几个木牌："文化活动室""村邮站""食品药品安全工作室"。人民公社对于年轻一代，已然成了过去的故事。当年在这个礼堂里开会的年轻人，今天成了这所"老年活动中心"的常客。墙上残留着过去岁月的印迹："人民公社好！""战无不胜的……"迎面在礼堂最醒目的舞台右墙上，是一幅新挂上的大标语："老有所养。要支持老人，不要讨厌老人。"每个字都有一尺见方，让这个礼堂平添了几分沧桑。两间"老会所"，曾是古村的政治文化中心，现虽残破，却留下了珍贵的历史记忆。一路上，我总说一句：破的修，旧的留啊！

古树。古村有资格叫古村，最可信的依据正是守着村庄的那些古树。村里三百年以上树龄的樟树和柏树有十多棵，它们骄傲地站立在村子的各个角落。吴氏家谱记载的家训称，这些树木"护抱阳基，镇守水口"，"子孙永远不许盗砍"。浓荫之下，子孙之福。它们是古村最有资格的历史见证者，见证岁月的变迁，也见证好的村风民约如何荫泽后人。我对同行的村干部说：这些年，到处都说自己是老庙古迹。我就把定一点，老庙新庙，不看菩萨，看庙里的树。他笑了。

老宅。老百姓各家过各家的日子，各家盖各家的房子。大埂村星罗棋布的民宅，让我想起"二八月，乱穿衣"的景象。早先的低矮民房，变成了水泥小楼。穷怕了的老百姓兜里有了钱，第一件事就是盖新房。这种事不需要村干部和政府太操心。让人操心的是散落在古村里的旧日豪宅。全村有十几处清末民初的老宅。这些宅第多是徽派建筑风格，四围青砖高墙，马头翘角，与外界相通的高墙下的门窗，皆石砌石雕。进门后是四合天井，室内是木结构的两层居室。外围高墙石门窗，坚固结实，防火防盗。内室木结构家居，宜居舒适，贵气典雅。经过百年风雨之后，坚实的外墙残留几分豪门气度，内室的木头居室早已朽蚀。走进一户人家，只剩老妪在这空旷的残楼里留居,同样恋着旧家的是檐上的燕子。新巢刚刚筑好,小燕已伸头张望。在新巢的左右,横梁上有一排老巢留下的旧巢痕迹,让人的眼睛一下子潮润了。我说,老宅改造后,若是燕子还回来筑巢,那就真好!

方塘。古村能聚百户千人,是因为有一眼清泉。泉涌如注,筑塘蓄之。大概是早年的秀才,给方塘取了个文绉绉的名字"毓秀塘"。方塘值得一记,是因为此塘由四个水塘合而为一。第一塘是泉塘,蓄积饮用之水。第二塘,洗菜蔬水果之水。第三塘,洗衣清洁用水。第四塘,清洗家具农具用水。泉水依次流经四个水塘,最后流进灌溉渠道。规矩方圆,环保生态,尽在不言之中。古村风水好,青山在后,清水过门。在家同饮一泉,是天赐的缘分,出门各奔东西,是一生的乡愁。

高兴的是古村将有机会"保护开发",担心的是万一像有的地方新农村"万象更新",新房新路后面只剩一张抹去记忆的白纸。于是,写此短文,记大埂古村岁月给我们留下的这些"指纹"。

黄埔的三个瞬间

周舒艺

这里，曾经只是一个不知名的小小的渔村。历史老人却一而再、再而三地选中这里，让它几度引起世人瞩目。

这里，是古代海上丝绸之路的起点之一；这里，是近现代中国将帅摇篮；这里，是当代中国改革开放的前沿。

这里，是黄埔。

公元594年。

那是隋代开皇十四年。在今天广州市黄埔区穗东街庙头社区所在的地方，耸立起一座神庙。这座神庙，便是中国东南西北四大海神庙中，迄今唯一完整保存下来的海神庙——南海神庙。

规模宏大的庙宇、高大的牌坊、参天的古木、林立的石碑、肃立的华表、古老的铜鼓、威武的石狮、古码头及长着青苔的石阶，占地三万多平方米，中轴线上由南而北分布着牌坊、头门、仪门、礼亭、大殿、昭灵宫……穿越历史的风风雨雨，这座庙，至今仍岿然不动地伫立在珠江北岸。它见证着千百年来，广州这个古老的港口城市对外贸易交往的繁荣，以及作为海上丝绸之路起点的盛景。

在古代黄埔，这一带名为扶胥，因地处珠江口、面临黄木湾，三江之水在黄木湾汇合后进入大海，所以这里成为一个良港，名扶胥港。扶胥港是唐宋元三代广州的外港,而南海神庙是港口的重要组成部分。遥想当年,古庙前烟波浩瀚,千帆林立,船只往来如云。无论是即将出海起航、去往外域的本地船只,还是刚刚从大洋驶入珠江、停靠在此的外国船只,那些水手和商人们,怀着虔诚的心情走入神庙中,敬上一炷香,祈祷风平浪静,一帆风顺,出海平安。

南海神庙内古迹众多,但最引人注目的是那四十多块碑刻。作为中国古代皇帝祭海的地方,自隋唐以来,历代皇帝均会派大臣到这里册封和祭拜南海神,并立碑记事,因此这里有"南方碑林"之称。其中较为出名的,唐碑有韩愈撰文的《南海神广利王庙碑》,清碑有康熙皇帝所写的"万里波澄"。这些碑刻,记录着当时海上对外贸易的发展状况及相关大事。

而今的南海神庙,海港早已不见,但香火仍在萦绕。正对着清代古码头的石牌坊上,"海不扬波"四个大字很是醒目。短短四字,寄托着的却是人们深切的祈盼、美好的愿望、久远的信仰。正是从黄埔出发,南来北往的人们,带着在南海神庙里许下的祈盼,踏上海上丝绸之路,绘就了一幅中外贸易交往和文化交流的波澜画卷。

时隔一千三百三十个春秋。

从这个时候起,你可以不知道黄埔,但一定听说过黄埔军校。

1924年6月16日,赫赫有名的黄埔军校在这里正式开学。

九十二年前的那个夏天,广州珠江口的黄埔长洲岛上,人头攒动,一所学校正在举行开学典礼。这场开学典礼很不寻常。孙中山先生亲自到场,并发表了演讲。孙中山先生说,"今天在这地开这个军官学校,独一无二的希望,就是要创办革命军,来挽救中国的危亡","从今天起,立一个志愿,一生一世,都不存在升官发财的心理,只知道做救国救民的事业"。

此前,革命活动的失败,让孙中山开始思考创建真正的革命军,于是,一所新型军校诞生了。而黄埔军校也是孙中山联俄政策和国共第一次合作的重要成果。学校原址为广东陆军小学校和海军学校校舍,创建之初校名为"中国国民党陆军军官学校",后虽数次易名,但因始创于黄埔长洲岛,故通称为"黄埔军校"。

甫一到黄埔军校旧址校本部,一眼就看见正门的白色牌坊门额上,由国民党元老谭延闿题写的"陆军军官学校"六个苍劲有力的黑色大字,一下子把时光拉回到近百年前。进入大门后,庭院内两棵高大的古榕树枝叶繁茂,虽静默不语,却见证了这里的百年沧桑。校本部俗称"走马楼",是一座岭南式四合院建筑,坐南向北,两层砖木结构,是当年军校办公及部分学生住宿和学习的主要场所,设有孙中山办公室、政治部、教练部、管理处、军需处等办公室以及饭堂、宿舍、自习室等处。除校本部外,黄埔军校现存旧址还包括孙总理纪念室、孙总理纪念碑、俱乐部等史迹。

真正让这所学校名扬四海的,是它所培养的众多军事政治人才。从黄埔出发,黄埔军校的师生们,很多在日后成了国共两党的高级将领。从1924年至1930年,黄埔军校在长洲岛办了七期,共培养学生一万余名。秉承"亲爱精诚"的校训,踏上了救国救民道路的黄埔师生们,在统一广东革命根据地、北伐战争以及抗日战争中做出了卓越的功绩。而所有这一切,便是从脚下这片叫作长洲的小岛开始。

光阴的转盘,又转了一个甲子。

1984年,国务院批准成立广州经济技术开发区。这是全国首批国家级经济技术开发区之一,后分别与广州高新技术产业开发区、广州出口加工区、广州保税区、中新广州知识城实现合署办公,统称"广州开发区"。广州开发区与广州黄埔区实行经济功能区与行政管理区分设机构的管理体制。到2016年10月,这里已经打造了中新广州知识城、广州科学城、广州国际生物岛和黄埔临港经济区四大战略性发展平台,形成了智能装备、新一代信息技术、平板显示、生物医药、电子商务、新材料等六大创新型产业集群。

有序运行的实验室、"高大上"的设备、忙碌的工作人员……每天,有十多万的医学样本从全国各地送到这里进行检验。这家检验集团是国内最大的第三方医学检验机构。首席科学家、临床基因组检测中心医学总监于博士，提到基因检测在临床上的意义，更是引起了参观者的极大兴趣。据介绍，基因检测不仅可以诊断疾病，也可以用于疾病风险的预测。这样的研究如果取得成效，该是一件多么造福于人类的事情。

生物医药产业的发展关乎人类健康，走在时代前沿。这家集团所在的小岛就叫"生物岛"，原名官洲岛，是广州市东南端的一个江心岛。占地面积不足两平方公里的生物岛，自2011年7月以来，已经落户企业一百三十多家，这家集团只是其中一家。这里，不仅自然环境优美，更是一个拥有生物技术、医疗器械、干细胞、基因测序与检测、健康管理等核心技术的科技之岛。

在富有岭南特色的音乐里，一红一黄两只"狮子"，配合着音乐节奏上下左右舞动，进行广东传统的舞狮表演，然而"狮子"里面根本没有人操纵，原来这是机器人在舞狮。当灯光亮起，唱着《江南style》的"鸟叔"出现在舞台上，观众纷纷惊奇"鸟叔"居然来了，直到舞台上出现了十个"鸟叔"时，才意识到是视觉上的特效。在广州科学城的一家智能公司和另一家文化科技公司，我们经历了一次次神奇的体验，感叹着科技和创新的力量……

一片没有历史的土地是不幸的，但永远停留在历史故事里的土地，却是悲哀的。再度出发的黄埔，让人们看到了历史的华丽转身。

站在南海神庙古码头前，我眺望着古老而现代的黄埔。公元594年、1924年、1984年三个历史瞬间，如一幕幕精彩活剧从我眼前掠过。波罗树叶沙沙，叙述着光阴的故事；迎面吹来南海的风，弥漫着一股新鲜的时代气息。

在洞头过七夕

周晓枫

离温州市中心一个小时车程,就到了海岛洞头。五楼阳台,前面是高约二十米、绿意参差的缓坡,将视线里的海分成两个部分:左侧的扇形区域和中间疏疏落落排布小岛的碗状平面。距离的关系,那些岛小得像礁岩,那里的海看似寂静。不像眼前,海把混合着泥沙和贝壳的浪,拍碎在因沧桑而嶙峋的礁岩上。波涛和潮汐,海不倦重复,并使这种单调成为令众生臣服的节奏。

三面环山,一面临海,这样的地貌被称为"岙"——让我联想到一只吐纳的贝,如何打开坚硬的外壳,让海水和光线同时从开口处涌入。洞头县,到处都是岙,在这样的地方观海,让只是一粒沙的自己,有种正在贝母的包裹中变成珠粒的错觉。

与海有关的地方,我愿欣然前往。除了精神的淘洗,我也垂涎大海赐予的美味。洞头拥有浙江第二大渔场,海产有名,慕名前来者众。

我曾在洞头跟随渔民网捕,嗅着船上柴油、铁锈和鱼腥的混合气味。即使颠簸中的海面有了上升的坡度,即使动荡摇移的海平线以及浪峰上破碎的耀斑令我不适,但看到绞轮上的缆绳渐渐收紧,渔网有了沉甸的收获,还是欣喜莫名。

来洞头,因为听说这里的七夕节有名。

很多的中国节日,中秋、端午、清明等,颇具东方韵味与浪漫色彩;

而七夕，最具童话感。天阶夜色凉如水，坐看牵牛织女星。那个故事里有失意的孤儿、越界的仙女、会说话的牛和用翅膀搭桥的喜鹊，有冷暖的人情、理性或非理性的天条以及星宿般在黑暗中闪烁的永恒或无常。

昆虫不会寻找方圆以外不可触及的配偶，对比之下，人类的情感多么复杂，仅凭特殊的好感或无望的想念就可以彼此守贞。每每七夕，仰望天际中那条浩渺的光带，我总是难以消除内心的种种疑惑。牛郎和织女的家境、见识和成长背景迥异，他们为什么能在一见钟情之后忍受永无止境的折磨，是什么让他们的爱意一如生命本身的存在？难道，所谓天壤之别不过虚妄之想，牛郎和织女分别在人间与仙界承受同样的劳役，两个被动的灵魂在彼此那里才能找回自由？怎样饱和的爱情，让他们能够在孤况中坚守诺言？为什么相隔遥远，他们依然享有恒温的怀念？还是在时间的耗损中、在缓降的热度里，他们等待重逢的拯救？

还有，牛郎和织女的一双儿女为什么永远长不大？甚至不曾自己行走，被一边一个挑在扁担两侧，孤单的父亲就这样去看望孤单的母亲。即使天上一日、地上一年，人间那些蹦蹦跳跳、指指点点、扎抓髻的孩童早已作古千百年，牛郎和织女的孩子依然在两侧的木桶里享受摇篮般的节奏。

到了洞头，我才明白自己的无知与误读。此地七夕，含义更丰富，远比情人节色彩更强烈的，是孩子们的成人礼。

以海为生的人们，会把最好的木料用于甲板下面的底舱和侧板，用以抵击风浪——因为男丁都在船上，他们是一家老小的脊梁。留在陆地上的老人、妇女和孩子，无数次张望，等海面上一系孤舟遥远地归来，等结满盐霜的锚重新沉入岸边的沙床。自古以来这就是有代价的生活，为了把生活在海里的弄上陆地，有些生活在陆地的人永远留在了海里。尽管如此，渔民总是跟随早晨的光线一起出发，深入大海神秘莫测的腹地。习惯已使他们免于惊恐，无惧风雷；并且，他们深怀希望，因为岸上，他们眼神清亮的孩子正在等待中渐渐长大。

洞头的七夕传统由来已久：孩子到了十六岁，要办成人仪式。父母带着孩子，酬谢在七星娘娘的护佑下，孩子得以度过幼年、童年和少年时期，从此长大成人。这些孩子没有躺在母亲的摇篮中，也不是父亲肩膀上增加的重量——他们感恩，并在船舷刻下时间的划痕。从儿童到成人，最重要的转变，是开始对别人负责，也是对自己的未来负责。

我倒因此解开同样与七夕有关的另外一个迷惑。七夕又叫乞巧节，夜色中的女性在庭院里向织女星祈祷，希望获得智巧与称心如意的婚姻。俗传七月七日是魁星的生日，因为魁星主掌考运，所以想求取功名的读书人也在七夕这天祭拜，希望运道亨通。

可以说，织女的婚姻算不得美满，两情久长却不能朝朝暮暮，已是一种慢性的煎熬，而她又无法织网织出相逢的桥。关于魁星，也有一种不幸的说法，他虽满腹学问，可惜每考必败，最后悲愤投河，被鳖鱼救起才得以升天。如此看来，两个七夕的神仙，都是生活中的失意者。为什么人们要向他们祈求呢？祈求他们自己都向往却未曾获取的幸福与喜悦？

人，习于计较，易于妒恨；神仙慷慨，他们深知疾苦，宁愿那些苦难唯有自己承担和消化，不再成为对他人的惩罚。剩下的，只是悲悯和怜惜。神仙给予人们的正是他们渴慕一生却未曾享有的。

七夕，也许只有失意者才能进化出赠予的能力；七夕，成人礼上的孩子，从此走向独立。七夕，七夕，也许在这种秘密而令人震动的倾斜中才有奇迹……如七星闪耀，如银河流溢。

读 瓷

朱谷忠

书是读不完的。在福建德化，瓷也是读不完的。

瓷何以用读呢？这是因为在我看来，瓷的诞生过程，完全是一次艺术创造的过程。尤其在德化，优质的陶瓷原材料是大自然赐给德化最珍贵的原生态物质，但如一些专家所说的那样，单有丰富的瓷土原料，没有良好的开发、加工、利用，就不能昭显原材料的质地美，从而成为优秀作品的载体，更重要的是，如果没有一代代德化能工巧匠的不断探索和实验，没有创造者自觉的文化积累和坚持不懈的艺术追求，就不可能产生出质地优美、风格独特的陶瓷产品，从而使德化成为世界著名的陶瓷产区。因此，面对德化如阳光一样灿烂与绚丽的瓷器，我只有用读的姿势，才能表达内心的激动和遐想，并且在读的过程中，以静思，以感悟，去领略德化瓷器独特的韵味。

诚如世人所知，德化作陶制瓷历史悠久，最早可追溯到新石器时期烧造印纹陶器。到明、清两代，瓷器大量流传欧洲，许多瓷器作品在海外被视为珍宝。更值得自豪的是，以青白瓷为代表的德化瓷器，在历史上曾是多么有力地推动了"海上丝绸之路"的兴盛。

德化陶瓷有着如此丰富的文化底蕴，有着如此强盛的艺术生机，怎能不教来这里的世人心揣敬意、虔诚细读呢？

然而读瓷，又该如何读起？

迄今为止，在德化，已发现的古窑址有二百七十多处，倘要一一尝读，大概无人能及。事实上,德化有多少古瓷今瓷遍布世界,其间又有谁能数得过来?单说作陶瓷名人,在"瓷圣"何朝宗之前,即唐时德化,就出过许多陶瓷名家,新中国成立至今,瓷雕艺术家的名字,更像星星一样闪烁在陶瓷史上,可谓名瓷名家,层出不穷,使人感到钟灵毓秀的德化,特别地魅力天成,特别地引人入胜。

由此看来,在德化读瓷,心不能太大,更不能太贪,须沿着作陶制瓷的历史发展的节奏,把握一个经脉,细细探源,深深体会,徐徐吐纳,久久体味,或许可窥一斑而知全豹。

当然,不同的人,自会读出不同的感觉和韵味。有的人从中读出德化水的灵秀,有的人从中读出土的本真,有的人从中读出火的明艳,有的人从中读出美的质感。还有的人,如当地的一位文化人,读瓷追溯,迷上了家乡瓷窑废墟的残片,从残片读出瓷的柔性、宁静、从容、洁净、坚贞,即使破碎也棱角分明,从而找到了"以瓷为魂"的精神启示……读瓷读出这些感觉,从另一个方面佐证了德化陶瓷的神奇独特和精美绝伦。

今年暮春,我再次来到德化,在当地陶瓷博物馆,浏览德化陶瓷的创业史、发展史,以及一件件光彩熠耀的艺术珍品,同时走访了几家崛起腾飞的陶瓷企业,仿佛感觉自己正打开德化陶瓷这一本博大精深的大书,隔着重重岁月,一页页凝眸那些经历,那些传奇,那些智慧,其低回婉转,如诉如歌。我当时就感觉,眼睛已不够用了,只能用心去感受那多彩多姿的历史和世界,感受陶瓷那些美好的色泽,那些蕴含于其中的情感,甚至蕴含于其中的魂魄,并为之发出赞叹。

瓷确是可读的。尤其是德化瓷,细读时常常会感受一种历史和现实的交替,一种深刻的人生认知。之前,我有幸读过德化历史上一些陶瓷大师的传世之作,如今,又读到当代德化陶瓷工艺大师的诸多至精至美的作品。我感觉,这些作品,不管是采用象牙白、猪油白、葱根白,或是采用玉红瓷、宝石黄、中华红,个个单纯素洁,极具腴润、典雅之美,特别是在造型样式、装饰图案、工艺技法等诸多方面,都显示了自身的显著特点,表现出高超的水准，凸显了经典作品的风范和令人难以忘怀的传承精神。

　　都说瓷器宜作生活用品，但当这些用品加强了表现力和独特形式感，便可能上升为作品。当作品以多种的形式和手法进行大胆尝试与发展后，便可能上升为精品，从而展示制作人的进取精神和创造智慧。面对这样的作品，我感觉读到的是一种缘分，读时会情不自禁地接受作品对我的一种缓缓的浸润。如实说，我对瓷器的认识是极肤浅的，更写不出对瓷器类似"白如玉、薄如纸、明如镜、声如磬"的形象化的文辞。我只是在读瓷的过程中，怀着对制作人的劳动的敬意，以及对他们睿智的一种认知，静静享受这一种艺术带给我的乐趣。当然，在读瓷的过程中我会有所想象，诸如读古瓷片，我会想象千百年前会有什么样的手抚摸过它们，在经历了风蚀土蚀的千百年后，如今它们面对我的时候，它们的内部是否还有当年的余温和激情？又如我读当代陶瓷精品中的瓶、炉、杯、盘及花、鸟、虫、鱼的时候，我会摆脱客观的形态，而是通过主体性的感受来静享作品传达出的美感，并享受作品给予我的一种明澈而单纯的心境。在细读它们的时候，我仿佛看到了德化历代陶工的心血和智慧，看到了德化人在改革开放中勇于表现美、创造美的审美轨迹，那时，我的心中便会有古老和现代的音乐零散却又和谐地响起，承载着阳光和鲜花，泅渡时间的长河……我甚至还发现，在我读瓷的许多瞬间，瓷也无限度地释放自身能量，使我温暖，使我激动，使我找不到一个恰当的词语来赞美它们。

　　这篇文章写到这里时，我刻意翻开刚得到的一本《德化陶瓷研究论文集》，粗粗一看，竟是包括德化窑考古与研究、收藏与鉴赏以及德化窑雕塑艺术等专题研究论文，内容丰富多彩，令人叹为观止。专家读瓷，火眼金睛，一语中的，精当独到，想到自己这样自私自恋地读瓷，心里忽有些不安。不过回头一看，又觉得在德化读瓷而"自说自话"，也不失为一种真实的流露，而充盈着的这种发自内心的读瓷感受，盖源于一个外地人对德化瓷器的喜爱和粗浅的认识。

　　德化德化，"化瓷为德，化德为瓷"。

听听桃花

邹 园

三月风来，花木盛开。前去探赏富阳新登半山村的万亩桃林。春天约我。这注定是一个唱赞歌和听赞歌的季节。

听听，谁在云天下的桃林里，清了清嗓子，长吟一句——面对桃林，春暖花开。此番套用名人诗句，竟面不改色心不跳。不过用在这里，还行。

一

"万亩"在我的想象空间里，是数千万亿的朵瓣蕊叶，挤挤挨挨密密匝匝地嘤嗡成一片海。浮云飘，腾轻雾，起风了，浩瀚的花海，在半山村摇过去荡回来，连绵回旋，奔涌而去。那气势！

真正站在万亩桃林里，我的眼前，没有海。

它化为轻纱，浮在半山区依偎峰峦了；它变成珠串玉佩，缀在山野的衣襟上了；它还绕成丝带，盘住山间小路曲折蜿蜒，最后绕出一团粉雾随云飘走，仿佛找到主了；或者在山林边缘躲躲闪闪，羞得不行，倏然间，扶摇直上顺风悠旋，离天很近了……

二

万亩桃林，原来是以这种方式展露和铺排，春天的格局原来可以这样设计布局。不一定非得是"海"才是磅礴，非得是"大舞台"才叫壮观。

大自然的沉静和机巧，岂是我等平俗之辈所能品量。

而我，一听"万亩"，只想到海。

我们使用广场、大美、覆盖、格局等这些概念太过频繁。还有，我们已经适应于扮演。

我们在城市风景区栽一株桃，旁边种一株柳，缀一道名胜"项链"出来。可谓春光漫漫几重秀，一株桃花一株柳。美则美矣，但那桃花不是桃，是演员。看她，扮笑颜，扮芬芳。和柳树扮演你侬我侬恩恩爱爱。但经年累月，作为桃，她孤独于尘世，自怜于清凄。哪有半山村土生土长桃花们的顺心如意，肆意灵动，相伴成趣？三三两两，排排行行，或小众扎堆，或三五成群，接地气，沐旭日，听山风，览云天。

她们不谙"平台"，她们不屑"造势"，因为她们没有演出任务，她们叫桃花。

什么是演出？柴门农妇待来客，洒扫院落，圈好鸡鸭猪狗，沏山茶，斟土酒，端几碗农家荤素，足矣。但如非要在八仙桌上插瓶玫瑰，场院门口铺红地毯，那就是演出。

再比如，在一个聘任仪式上，一片美辞滔滔。言者说"今天丽日高照，惠风和畅"。小说家汪曾祺在旁立即说："请改成今天天气不错。"又曰"在场莘莘学子，一代俊彦……"汪先生说："请改成在场学生们也挺好。"这样的"同声翻译"幽默至极。意思很明确，不要随意"扮演"文化。口头表达随意最好。故作艰涩未必"文化"。讲大家都懂的大白话，也是文化。

在这个"大师""泰斗"产量比较高的年代，有人确信，一些难度很大的角色是可以扮演的。于是兴趣盎然，扮演器宇轩昂顶天立地，扮演峨冠博带学富五车，扮演深沉又扮演天真，扮演幸福也扮演悲苦。

什么时候，我们遵从自然，崇尚天性，不演出，就好了。

三

四下幽静。仿佛听见窃窃絮语。我断定，桃林里，肯定有属于她们自己的细语轻笑甚至叹息。阳光灿烂或者轻风片雨之时，桃林里温润细碎的声息不断。

她们的生命历程，有许多值得言说的东西。这是用无数寂寞和等待换来的。

蛰伏漫长酷冷的一冬，始终期待着苏醒，伸展，孕芽，含苞，绽放。冬夜霜重时分，无数伸向天空的枯枝膀臂，在渴望迎接春天。深抵地心的黑褐色泥土里，包藏着多少密集而有效的春天信息啊。飘荡在黑暗里的无形码，一个又一个，隐秘的呼号那么清晰而悠长，全被无一遗漏接收了。

喜光喜温喜肥沃，是她们的生命习性。所以，在深土里守护自己的根系，在寒冬蓄养好养分，明媚的晨光中她们竖起耳朵，等待春天的"叫早"。然后梳妆洗理，渐次开启迎春的笑靥。

无需行政法规，无须文件下达，没有讨论和提案，也不用到朋友圈广而告之或者"摇一摇"。她们只遵从天地自然的法规指令。

自觉。是春天使者的使命。忠诚。就是严守季节生命节律。

桃之心语，桃之心率也。坚强有力，节奏饱满。否则，何以输送出充盈丰沛的血液，浇灌出树干刚劲，枝叶丰盈，苞蕾结实，花朵丰硕？

烂漫，得益于烂漫的原则。

盛开，取决于盛开的纪律。

看桃花，其实也是听桃花。世间绝响，无异天籁。

四

眼下，半山万亩桃林，执意要为春天举行一个美丽盛典。

感恩天时地利，感恩生命轮回。

仿佛是一个庞大的乐队，每一树桃花都摆出提琴手的架势，枝丫横陈是它们的长笛黑管和萨克斯，甚至还有的敲着架子鼓，为优雅起舞的桃花仙子伴奏。每一枚音符，都像蜜蜂般穿梭来回，盘旋，俯冲，追逐花海。

沃土，春风，飞鸟，溪泉，都在聆听。因为同属季节。

严寒，酷暑，阳光，雨露，都是客串，因为息息相关。

她们的狂欢只有自己听得见。因为人间热闹已经满满。

那千万条枝花蕾密布，恰是千万挂翘天鞭炮。只等春光引信的点燃，一瞬间，粉瓣飞洒，绯云迸裂，引爆大千世界的万籁俱寂。

自然世界，崇尚无言。

文学，也是无言。记得少年时代看的第一篇短篇小说是肖平的《三月雪》。贯穿小说主线的"三月雪"，是一种生长在北方山地的山花。粉白，细碎，春来时发出淡淡的幽香。我记得里面有个情节，一位年轻的女战士每当黄昏来时，在窗口低唱：

在北方，

广漠的平原上，

年轻的姑娘背着枪，

献一束鲜花，

给死去的娘。

北方。黄昏。姑娘。花束。远走的娘……极为寻常的画面，极为简洁的文字。

如今的人也许会问，肖平何许人？当年文坛的几排几座？落座主席台还是嘉宾席？

岁月无声。出奇安静。

但是，它让一位文学爱好者半个多世纪之后，身在江南三月风吹桃林花纷飞之际，突然想起《三月雪》这部小说，想起作者名字，并且毫不费力地背出里面的章节。

安静。文学的生命力。

所以司马迁安静。曹雪芹安静。列夫·托尔斯泰也很安静。1910年10月28日离家出走的托氏，二十多天后逝世于那个叫做阿斯塔波沃的小车站。身后的风雪世界一片迷茫。在他永久栖身的亚斯纳亚·波利亚纳的森林里，没有他的墓碑和十字架。他拒绝喧哗。

人世间最巨大的轰鸣是安静。

五

在富阳新登这座千年古镇，万亩桃花虽为一景，更有如同桃花般芬芳久远的古镇遗韵。

承载千百年厚重粗粝的古城墙，沉重如磐。倏一抬头，却看见砖墙缝隙芳草萋萋，新绿娇翠，沐浴天光；

在新登中学的古景"圣园"里，阳光披覆的碑林前，黑白分明的"金石可镂"四个大字，让人心神皆震，如硾重击；

"三院士"纪念馆里，周廷儒、周廷冲、黄翠芬三位科学家，奋斗终身报效国家的事迹感人至深。但他们在世时鲜为人知。站在雕像前，他们宽厚地对我微笑，睿智而深邃的瞳仁里，写满宁静淡泊。

还有细雨湿润的青石板路，古藤缠绕的千年古道，舒缓漫流的古城河流水，古色古香的巷子街口……

谁又能说，它们不是根植于新登古镇这块历史沃土中的另一番"桃之夭夭，灼灼其华"？桃花无言，笑对春风。

告别半山村，我被一片桃树堵住去路。这面坡的桃树特别硕壮。花朵浓郁绵密得让人喘不过气。我无退路。在花团锦簇围追堵截中甘愿投降，幸福被俘。任由旁逸斜出的枝杈们，举起粉红粉白温柔枪管，直抵我空乏落寞的灵魂。

赞歌戛然而止。我怕我的赞美，配不上桃花。

躁动不安的现实里，如何做到，既保持耳畔的清静，又在心灵掀起波澜？

胸臆郁结时，思绪纷乱间，游走山野，清逸萦绕，风烟俱净，听听桃花。

故──事

一个土地与文学的"喀喇沁"

荆永鸣

人在旅途,往往会想到某一个将会路过的朋友或熟人。驱车过承德,我给内蒙古的田福打电话,问他忙啥呢,是种地还是在写小说?

他说,我在集上呢。

我说正好,你简单备点酒菜,中午我带两个朋友去你家里打尖。

隔着二百多公里,田福的声音一下子高了八度:真的吗?

我告诉他,两个小时以后见。

挂断手机,我跟同行的朋友说,这家伙肯定忙上了。

我们则悠闲地赶路,一路上欣赏着车窗外边的风景,反正时间不急。车到茅荆坝,一头钻进大山里。十余公里的幽长隧道,进山时是隆化,眼前洞然一亮,五月的蓝天白云,山峰树木,沟沟岔岔,家田,村庄,以及田野里三三两两的农人,便满眼都是喀喇沁了。

喀喇沁原为蒙古部落名称,汉语译为"重要的人"或"守卫者"。史料记载,历史上曾有十二代蒙古王爷在此袭政,并建有多处封建贵族府第。现在,喀喇沁是赤峰的一个旗。旗政府所在地锦山镇,是一座现代化小城,一黛青山环绕,各式风格迥异的小楼拔地而起,清澈的锡伯河穿城而过,可谓依山傍水,风景秀丽。

但田福不住在城里。他住在下洼子。

锦山往东,沿着一条不太宽的乡间林荫柏油路,我们行车二十多公里,驶进了一个三十几户人家的小村。路边上，一张古铜色的脸膛已经笑得像花似的在等我们。一阵笑语寒暄进了院，这个中午，我们便成了田福家来自远方的客人。屋地上已经放好了圆桌。田福有些激动，一边嘿嘿笑着，一边沏茶倒水；一转身，又像个魔术师似的递给我一包"软中华"。

我说嗬，档次不低呀。

他说我不抽烟！接着呵呵一笑，嘴里银光璀璨。十年前见面，我发现田福镶了几颗金属材质的假牙，问他咋不镶那种烤瓷的，跟真的一样。他脖子一梗，像是躲我：那么贵的玩意儿，咱还整起了？说完又笑，像孩子般坦率与真诚。我跟朋友说，田福是我见过的最快乐的农民。

田福是个土生土长的农民。他在村子里生活了六十多年，如今仍然是个"喀喇沁"。这几年，他儿子和媳妇在赤峰开了个小餐馆，生意还行，小两口老想把老两口"闹"到城里去。他说拉倒吧，去那干啥？我哪也不去！他和老伴就固守着这一方小院，日出而作，日落而息，日子过得朴素而充实。

我问他种了多少亩地。

他说，十五亩玉米，还有一亩四分地药材。

这么多地，得雇人吧？

不雇。他说现在的人工费太贵，雇个女工每天一百，男的得一百二三。为了节约成本，十五亩玉米，从播种到收割，全是他和老伴俩人干。我说，那可够累的。他说种玉米倒不怎么累。他自己有播种机，种子和化肥同时播，一个坑两个籽儿，间苗省事儿，打上除草剂，基本不用锄草。遇到旱年，浇几遍水；雨水好的年份，只等收割就是了。不过，话说回来，从种到收，什么蹲着、爬着、撅着、跪着的时候都有。田福又乐着说，要不咋叫"面朝黄土背朝天"呢。

我说，太不容易了。

他说，这还不算呢。不容易的是种药材，那个熊玩意儿，才麻烦呢。

田福介绍，他种了两种药材，一种是沙参，一种叫牛夕。沙参清热养阴，润肺止咳；牛夕活血通经、补肝肾、强筋骨。都是好东西。就是出药的时候太费劲。特别是沙参，最是难整。四十公分的根须扎进地里，得用五十公分的大药叉子挖，才伤不到根。累！挖出来，先洗净了土，再用一口大锅烧水煮。煮完了还得脱皮，把每一棵沙参的外皮儿捋掉。再一棵一棵摆到排子上。晒干了，才可以一块钱一斤卖给药材商。

有一年出药材，田福雇了三个妇女，工钱花了四千块。他心疼了。再出药，谁也不雇了。老伴要照顾孙女腾不出手，他一个人干。几分地的药材，从出到卖，一连折腾了一个月。累屁了！他感叹了一句，又马上精神一振：那也值呀，你说是吧？得意的样子像占了什么便宜。我也乐了。

玉米加药材，一年收入多少钱？我问。

刨去乱七八糟的费用，去年是三万出头。

那么多地，才收入三万多？

也行了。

田福说，主要是现在两个老人用不着他负担了。他老爹老妈都已经八十多岁。都说人老不值钱，错了。这几年他老爹老妈是越老钱越多，自己有社保，政府有农村老人高龄津贴，还有最低生活保障金，加上每年民政救助给的钱……他扳着指头一项一项算，加起来，总计有一万三千多块。在这种地方生活，老两口足够了。

就有一点不好。田福话题一转：我老爹十年前得了脑血栓，不能行动。你们来的时候，我带他去照脸，刚把他拖拉回去，费老劲了。

照啥脸？我问他。

有社保的，每年都得照一次脸，得和原来的底子对照识别，确认这个人是你，还活着，人家才给你发社保费。田福表情认真，却像在说一个乐子。别看我老爹有病，但能吃饭，身体那叫胖，我根本背不动，像搬口袋似的，好不容易才把他弄到车上去。

田福的车放在院子里，是一辆农用三轮车，当地人叫"三马子"。他用了二十多年，看上去非常老旧了。

我说，该换车了，铁皮都烂了。

他说，发动机没烂。

田福的院子倒很规整。园子里种着小葱，菠菜，西红柿。四间瓦房也不错，前脸儿上新贴了瓷砖儿。他说是政府搞"十个全覆盖"给他补贴了九千块钱装修的。一进院，还有两间门洞房，一间是仓库，一间是农具房。我看了农具房，里边放着各种农具：铁锹、镐头、镰刀、小播种机……像个微型的陈列室，凡种地用得着的家什，一应俱全，都安安静静地呆在自己的位置，仿佛沉浸在各自的往事中。

田福的往事在另一间屋子里。这是四间正房中独立的一间。屋里有书架，有书桌。书桌上的电脑是田福——不对了，应该是田夫——另一片耕耘的土地。说明一下，田夫是田福的笔名，种地时他叫田福，打开电脑他就成了田夫。一字之别，两个角色。正是在这两个角色的不断转换中，让一个只上过七年学的农民，不仅收获了玉米、药材，同时也开拓出了另一片更为广阔的文学天地。

田夫是作家。

自1982年发表第一篇小说开始，至今田夫已在国内报刊上发表小说一百多篇，出版了长篇小说《戴眼镜的村妇》，中短篇小说集《柳湾的月亮》，有的作品还被《小说选刊》和《中国年度小说选集》选载。前不久，他的散文《我亲爱的土地》《读书，让我的人生多了亮色》，在中国国土资源报的两项征文中，又分别获得了二等奖。

田夫的作品我关注过。文风朴素，语言俏皮，夹杂着当地一些有趣的方言土语，挺耐读，题材大多是关于"三农"，关于土地。用他自己的话说，我熟悉这片土地，是这片土地养育了我，我跟它贴心贴肺，不写这个我写啥？田夫说，在地里干活，他老是琢磨他的小说咋写；回到家，洗去手上的泥土，往电脑前一坐，又满脑袋都是那些田野里劳作的人，和他们的喜乐哀愁……他的话让我走神儿。村里人说田福是作家，文学圈里的人说田夫是农民。我想说的是，农民和作家，种地和写作，在同一个人身上已经合而为一。田福和田夫，就是一个土地与文学的"喀喇沁"。

你真不想进城了？我问他。

他说，不进。

"有地种，有书读，有故事写"，是田夫不可缺一的人生快事。他喜欢在田野和书桌之间忙着，苦着，乐着，写着，活着……啥病没有，也没有"三高"，他说兄弟，这不挺好吗？！

我在想，每个人都说热爱自己的故乡，是因为他们远离了故乡；许多人都向往田园生活，让他们来田夫的村里住上一年试试！说到底，像田夫这样守着故土不离不弃，才称得上难能可贵。

这天中午，吃着田夫精心为我们准备的一桌农家菜，喝着酒，气氛欢乐。我们说种地，谈文学，感觉有聊不尽的话题。直到不得不散，我们才背着夕阳而去。

几天后，我在手机里发现一张照片（想不起是出于什么动机照的，但肯定是饭后）。照片上，田夫又变了田福：他背着手站在他家的小库房前，红光满面，咧嘴笑着，两眼眯成了一条缝，像是进入到某种舒适的状态；又像睡着了，在做着一个美滋滋的梦。在他左右两侧，贴着他亲手写的一副对联：

黄金年年积万两
粮谷岁岁堆满仓

我凝视着照片，禁不住心头一热。这是田福对生活的祈望。也是我对所有农民兄弟的祝福。

谢书记买车

黎衍俊

一

那一年,我经营二手小汽车。一天,天气炎热,两位客人骑着一辆嘉陵摩托,在我档口停下来,到车展场上兜一圈后,走进我的办公室。我赶紧站起来招呼。其中一位笑容可掬地伸过手来,用家乡话对我说:"老乡,你好。"

本县地语言有多种。我的家乡是离县城七十多公里的边远山区,和县城语言不同,因而听到乡音,倍感亲切。我兴奋地握住他的手:"老乡,你好,欢迎你,请坐。"

我们互报姓名。他说:"我姓谢,名人民,叫谢人民。"

"哎呀,名字很有意思。"我笑着说。他也笑了:"是父亲起的。"

我忙着递烟、斟茶。他咕嘟咕嘟连喝了几杯茶:"不好意思,路上太阳猛烈,口太渴了。"我忙说:"老乡,别见外,茶水有,喝个够。这么老远,坐摩托很辛苦。"

他说,此次来找我是经朋友介绍的,想来买辆二手小货车——"的士头"。我告诉他,现在没有现车,但可以帮找。他爽朗地说:"没问题,但要抓紧时间。"

他说,他在镇里工作,为了带动全镇农民开山种果,增加群众信心,镇开发一个果园，上工地得带工具，摩托车不合用了，需买"的士头"。

我问："你在镇里工作，管种植？"

和他同行的人急忙回答："他是镇第一把手，是书记。"

"哦？你好，谢书记，有眼不识泰山。"

"哎呀，都是'打工仔'嘛，耕田、种果的。直呼名字就好。"

嘴上客套着，但我还是以怀疑的眼光打量他：一米六几的个子，身材微胖，平头短发，上身穿旧白褂子，褂子汗斑点点，下身"半筒裤"，裤脚也已走了线，脚上穿一双建筑工专用的平底胶鞋。皮肤黝黑，脸上有两道深深的帽痕。与其说是书记，倒不如说是"耕田大爹"更为恰当。

做二手车生意来客不少，但成交率低，不成交的理由很多。因此，客人无论怎么说，我已不会太介意。可是，面对这位老乡"书记"，我却感到不可思议。尤其当我问到他的"坐驾"时，他指了指门前的那辆变了颜色的嘉陵摩托，我心中更是怀疑，觉得他简直是明目张胆地骗我。如果不看在一口乡音的份上，真想当面戳穿。试想，这年代怎么还会有这个"模样"的镇委书记，哪个不是衣冠楚楚、好车进出？来田间"视察"，估计无非是让人打着伞站在高高的道路旁"远眺"。能脱下自己的袜子，让"雪白"的脚摸摸黑土，吸吸"地气"的，恐怕比二手车成交率还要低。为了带头种果，坐一辆旧摩托走上近百公里地买"坐驾"，而且又是"的士头"，谁信呢？

但一转念，又觉得自己想法有点多余。来者都是客，管他是"真心"还是"假意"。于是，我平静下来，耐心地给他们添茶。

我问："老乡书记，你想买哪牌子、什么档次的呢？"

"老乡呀，什么档次，我不懂，牌子也不晓得，只要是发动机有力气就行。关键的，价格不能太贵，要控制在三万以内，不得超标，镇财政有困难，多钱支不起。"

也许他察觉我对他有所怀疑，便笑着站起来，从裤袋里拿出一扎现金："老乡，按行规办，先给你两千元定金，余下车到付款，分文不欠。"

这下我倒有些不好意思了:"书记,别急嘛,多喝杯茶再说。"他说:"这次来时间紧,下次再喝,有机会。"

临走,他又特别握住我的手叮嘱:"麻烦你,拜托了,请你注意质量,价格也不要超标。"

摩托车吐着轻烟离我而去。

二

十天后,我按他的要求送车给他。他所在镇是县里最边远的山区,有九十多公里路,加上山路难走,到镇时已是下午三时。

办公人员从乡下唤回书记。他放好摩托,解下"麦苗帽",拍打一下身上的尘土,笑着走了过来,握住我的手:"老乡,辛苦你了。"

他走近"的士头",左看右看,打开车门,跳上驾驶室,发动车,把了把方向盘,又瞧了瞧内饰,满意地说:"很好,很好,太好了。我叫财务提款给你。不超标吧?"

我说:"没有。"我把发票递给他。

"这么新的车,两万八,太值了。"他爽快地笑起来,"上车,带你看看我镇的果园,顺便试试车的力气。"

车子在山道上奔驰。我打开车窗,尽情听着高山松涛的呼号,"瀑布"的飞洒,欣赏着青葱翠绿——黄榄、荔枝、龙眼、黄皮、菠萝蜜等水果尽收眼底。

书记把车开到"山庄"。

沿途进去,是一片竹园,竹园里有几间平房,屋顶上架着"山庄"两字。"山庄"很幽静,能听到潺潺水声,鸟儿在叽叽喳喳地叫。

服务员笑眯眯地迎接我们:"书记,好久不见,总不肯来我们这儿吃饭呀。"服务员二十多岁,天真活泼,有点"牙尖舌利"的。

"没钱,怎敢来?"

"书记大人没钱,谁有钱?想赚您的钱倒是很难。"她摆摆手:"书记,今天吃什么？"

"老样的，两人套餐。"

服务员笑说："我认识的当官的，最吝啬的就是您。没有您这样招待客人的，市里来人您也敢这样招待，不如一个村里人大方。如果我是大官，这样招待我，我就开除您，让您回家放牛去。"

书记听后，哈哈地大笑起来："你这个死丫头，何方神圣，竟敢如此辱骂本官，你就不怕我让你老板炒你'鱿鱼'？"说完，他又补了一句："死丫头，我是吃饭饱的，不吃菜饱的，你懂吗？"

服务员也哈哈地笑着走出房间："好咧，菜马上来，书记您带客人先喝茶，稍等。"

菜上来了，一碗鸡汤，一碟豆腐，一盘青菜。味道特别的鲜美，很香、很香。

三

又一年冬天，一辆"的士头"载着锄头、铁铲叮叮当当地在我门前停下来。我知道是他来了。

"您好，谢书记。"我招呼他坐下来，端上一杯热茶："看您这副相，镇里肯定发财了，又要换车了吧？这一次给您挑豪华的，几十万的。"

他哈哈笑起来，摸了摸平头，擦了擦眼睛："老总呀，你就别见笑了吧，你给我选的车这么好开，我怎么会换车？这次登你'三宝殿'，是有事相求。"我笑说："听您指示。"

他环视了一下，说："那我们换个地方谈好吗？"

"好。"

我带他进办公室，关起房门。

他小声说："我这次来是想向你借钱，用途是还债。"

"还债？"

"是的。"

"赌博啦？"

他哈哈笑起来："哪会？"

"借多少？"

"一万元。"

接着，他一五一十地陈述着借钱的理由。一年前，其儿子考上外省大学，费用要两万余元，一位做小工程的朋友知道了，便主动地借两万元给他。他对朋友说，肯借钱是雪中送炭，是及时雨，很感激，但无能力一次性还钱，而且至少要两年才能还清。朋友满口答应。可是刚过一年，尚欠一万，朋友催逼了。原因是这朋友认为他"不够伙计"，没给他承包镇政府新大楼及开发区建设工程。

我听完没说话，径直去打开保险柜，递给他一万元："够了吗？"

他拿起来，恭敬地接着，说："够了够了。谢谢你，我写借据给你。"他摸出记事本，边写边说，"因为我爱人打零工，工资低，全家开销主要靠我工资，攒不下大钱，只能分批还给你，每月还一千元。"

"不用写，随你便，有了就还。"

我打开了房门，他还是坚持塞了一张借条给我。

他走出大门，向我挥挥手，跳上"的士头"。车上工具又乒乒乓乓地响了起来。

牡丹花开

李 迪

家有小院。十多年前,洛阳老友来京,送我十棵牡丹。栽入园中,成为一景。年年四月,姹紫嫣红。路人流连忘返,笑靥与繁花共艳阳。

去年夏天,因施工需要,忍痛将牡丹西移数米。坑也挖深了,水也灌足了,想不到,几日后叶败枝枯,至夏末仅存两棵。问谁谁摇头,急得我寝食不安。忽然想起花的老家,上网一搜,电话N多,打哪个?眼一闭,就他吧!接电话的自称花农小毛,听我诉完苦,他大声说,你移的日子不对!我一愣,难道还要翻黄历?他笑起来,哈哈哈,差不多!牡丹矫情,你要是等到十月中旬再移,挖出来晒一个礼拜都能活。其他日子就算活了,明年也不会开花。再说,荷花爱洗澡,牡丹怕湿脚,正是下雨的日子,你又灌大水,那还不烂了根?我后悔不已,原来是这样啊!那我十月中旬去找你买牡丹好吗?小毛问你要几棵?我说少了八棵就补八棵,多了也种不下。他说你不用跑了,我快递给你,货到付款。我还以为听错了,什么?他拔高了嗓音,货到付款!又添一句,保活!听得我霞光万丈,就凭你这样讲,我更要去了!一是怕快递野蛮,二是要拜你为师。你真爱牡丹啊!他说。

就这样,我预定了十月中旬的火车票,特别选了夕发朝至的,当天一大早就赶到洛阳。小毛早已在车站等候。四十出头的他,看上去比实际年龄小很多,黑瘦的脸,大大的眼,见我像见到老友,笑得灿烂如花,走,先吃碗羊肉烩饼！一句话勾起馋虫。来到摊儿上，热乎乎一碗滑进嘴里，叫了声香！转身结账，老板娘说结过了。啊？小毛说你是客，给钱她也不会收！我这才发现，一辆别克停在旁边。车是小毛的，他是饼摊儿老主顾。

小毛家住沟上村，只要半小时车程。他知我心切，直接把车开到了地头儿。嘿哟嗬！满眼的牡丹望不到边，绿毯似地铺上了天。只可惜，谷雨三朝看牡丹，眼下已是深秋，见叶不见花。

我惊呼，这要都开了，定是一片花海啊！

不料，小毛说，养花二十年，我从没见过自己的牡丹花开！

啊？我简直觉得耳朵没带来。

小毛笑笑，没想到吧？听我给你说说啊！

于是，牡丹大课，地头儿开讲——

花农有话，宁收八成嫩，不收九成老，说的牡丹花籽。牡丹落花，授了粉的就怀上胎，蒜瓣儿似的可人疼。瓣儿里包着花籽。七月末，花籽八成熟就要收，长老了不发芽儿。花籽随收随种。种前泡个澡儿选选，浮在面上的不要，沉下水的才得劲。选中的花籽用湿布包好，等到白露再种。花籽入土，深不过五，半个指头就行。轻踩实，浇透水。入冬盖上谷草、树叶。用花籽种的牡丹叫实生苗。实生苗很难开花，就算伺候几年开了花，也多是单瓣白花，枉废心血。那咋整？找对象成家！实生苗长上三年，就可以谈婚论嫁。白露前后挖出来，取主根当砧木，嫁接牡丹姑娘。洛阳红啊，赵粉啊，花大色艳，富贵芳香。这些待嫁的牡丹枝条叫接穗。嫁接时，砧木与接穗对切斜口，捏合起来用麻绳缠紧，然后埋进沙土里。麻绳是婚纱，大地是婚床，一对新枝入洞房。婚后三十天，扒开一看，活啦！砧木长出胡须，接穗发了芽儿，得劲！赶紧请出来，送进地里去育苗。育苗要抢季节，几万棵三四天都得种完，忙得顾不上尿尿。育苗两年整，没黑没白，一心挂八肠。日子到了，又把苗起出来，挑到大田去定植。半步一棵，一亩两千。定植不是定居，日后还要搬家。牡丹爱搬家，越搬越开花。挖沟、起垄、除草、施肥、打虫、平茬，定植的牡丹怀里的娃，要吃要喝要爹妈就这样，再扎扎实实伺候四年，一棵牡丹才能发出十多根条。一根条能开一朵花，这时候就可以上市啦！一棵好牡丹，从下种算起，要花十年功！

啊？我叫起来，等于一个孩子，从小学读到初中毕业！

小毛点点头，少了一年，我都不出手！

我忽然想起，他说从没见过自己的牡丹开花，就问他为什么，难道十年都不开吗？

小毛笑而不语。他开始为我选花了。选中一棵，挖出一棵，抖去泥土削去叶，露出十多根条，粗胳膊粗腿儿的，每根条上都顶着一个大骨朵。油亮，饱满，精气神！

你回家就种，正是好季节。小毛说，种的时候，坑儿大着点儿，别委屈了根。先填表土，后填生土，边填边往上提提，让根舒坦了。土别填太深。深了，根不发，花不旺，"五花头"齐地就中。

啊，五花肉？

哈哈，你饿啦？不是五花肉，是"五花头"！喏，就是根茎这块儿。土填完了，用木棍捣实，浇足压根水。地见干时，松土保墒。头锄浅，二锄深，不留生地。入冬前再浇一次封冻水。你看这条粗的，天再冷也没事，牡丹不冻不开花。你就等着明年春天看花吧！说着，他拍拍身上的土，走，回去装纸箱，一共八棵，去了土还不重。

我说，再重也不怕，我当过知青当过兵！

得劲！小毛一跷大拇指，你来巧啦，明后天，这片地里的三万棵牡丹就全出手了！

啊？我再次惊呼，谁买那么多啊？

批发商啊！共道牡丹时，相随买花去。他们买回去，装盆入暖棚，头春节就把花催开了，大朵大朵地进入市场，喜气洋洋地开在千家万户。多美啊！

这样说着，小毛的脸上荡起红晕，美得像个姑娘。

八棵牡丹装了箱，又吃了他爱人包的饺子、炖的肉，我就准备回京了。

小毛送我进了站，帮我把纸箱安置好，趁车还没开，我俩又下来说了会儿话。我再次追问他，你为什么没见过自己的牡丹花开？

小毛笑了，我要不说吧，怕你想一路。是这样，牡丹舍命不舍花。一旦开了，就把自己的全部心血都献给花，不发条也不养条。说实话，从育苗到定植，牡丹年年都能开花，随时都可以卖。可是，我不能让它开，日子不够也不卖。为了多发条养好条，骨朵一出，就掐掉。几万棵牡丹，要掐得一干二净。这是个累活儿，更是个伤心的活儿。像掐掉自己的孩子啊，边掐边掉泪。你说，没有了骨朵哪儿来的花？所以我育花十年不见花。眼前看不见，花在心里开！

说着，他眼圈红了。

这时，铃响了，车要开了，就在我跳上车的刹那间，小毛把什么东西塞进我兜里。我掏出来一看，是我给的买花钱！

你这么爱牡丹，交个朋友吧！

小毛在车下喊。

我急忙去看他，已经看不清……

小院的牡丹开了，开在四月的北京。

姹紫嫣红，一棵十几朵，像插满鲜花的轿子。

雪天送稿儿

刘庆邦

我在河南新密煤矿当通讯员时，经常到省会郑州的《河南日报》送稿儿。我那时写的多是新闻报道，有一定的时效性。那样的稿子，若是通过邮递方式往报社寄，等编辑收到就过时了，有可能成为废纸。为避免辛辛苦苦所写的稿子成为废纸，我的办法是直接把稿子送到报社去。好在矿务局离郑州不是很远，也就是几十公里，坐上火车或汽车，一两个钟头就到了。

让我最难忘的一次送稿儿，是在上个世纪1979年的大年初一。当时全国到处喊缺煤，煤炭是紧俏物资。在那种情况下，矿工连过春节都不放假，照样头顶矿灯下井挖煤。工人不放假，矿务局的机关干部当然也不能放假，须分散到局属各矿，跟工人一起过春节。初一一大早，我还在睡觉，听见矿务局一位管政工的副书记在楼下大声喊我，让我跟他一块儿去王庄矿下井。副书记乘坐的吉普车没有熄火，我听见副书记的口气颇有些不耐烦。我不敢怠慢，匆匆穿上衣服，跑着下楼去了。来到矿上，阴沉的天空飘起了雪花。副书记去和矿上的领导接头，慰问，我换上工作服，领了矿灯，到井下的一个掘进窝头和工人们一起干活儿。我明白，我的任务不是单纯干活，从井下出来还要写一篇稿子。为了能使稿子有些内容，我就留心观察工人们干活儿的情况，并和掘进队的带班队长谈了几句。井下无短途，等我黑头黑脸地从井下出来，洗了澡，时间已是半下午。雪还在下，井口的煤堆上已覆盖了一层薄雪，使黑色的矿山变成了白色的矿山。此时，那位副书记和小车司机已先期回家去了，把我一个人丢在了矿上。我也想回家，跟妻子、女儿一块儿过春节，可不能啊，我的主要任务还没有完成。我搭了一辆运煤的卡车，向郑州赶去。雪越下越大，师傅不敢把车开得太快。我住进《河南日报》招待所时，天已完全黑了下来，吃晚饭的时间都过了。招待所的院子里积了半尺多深的雪，新雪上连一个脚印都没有。招待所是一个方形的大院，院子四周都是平房。平日里，入住招待所的全省各地的通讯员挺多的，差不多能把所有的房间住满。可那天的招待所空旷冷清起来，住招待所的只有我一个人。招待所方面，只有食堂里有一位上岁数的老师傅值班。我问老师傅有什么吃的？老师傅说：今天是大年初一呀，你怎么不在家过年哩！我说矿上不放假，我还得写稿子。老师傅见我冻得有些哆嗦，问我想吃什么，他给我做。我说随便吃点什么都行。老师傅说：那我给你煮饺子吧。

  吃了两碗热气腾腾的水饺儿，我就趴在招待所的床铺上开始写稿子。望一眼窗外纷纷扬扬的大雪，我记得我写下的第一句话是：大年初一，新密煤矿井上冰天雪地，井下热火朝天。第二天早上，我踏着一踩一个脚窝的积雪，去报社的编辑部送稿子。报社的地方挺大的，有南门还有北门。我从北门进去，向编辑部所在的那栋大楼走去。报社的大院子里不见一个人影，偶尔有个别喜鹊在雪树间飞来飞去，蹬落一些散雪。我来到报社编辑部的值班室，见报社的总编辑在那里值班。我参加过报社在洛阳召开的城市通讯员工作会议，认识总编辑，我对总编说，我写了一篇煤矿工人节日期间坚守生产岗位的稿子，问总编需要不需要？总编的回答让我欣喜，他说当然需要，报纸正等这样的稿子呢！

  把稿子交给总编，我就向长途汽车站赶去，准备回家。让我没想到的是，因大雪封山，雪阻路断，开往矿区的长途汽车停运了。汽车停运了，火车总不会停吧，我又向火车站赶去。下午只有一趟开往矿区的列车，我应该能赶上。然而因为同样的原因，火车也停开了。没办法，我只好返回《河南日报》的招待所住下。在中国人很看重的春节，别人大都和家人一起团聚,过年,我那年却被大雪生生困在了郑州。我在大年初一的早上就去矿上下井,一去就是好几天无消息,我想我妻子一定很着急,很担心。可那时家里没电话,更谈不上用手机,我只能等雪停路通才能回去,才能跟妻子解释未能按时回家的原因。

在报社招待所待着也有好处,能够及时看到报纸。我初二把稿子送到报社,看到初三的《河南日报》就把稿子登了出来。稿子不仅发在头版,还是头条位置。

药碾子

刘群华

一个药碾子，是一个悬壶之人必须修炼的禅道。

药碾子靠碾轮在碾槽里不断滚动而把中药碾成粉末，中间宽敞，两头收紧，像一只驮着岁月的小船，行走于悬壶的湍急河流。它与白芷附子木香等卑微的草木深切接触，也与鹿角阿胶人参虫草等名贵之物深度亲昵，它所有的斑斓和斑驳，五色又五味。

我的药碾子是师父送的，他见我性躁，嘱我多多碾药，能修养心性。如今铁铸的药碾子好几年没用了，蒙了厚厚一层尘，蜘蛛在上面盘根错节地织网，我一看它落魄的样子，就觉得心被人狠狠揪了一把，如被我抛弃的一个好友，在时光里颠沛流离。

当年，我在师父的惠风医馆学艺，在城东一角，一个苍老的巷子里，是个粗糙的木门铺子，几根木柱支撑着，但厅堂宽阔，几个中药柜子泛着陈黄色漆的光亮，还透出浓郁的中药芳香。药碾子搁在大堂一侧，见闻着来往的求诊者。

我拜师时，起初每天看药熟药，晚上听师父讲读《内经》。有时医馆很忙，其他的几个师兄腾不出手，师父便喊我去碾药。初上手时，我面对沉重的药碾一片茫然，因为自己技艺的生疏，碾轮在我面前也更显笨重难使。我甚至不会用双脚滚动轮子，只能用双手握住轮子柄，不断地滚动。这样一天下来，双手掌一手的血泡，有的还磨破了嫩皮，出血了，痛得我钻心流泪。师父看在眼里疼在心里，点起一盏油灯，拿出一根缝衣针，针鼻子上穿条青棉线，沾上桐油在油灯上点燃，线就如一道火焰顺着缝衣针刺过我的血泡。血泡瘪了，师父说："桐油祛风退火，很快会好。"这种油针，并非师父的专利，我的母亲也会。不过，油针捏在师父的手里，让我倍感温暖和疼爱。

有了两手掌的血泡，第二天便不碾药了。我被师父和师兄们照顾，像一只被呵护的雏鸟，每天陪师父号脉抄方，或捏秤称药。那一杆布满星星点点的秤，细小笔直，称量着一个个人的生命，也称量着一个个人的痛苦和悲伤。

如此历练再三，我慢慢掌握了窍门，终于能够稳妥而有效率地碾药了。我常赤膊坐在木椅上双脚滚动着铁碾轮，咔嚓咔嚓地碾着干枯僵硬的中药，仿佛一曲重复的粗犷山歌，盘旋于青瓦白墙之间。中药被往返碾磨，然后过筛，细末另装，粗末再碾，直至药碾如泥。这种药泥大概有两种去处，一种混蜂蜜做中药丸子，一种和油脂做外敷膏药。中药丸子可大可小，小如绿豆即可，大如梧桐亦行。而外敷的膏药则深如夜色，青黛之中，还有几丝像桔黄的灯光，贴在患处，人温暖，心透亮。

有一次，医馆来了一个病重的患者，他儿子拿着师父的处方虔诚地递给我，方子上有一味野山参，特别注明"研末服用"。我赶忙从抽屉里拿出药材，在药碾子上滚动碾轮，碾得药细细的，几乎含口即化。事后，我问师父，为什么不水煎呢？师父笑道："一味野山参，物稀而价贵啊！况且此人为心绞痛，冲服更易充分吸收，见效快。"

碾药是一个辛苦的活儿，夏天怕热，冬天怕冻。在冬天碾药，屋里头必烧一膛红彤彤的炭火，然后兀自滚动着碾轮，咔嚓咔嚓，孤独地响。碾药除了气候的冷暖，还有来自人的疲惫和单调，倘若在夏天，则难免不知不觉躺在靠椅上呼呼睡去了。一日，天气闷热，门外的玉米叶被日头蒸卷了。我在屋里碾药，师父进来，看我汗流浃背，又一脸的厌烦，说："碾药累不？孤独不？"我的心思仿佛被师父一下洞察无余，只能尴尬地嘿嘿笑。

师父说:"碾药也有乐趣,要学会自寻快乐,转移注意力,可以边碾边读书的。"他示范性地拿起一本药书,双脚滚动碾轮,在叮当叮当之声中翻阅起了一页页远古的方剂。

我在旁看着,在师父的脚下,药碾子是一只驮着快乐的船,在碾槽里张帆,一路风雨而去。他踩的药轮子不是药轮子,是桨,爱它而习惯于它,脸上所表露的神色,自然、深邃,像一名得道的禅师,怡然地品味着窗外的阳光和书中的淡泊。

物在身之外,不居身之内,忘物而不思物,这句话,师父总拿来教导我。他说,你满脑子想着在碾药,累从心来,心负重而来。我起初不知其中的意味,后来知道了,师父也老了。碾药碾出快乐,是一种高深的境界。你想,如果捧着一本书,双脚不自主地踩动碾轮,这种画面的古朴和灵动,洋溢着药房里的草木清香,多令人怦然心动。

在药碾子的陪伴下,我也在不断地成长,也会治疗一些简单的风寒风热的外感了。有一次,一个萎靡的小儿被他的父母抱进来了,我号了下小儿的脉,又看了他的手掌鱼际,在处方笺上准备写几味疏风散热的药。尚未落笔,师父从外面进来了,他看了看患者,说:"小儿娇嫩,用药要轻灵,如羽毛一样。"便嘱咐我去药碾子上碾几味药,调油脂敷在小儿的脚板上。我起先忽视师父这种举重若轻的治疗方法,认为太简单,无法体现一个医生丰富的专业知识。但师父说:"病之治,一味即可,不用二味,既节省了病人的费用,又减少了对身体的潜在伤害。你看那些古医书中,为什么有的方剂仅一二味,是药专而力足啊。"他停顿了下,又说:"像这个药碾子,碾药的话,我们还有研盂,也有捣药罐,但各有其长,各有其用。"

我看了看身边的药碾子,再环顾四周,陡然发觉这些中药器具,被师父赋予了它们治病救人的职责,进而获得了生命,鲜活地生活在草木之中。

第二天,小儿病好转了,药费也只花了一个鸡蛋的钱。

拜师后的第五年,我离开了惠风医馆。临行前,师父说:"中医之道,必尊中医之术。"他从后房搬出一个铁药碾送给我,说:"别小看一个药碾,其实是中药的一种工艺，马虎不得。"

我出师后在另一座城的街上也开了家医馆，虽然比师父的小，却五脏俱全。二百多味草木的中药柜子，高高大大立在大堂中间；一张四方长桌放在左侧，上面摆着一个崭新的号脉垫子；师父赠我的铁碾子置于大堂的右侧，没事时，静静地睁着眼看我，看得我不敢怠慢任何一事。

然而，经营久了，患者日多，需要碾的药也越来越多，我觉得有些忙不过来了，有患者推荐我用电动磨粉机，我便买了一台。这样，我把大堂的药碾子搬进了西厢房，它的位置被电动磨粉机无情地代替了。我有时无事，心想没有药碾子的监督，便觉自由轻松了许多。

每次我去师父的惠风医馆，看师父还在坚持用药碾子，累得腰酸背痛，便小声提醒："买台小磨粉机吧？"

师父摇了摇头。

我知道，师父的坚持，不是守旧，是坚持一种工艺，一种传承，一种修行，一种医者的矜持，一种古色古香的慈悲大道。

扛一座城市在肩上

马宇龙

忽然而来的热,让人有些焦躁不安,适逢端午放假,就想逃出去。于是西去银川,除了找个清凉所在,还因为那里有一个写诗的小兄弟。临行前联系他,一路上四个小时,他的短信发了五六次。到达银川的时候,已经下午七点了,没有想到,农历五月的银川依然燥热,与我十多年前来留下的印象大不相同。看来环球同此凉热,我们生存的环境已经逐渐雷同化了。

一下车,刚从工地上下来的兄弟就跑到车站来接我。见面颇费了一点周折,车站前后门之误,就让我知道了他所在的城市与他存在的隔膜。他黑黝黝的脸庞和几年前相比,多了坚韧和成熟。

迎着夜风穿过银川的街道,在一家四川风味的小排档里小酌,算是为我接风洗尘。我们说起十多年前,尚在一所村学当代课教师的十八岁的他通过邮局寄来一大摞手写的小诗和短文,也说起他忽然搭乘班车来崇信县城找到我,向我请教写作。我们还说起我于某个黄昏突然带着家人出现在他家的村子里,当然更说起的是十多年过去了,他依然在艰苦的环境里坚持创作,并被贴上了打工诗人的标签,大量阅读,勤奋写作,散文、诗歌、小说,都在尝试并日渐成熟,我一再说,最近在刊物上看到他写酒的一组诗,特别有味道,能看出进步飞快。他憨憨地笑笑,钱越来越难挣,现在都很少写了。我说,纸上不写没关系,只要心里写着就成!一杯酒碰过去,溅起清凉的啤酒花。这一晚,我是外来人,他是银川人,他在尽地主之谊。

第二天，他照旧去上班，从城东到城西，把市民或机关预订好的家具搬上楼，安装好，收清余款，向家具城老板计件领取酬劳，这是我想象的情形。九年了，他带着妻子和孩子，来到这里，走街串巷，楼上楼下，帮别人安置好了一个又一个家，他却不停地在变换出租房。他在诗里写："这些年，银川的房屋拆迁得特别厉害／而我们这些客人，老得搬家／每拆一次就搬一次／今年，在东边／明年，在西边／搬来搬去，就像一座浮萍／找不到合适的／安放空间。"当然，我知道，这种安放空间不是身体的安放，更多指的是心灵的安放。

十七岁那年，他不堪家里的贫困，出门寻活路，四处漂泊，近处去过西安，远处到过北京、天津和青岛，浪迹天涯的打工日子里，他写下这样的诗："我望着星空发呆／周遭的冷抖动着他乡的躯体／在命运不属于自己的季节／我不得不学会忍耐……"好在，银川终于成为他稳定下来的城市，将近十年的光阴，他开始慢慢融入了这里，特别是以自己填充了无数寂寞暗夜的文字获得了银川的认可，他加入了银川作协。他的汗水洒在银川的土地上，他的名字频频出现在当地的报刊上，粮食、农民、民工、黄土地里的父母，还有家里的那头老黄牛，一一被他用原始的、朴实的语句呈现在世人面前。

这一天，我在银川的景点流连，每到一处，我就想，其实他离这里很远，并不是每一个寄居在城市的人都会成为城市人，他把城市扛在肩上，城市的美丽却把他推在门外。来前我问他，银川鸣翠湖的荷花开着还是败了？问完我就意识到我犯了一个错误，银川的荷花与他没有关系。他把所有的时光都扛在肩上，浸泡在汗水里，荷花的开与不开，是别人的事。果然，晚上回来，我历数贺兰山下西夏风情园的盛大，他说，他知道，但他没去过。

他在银川十年，我只来了这一次，他岂能放过？这一晚，他约了开"火吧"的同乡，订了包间，决意与我好好喝一次。生活历练了他，从前在我跟前一贯的拘谨渐渐没有了，我知道他喝酒会过敏，而且有严重的风湿，啤酒不宜多喝，但他说，大不了再吊几天瓶子。对此，我无话可说，在外漂泊的人，见到每一个亲人，他需要表达，除了写诗，就是喝酒，何况我们十年的往来，我力图改善他的生存境遇，虽然未果，却也让他与我虽远犹近，感情日笃。这一晚他和他的小同乡，说着亲切的家乡话，一帮银川的寄居者，用银川式的热情与豪爽，轮番敬我，陪我。

酒至酣处，激情似火，不知道喝了多少杯，已过凌晨，我看到了他瘦小的妻子，刚刚从饭馆下班过来。只有在银川见到他们，我才能体会他们的生存状态，体会到我想象不到的困窘。而让人欣慰的是，他们虽然艰难，但他们的自尊依然高贵。对于我们来讲，美丽的银川永远是别人的城市，你可以把它扛在肩上，你却永远无法把它捂在心里。而与这些寄居者相聚，我却一再被他们的激情感染，我看到他们的梦想从未远离，"再低微的骨头里也有江河"。我的兄弟，他有文字可以言说生存的厚重和悲怆，他有诗意可以表达自己的内心，一次次积蓄希望之火。

踉踉跄跄地离开"火吧"，送我回去的路上，他因不堪酒力吐了一地。银川的夜晚，盛满了我们的悲喜，也在恍恍惚惚间接纳了我们，银川，第一次属于我们。这时候，我想起了他的小诗《酒杯》：洒下来的酒水，像眼泪／砸疼了两个人的伤／而我，不善饮酒／在一片红晕里／找不到回家的路／你拥着我／站在新华街的小巷里／霓虹迷乱……

次日晕晕乎乎地起来，坐车回家，给他发短信，他说：我已经在送家具的路上。我望着车窗外渐渐远去的银川，心想，他肩上打包的家具究竟有多重呢？十年，他用曾经稚嫩的肩膀扛起了多少银川人的凡俗日子，他不曾拥有繁华，却在诗中创造着绚烂丰富的世界。

他叫王新荣，笔名泾芮。泾河和芮河，是他永远的根。

搓澡工阿满

尚书华

人差不多都有个习惯,在哪家洗澡、理发时间久了,轻易不会换地方。除非遇到什么新情况。

我在这家浴池洗澡至少有十年光景。这里水好、卫生、讲究通风、无异味。至于服务质量,那都是跟门票价格成正比的,别奢望会多好,过得去就是了。

这天,浴池新来了一位搓澡工,老板唤他阿满,看上去像是南方人。人长得瘦小、机灵,搓起澡来细、匀,手劲儿该大则大、该小则小,快慢有致,轻重有别,让顾客顺心如意,舒舒服服。特别是搓完澡后,再搭上两分钟,给你从头至脚来个简单的按摩,捶捶拍拍,捏捏揉揉,那叫一个舒坦。对人也客气,一张谦和的脸上总是挂着笑意,让人见了极易生出好感。这家浴池原来有两位搓澡工,都干了有些年头了。不知为啥,阿满的到来,让我隐隐有种预感:他们两个的日子以后可能不会太好过。

每周来浴池泡一次澡。自从阿满出现后,总想等他给搓。跟我一样想法的大有人在,搞得阿满这边等着搓澡的人手牌排成了队。而那两位搓澡师傅渐渐变得清闲起来,闲得直抽烟。时不时往阿满这边瞟一眼,脸上生出诸多怨气。阿满像没看见这些一样,只管不紧不慢、有条不紊地干他的活儿。有时见等他搓的人太多,就嘟囔一句:有着急的可以到那边搓,都一样。马上就听到有人接话:不急,不急,就等你来。这时,空着的那两铺搓台的烟雾气便更浓了一些。

经阿满搓了两次澡，不免交谈几句，得知他来自浙江一个叫安吉的县城。他真名不叫阿满，是出来干活儿时现起了这么个叫起来方便的名字。家中有一患病老母，有一念初中的女儿，妻子没工作，在家伺候这一老一小，靠他一人在外挣钱养活全家。他跟我说，书没念好，没大本事赚钱，只好凭力气养家糊口。我鼓励他说：搓澡也是一门手艺，能见高低的。他羞赧地说：这算什么手艺，搓得好孬，不过是用不用心，用不用力罢了。大家都是回头客，马虎不得，做不好是要丢饭碗的。他说得轻轻松松，我听了倒觉得有些沉重。

逢周六日，顾客比平日多，那两位师傅也不闲着，十分熟练地搓完这个搓那个，直想多干几个活儿。阿满依旧不着急，稳稳当当用心用力地一下一下搓，速度明显比人家慢，人家搓仨，他只能搓俩，一天下来，比人家少搓十几个，自然少拿不少工钱。可他似乎并不在意，只管按自己的方式干活，高兴的时候还小声哼哼两句流行歌曲。

因是多年的老顾客，我跟浴池老板已混得蛮熟。那天洗完澡出来，在前台见到老板，便跟他说：最近来的这位伙计不错，澡搓得好，有手艺，用心用力，又细又舒服，等他搓澡的人排着队呐——我本想多说几句，可却见老板似乎并不很愿意听，只是嗯嗯地点头。恰在这时，来了两位熟客，老板忙着打招呼，这话就岔过去了。

一周后再来洗澡，阿满给我搓完后，悄声告诉我：这里提供的洗发液、护肤膏千万别用，都是过期的，弄不好会过敏。我听了一愣，心想，这人可真实在，他就不怕我把这话告诉老板？

又隔一周来洗澡，阿满不见了。我问原来的师傅他为什么不干了，去哪了，两个人得意地相互对视一下，几乎同时说：不知道。我一阵茫然。

先前没有阿满比照，没觉得那两位师傅搓得有多么差。现在再一上手才觉得，哪都搓得不舒服。无奈，没了好的，孬的也将就吧。草草洗完澡后，在前台又见到老板，我问他，为什么让阿满走了？他搓得很好的。老板苦笑一下说，就因为他搓得"很好"，我才用不起他。我不解，问，为啥？老板接着说：这不明摆着么，他搓得好，肯定搓得就慢，别人搓仨，他只能搓俩。我跟他是分成关系，搓一个澡十元钱，他六元，我四元，一天下来，他比别人少搓十个，我就少拿四十元，若比别人少搓二十个，我就少拿八十元，算算吧，一个月多少钱？一年多少钱？他搓得的确好，不光你这么说，很多顾客都跟我反映过，我也亲眼看过他干活儿。可有什么办法呢？我是有经营成本的，开门一天，少说也得几百元。我也想学雷锋，可没条件呀，总得养家糊口不是？

我终于明白阿满为什么离开这里了。从做生意的角度来想，老板说得也不无道理，可以理解。可我心里就是不痛快，郁闷。一个诚实、有手艺、热心周到为顾客服务的人，怎么就得不到认可呢？这实在有些不公平。

我心头萌生了换一家浴池洗澡的念头。坦率地讲，我对这家陪伴了多年的浴池并不情愿离开，只是想做一次尝试。当然，更想能意外遇见阿满。

退休了，没啥事，全当散步，我开始四处寻找开辟新的"根据地"。一天，在离我居住的小区五六百米远的地方，发现一家新开业的浴池。我径直走进去，迎面过来一位看上去颇像老板的年轻人，待人和气，透着精明。跟我打过招呼后，嘱一位服务生把我带进更衣处。新环境、新设置、新面孔，不错。我脱下衣服，走进洗浴间，热气弥漫中还没来得及看清一张张面孔，就听有人说：您来了。这声音好耳熟。天啊！是阿满。我像见到了久别重逢的老朋友，一种亲切的感觉油然而生。阿满很高兴，可手中正干着活儿，不方便多聊。我们俩心领神会，我把手牌交给他，算是排上了队，待挨到我时，可以边搓边聊。

好在这天不是休息日，人不是很多，没用多长时间便排到了我。阿满说：我知道你迟早会找到这里来。我问：为什么？他说：好多在那边我给搓过澡的人都找到这边来了，我想，你也一定会。我说：你对自己还是蛮自信的。他笑了，说：这边老板人不错，虽然年轻，可脑袋瓜好使，讲究诚信。我来应聘，他说他了解我，可能是去那边洗过澡，或做过考察。他知道我搓得好,搓得慢,特意制定了两种收费标准,别的师傅搓一位收十元钱,我收十五元,他说这叫优质服务,活儿好价高,合情合理。听了这些,我心头一热,默默为阿满祝福。他总算遇上了一个好主儿。这回,可以踏踏实实地靠手艺挣钱养活家人了。

乡人偶遇

王慧骐

卞的哥

是在高淳县城打车时认识这位卞的哥的。我先是坐在车的后座，从其脑袋侧面看，很像马云。后来同他聊，发现讲话一套一套的，虽够不上口若悬河，但词汇量丰富是一定的。我们要去的蒋山村，在高淳的最南面，有二十多公里。他说那儿熟，有些什么可看的，他全知道。导游似的带着我们在好几处停了车，还尽其所知地说了不少。

下得车来，见他个头还真的矮小，身形也蛮单薄。问了其身世，方知眼前是个有故事的主。他家在离县城十里地的砖墙镇上，今年四十五岁。只读到初中毕业就出来闯荡。先是跟在姐夫后面养螃蟹，自家的水面不阔，收成也就不多，脑筋一动，把附近人家养的蟹全收罗来了，再设法运到其他城市去卖。风里来雨里去的学了识人的本事也挣了些钱。后来碰上蟹的小年，也就歇了，改行了，跟人出去学水电工。慢慢就做起了小包工头。别人拿下一个项目，水电那一块他便出面包下来。场子是渐渐拉大了，但肩上的斤两担子也跟着沉了。工程接过不少，听起来蛮风光的，动辄上百万。可那都是要你垫资干的，自己哪来那么多钱，只得向熟人老乡借。当然给出的利息就比银行高。问他为何不找银行贷，他朝我笑笑，你不干这行不知道，光那些手续就能把你烦死。工程好歹上手做了，可做完了，钱却拿不到。甲方工程款不是不给，可拖个一年两载那是家常便饭。等钱真正拿到手了，当初借人家的连本带息一还，也就所剩无几了。

那些年里人苦得没命不谈，还整天不着家，老婆孩子一点顾不上。无奈之下这才把屁股捺实了，坐下来开出租。这一干已是七八个年头。要说苦嘛还是苦的，但总归能见得着钱了，刨掉七七八八的，一个月落上五六千没啥问题。捣腾了这许多年，前年春上，自家的两层小楼总算体面地竖起来了。老婆在县城一家幼儿园当保育员，有好些年了。工资虽不高，但旱涝保收多少有一些。儿子也有二十岁了，眼下正在南京一所技术学院读大二。

"接下来要忙就是儿子的事了。"卞的哥边转着方向盘边对我说未来的打算，"再苦个五年八年吧，等儿子毕了业有了工作结了婚，到那时身上这副担子才能卸下来。"转而口气变得有几分沉重，"不过，谁知道呢，儿子将来能成什么，干多大的事，可全是未知数哩。"我笑着宽慰他："爹这么能干，儿子差不了的。"他似乎一下又找回了马云般的自信："这话倒不假，我儿子一准能干出个人样来。"

刘 姐

是在苏皖交界一处叫汪家垄的村口遇见她的。那天我们途经她门前时，她正弯着腰在竹匾上摊晒那用开水烫过了的秋扁豆。门前蛮大的一方晒坪上，还码着几堆叫日头已晒得有点软塌的红红绿绿的尖辣椒。半米高的院墙外，菜地有好几畦，种着韭菜、萝卜、上海青等不同的菜蔬。她是那种见人自来熟的女人，热情泼辣且善于拉呱，也就半个时辰的工夫她把许多家事都同我们说了。

女人姓刘，乡邻都喊她刘姐。娘家在几十里外的狸桥，属安徽宣城。嫁到这儿二十三年了。男人姓汪，祖上从湖北恩施那边过来，不过在这儿生根已有好几辈。男人年轻时学的瓦工，总在外面干工程。好在这些年倒跑得不远了，个把月时间能回来一趟。平素家里大大小小的事儿基本由她一人担着。周边山坡上栽了不少的茶树、果树，一年里也能从地上刨出些钱来。自家的小楼盖了三层，上面住人，下面弄了个超市，卖点油盐酱醋。还通过娘家熟人关系，办了个宣酒总代理。来买酒的大多是附近的乡民，因此经营的品种以中低档为主。方圆几里凡家中红白喜事，都从她这儿拿酒。后来说到了她儿子，立马眼角眉梢挂满得意。十八岁出去当的兵，三年后复员回转来，现在镇上一家服装厂干熨烫工。"我这儿子聪明，这一段正在学开车，学成了还想重换一个工作。"说话间从手机里找出他儿子早两年在部队时拍的照片，小伙子身着海魂衫，很是帅气。

女人去柴房捧来几只硕大的桔子，说自家树上结的，很甜，一定要我们尝尝。又领我们去看她侍弄的花儿，一盆盆的，长得同她一般精神。我们冷不丁问她晒在外面的秋扁豆咋个吃法，她说等到寒风呼啸大雪封门，抓一把开水一泡，和肉一道烧，味道好得很。

临别时，她还主动加了我微信。这以后，朋友圈里时不时能见着她拍的各种花儿展姿的小视频。一个承载着生活重负的年近半百的女人竟有这等宽松绰约的闲情逸致，委实令人折服。

环卫工老人

老人家二郎腿有滋有味地翘着，屁股就落在那环卫车的车把上。一身桔红色的环卫服，显得挺亮眼，映着他泛几分酡红的脸。雪刚下过不久，天气很阴冷，他穿得不多，却特利索的样子。

我们是在过马路等红灯时同他搭上腔的。老人家健谈，像是又喝了点酒，话匣子一点不盖地全开了。他七十一岁了。家在苏北睢宁，十八岁出去当的兵，二十六岁回来分在一家工厂保卫科，一直干到退休。儿子是乡里的干部，分管计划生育等，平日里忙得不沾家。孙子倒够争气，大学一下考到南京来了。他不舍得孙子一个人来这么远的地方读书，那一年他已退了休，反正在家没事，跟老伴一商量，不如来陪孙子吧，也好让儿子放心。老两口啥也没带，就在靠着孙子学校不远的地方租了间十平方米的房子住下了。这样，孙子在南京也就有了个临时的家，时不时地过来看看爷爷奶奶。他们也给他弄点好吃的，隔三差五地给一点零花钱。

老两口来了南京，吃喝花销自然比在老家高，光房租每月就缴五百哩。总不能坐吃山空，老夫妻合计着找份事来干。那一年老头才六十三，于是去环卫所签了份合同，工作是管两条约莫一公里长的马路，一天须清扫三遍。之前长途车站设在这儿，人流量大，垃圾也多；这一阵车站迁走了，干净些了。问他累不累，他笑笑：还好。老伴在附近一家网吧电玩城做保洁，可每天上班的时间比他长。他中午还能溜回去喝上两口酒，饭则是老伴一早给做好的。酒是五块多一瓶的普曲，喝喝蛮不错，弄两口这寒天就不觉着冷了。问到工资待遇，老伴比他多点，每月有两千三，而他只拿一千八不到，好在他们过得节俭，除了吃饭还能结余些。

不知不觉，二老在省城待了近八年。孙子大学毕了业，还在银行找了份很不错的工作。照理也该回去了，可想想孙子又有点舍不得，"我们在这儿，房子虽小好歹是个家，如若我们走了，孙子就孤零零一个人了。"他从衣袋里掏出一根烟来，叼上，"不过在这儿估计不会呆得太久了，孙子已谈了对象，等他哪天结了婚，有个姑娘来照应他，我们也就可以回去了。"老人站起身，倚着环卫车，一脸憧憬地说着明天的事。冬天的阳光洒了一些在老人矮矮瘦瘦的身体上。

水有多宽

王 选

张水宽是用手指摸索光明的。他一辈子，活得不容易。但硬是用十根指头给自己点亮了一盏灯。

张水宽今年六十七，头发雪白，散乱，像顶一头腊月的雪。八岁就双目失明，陷进了无边的黑暗里，不见日月。十三岁，父母双亡，天塌了。一个年幼的孤儿，我无法想象是怎样熬过那段暗无天日的岁月的。这事，搁谁身上，谁都没法活。

后来，幸好有后来。他被送到福利院，养活了。眼里是黑的，但日子似乎还透着一丝光亮。就这样，他在黑漆漆的世界度过了六七年，打发了没有盛开就几近凋残的童年，和前半截没有色彩的青春期。再后来，他被福利院保送到兰州医科学校，免费学盲人按摩。那时，物质贫乏，但人心肠是热的。

三年期满，他回到天水。他说，临走时，他们都在毛主席像前发誓，回去了多讲奉献，医疗费，少收，穷苦人的，能不收，就不收。这话，他记住了，而且记了一辈子。

上班后的张水宽，辗转过几家医院，当大夫，主要是按摩。五十七左右，退休了。这几十年的生活，我并不知晓。但我相信，他有一把硬骨头，多大的困苦，都能撑过去。

沿着吕二北路，向南，穿巷子，直走。左手边，就是张水宽的盲人按摩诊所。巷子深，两边摆满了蔬菜、水果，流淌着熙熙攘攘的人。靠诊所的半截，就冷清多了。

到他的诊所是下午，春阳西斜，寒意料峭。进门，诊所里生着炉子，很暖和。两张病床，旧床单，铺得有些乱。墙角立着他的拐棍，用的时间长了，被粗糙的手打磨得铮亮。墙上贴着几张泛黄的人体穴位图。还有十七英寸的老电视，一架挂着锁的风琴。铁门的玻璃上，挤进来一片阳光，拓在物件上，黄黄的，像岁月落下的灰尘。

没有病人。一切显得安静。只有巷子的嘈杂偶尔夺门而入，钻进耳朵。

张水宽坐在门口的沙发上，闭着眼，在想什么，或者什么也没想，就坐着罢了。快七十的人，能想些什么。棕色的皮沙发，确实旧了，两处地方破了，撅着稀松的海绵。

张水宽退休后，一直开诊所，按摩，一是生活所迫，二是党和政府抚养成人，老了，还想做点贡献，要不，心不安。箭场里，解放路，都开过。后来就搬到了现在的地方。这一开，就十年。一个花甲之人，用手指又摸索了十年，把一段光阴摸到了古稀之年。

十年，手上还有劲。可心，要比手指更有劲。

有病人进来，他打招呼，似乎都是熟人，病人躺下，他走到床边，握住手臂，比画穴位，四指按住，拇指按摩，点艾，摆在病人掌心，灸。虽然看不见，但动作毫不拖泥带水。阳光洒在了他的脸上，一张落满沧桑的脸，刻着光阴的沟壑渠梁。

张水宽说，这里偏僻，病人都不知道，知道也急忙寻不到，生意，也冷清。

张水宽说，到这里来看病，有些人不付钱，说下次，但就再没音讯了，还有人给假钱，一百的。但这毕竟是少数。实在困难的，他就不收钱，一年下来，免掉的有上千元。

人活这一辈子，都难，能帮就帮一把，我这手艺活，不贪钱。他还说。

说说张水宽的徒弟。

从退休，到现在，他共收了二十五个徒弟。这他心里有数。这些徒弟，他一分钱都没收，全免费的。这，他心里也有数。

现在，身边有两个，都是乡下来的。一个女的，曾是他的病人，腰椎间盘突出，到医院看遍了，没起色。后来偶尔经过吕二北路巷子，瞅见他的诊所，抱个试探的心态，治下来，竟好了。感动之余，就跟上他学医了。

另一个男的，姓卢，二十八，师范毕业，想着考个老师。可总觉得眼睛模糊，一查，患有视网膜色素减少，没法治，只有慢慢等着，黑暗，一天一天降临——多么残忍的命运，一只黑色之手，将要遮蔽他的眼睛，世界注定消失，光明注定散去。可是他，小卢，没有被黑暗之手摁倒，而是把懦弱放翻在地。他打问到张水宽，想学按摩。这样，以后看不见了，还可以走张水宽的路，不给家人添负担，自己至少能养活自己。小卢是这么想的。

因为日渐虚弱的体质，张水宽本不想再收徒，可小卢的遭遇让他心如针扎，他不想再看到一个年轻人走上自己的那条艰涩路，重蹈覆辙。他几乎老泪纵横。最后还是收下了这名徒弟。照样，他没有收任何费用。

如果仅仅双目失明，张水宽和家人或许能过得更轻松些。

可他有一个瘫痪了近十年的老伴。

每天，中午、晚上，他都要拄着那根棍子，从诊所摸回家。不过五六百米，他都要一步步走半个小时。本可以外面随便吃点，但他不，得回去给老伴做饭。虽然眼睛看不见，可他还是到厨房哆哆嗦嗦地切菜、烧水。生一顿，熟一顿，日子在十根手指头下摸索着过去了。

到张水宽家，一楼，租住的。进屋，杂物散乱地扔着，大厅摆着床，堆满衣物。屋子灰暗陈旧，很久没有收拾了，再说也没法收拾。张水宽到厨房洗洋芋，那颗洋芋全绿了，根本不能吃，可他看不见，还一刀一刀摸索着切。看到这些，眼泪就真的忍不住了。

岂止做饭、洗衣、买菜，还要给老伴端盆大小解。这些，他一个盲人，连自己都照顾不过来的老人，全要去做。年复一年，岁月恍惚。在黑暗中，他伺候着一个从来没有看见过的女人。看见看不见，其实都无所谓，心里装着就好。

  他对这个世界的记忆，定格在八岁那年，记忆停滞了，可时间依然嘀嗒在走，走白了头发，走淡了记忆，走过了风雨。

  水有多宽？六十多年的宽度，也很宽了。在这无色的河流上，一个老人，渡自己，也渡别人。他用十根手指做桨，摸过河流，在岸边，像一块坚硬的石头。

青 梨

吴伟华

摩托车停在路边，司机一边解行李，一边告诉我顺着这条机耕路一直往里走，村尾屋旁有棵大梨树，就是阿正家了。他说："路上你也可以问问人，村里人都很善，阿正的爸爸大家都认识。"

司机是阿正的远房亲戚，将行李递给我后，骑上嘉陵摩托调头回县城去了。

明晃晃的阳光落在国道崭新的水泥路面，一眼望去，转弯下坡的地方，浮起一层飘忽的热浪。凹凸不平的机耕道从国道倾斜而出，被流水冲出横七竖八的水槽，露出凌厉的石块；它婉转攀升，几十米后便隐入丛林，不见了踪迹。

阿正是我在县人民医院住院时认识的朋友。他的右脚因车祸粉碎性骨折，而我因为吃多了野柿子患上急性阑尾炎穿孔，与他同住一个病室。我出院后，阿正还在住院，住了好长一段时间。我特意让父亲买来一本笔记本送给他，扉页写着——送给共患难的病友阿正。我不知道当时自己怎么会想到"共患难"和"病友"这两个词。

那年我们都读小学五年级，只是阿正在一个很远的乡中心小学寄宿，他告诉我，读完小学他就要进县城读初中。而我因住院第一次到县城，第一次听说"长田乡"，我一直固执地想象那里一定有一个又窄又长的水田。后来才知道，我们村吴氏，正是从长田搬迁而来。

出院后，我和阿正开始通信。信先是寄到阿正爸爸的单位转交给他，再后来直接寄到他学校。阿正的爸爸是县工业局的出纳，身上挂一大串钥匙，提着一个大皮包，每天都是笑眯眯的，爱和我们开玩笑，还教我们对对联。而我的父亲似乎总是愁眉不展，从没和我开过玩笑。写信无非是交换孩子间的小秘密，但他在中心小学，一切都比我们好。这是我最初的书信记忆，虽然有时只是几句话，有时洋洋洒洒几页作文纸，但我却知道了另一座学校同年级生的事情，比如他们班有五十多人，还有专门的音乐老师、体育老师，而我们班上只有九个学生，所有课程都是由民办教师——我的堂伯父一个人教的，遇到杂科，通常是叫我们自习，或操场上玩，或带到他家田地里帮忙干活。而老师将信带进教室交给我时，别人羡慕的目光，比自己考到全班第一还让我骄傲。

放假前的那封信中阿正邀我到他家里玩，说他一个假期都会在老家等我，并详细地告诉我如何在县城找到他摩托载客的亲戚。现在，暑假快要结束，家里夏收夏种也已忙完，我终于站在了这里，站在一座大山的入口。

我已记不太清楚自己一个人走在那条山路上的情形。只记得爬完坡后，四周是浓密的树林，极似暑假刚读的《水浒传》里晁盖一伙人窃取生辰纲的松树冈，重岩叠嶂，隐天蔽日。我左顾右盼，担心路旁突然闪现骇人的东西，想放开嗓子唱歌壮胆，又怕招来更恐怖的妖魔鬼怪，不由得加快脚步，边走边回头张望……就这样，担惊受怕走了一个多小时，眼前渐次开阔，终于看到几户人家散落山地间。

进入村里的小盆地后，可见各家各户分散道路两旁，都是低矮的泥砖屋子，黝黑的瓦，没有粉刷的泥砖墙。一位叔公指给我方向后，穿过婉转的田埂，我径直来到阿正家门口。阿正正在院子里劈柴，赤裸上身，汗流浃背。我大叫一声跑进院子，回过神来的阿正扔下手中的柴刀，扑过来，重重擂我的胸口，两个人紧紧拥抱，蹦着，跳着，似乎是相似的家境一下子把我们变得更加亲密无间。

阿正的母亲到他父亲单位做临时工去了，上高中的姐姐也已回校补习，家里只剩阿正和他祖母。看到我的到来,老人家高兴得直叫我"满子,你就是跟阿正一起住院医病的满子"(客家话,老人称特别疼爱的后辈为满子),然后忙不迭到厨房给我弄吃的。不一会儿,她便端来一碗我从未喝过的粥,涌起一股浓香,很久以后我才知道,那叫麦片。

村子并不大,只有二十几户人家。阿正带着我整个村子逛,告诉遇见的每一个人,这是我一起住院的朋友。那天下午,阿正陪我爬上屋后的山顶,指向远方告诉我,那里就是梅县,有很多高楼大厦,街道特别宽阔,以后我们都考到那边去吧。梅县,是我们市(梅州市),那是更遥远的地方了,我那时还不敢想象。我踮起脚尖努力张望,却没看到拔地而起的高楼、人来车往的街道。我们看着落日缓缓坠入群山,月亮就在不远处,发出瓷釉般的光华。

我们总有说不完的话;到了晚上,则拿来他父亲手抄的《声律启蒙》,一起背"桃灼灼,柳依依,绿暗对红稀。窗前莺并语,帘外燕双飞。汉致太平三尺剑,周臻大定一戎衣……"不觉间,窗外大白,已是天明。

住了三天,我要回家了。那天早上,阿正拉着我,来到屋子后面的菜园,那里长着他亲戚提到的巨大的梨树,结满密匝匝的果实,将枝头压得很低,仿佛一阵风,就可以洒下满地的梨。即使夏天快要过去,但梨子还未熟;阿正说,这梨必须摘下来放置一些日子才会自己慢慢熟透,那香味可以飘满一屋子。阿正仰着头,举着长长的竹竿,寻找最大的梨;我则在树下,同样仰着头,张开衣裳,准备接住阿正敲下来的一个个梨子。这画面,我一直记到今天。

送我到村口的合作社后,奶奶给阿正的父亲打了电话,让他联系司机到国道边等我。阿正推着自行车,载着满满一大袋梨子,和我并排慢慢走在回家路上。一路上,我们并没有多少话说,我只是觉得这段路比来时更艰难、更远。

出到国道,却并没有看到阿正的亲戚,或许他等不到我早已回去了。阿正悻悻然,小声嘀咕着。我们站在路边等了很久,终于等到一辆回县城的班车。阿正扛起一大袋青梨,送我上车。他走在前面,我突然发现,阿正的脚还有点一瘸一拐,而我却一直没有注意到。

回到家后,我给阿正写了一封长长的信;我在信中说:"什么时候,你也来我家看看吧,你一定会喜欢这里的,因为这里有一个非常想念你的朋友……"

那一年,我十二岁,第一次独自出门,来到并不遥远的"异乡"。

吴先生

杨 邪

先生姓吴,大名小维。

我家乡的小镇叫新河镇,镇上的中学叫新河中学,我在新河中学上了初中和高中。新河中学颇有些历史,有一点便与众不同——延续传统,所有老师无论男女,一律被学生们称呼为先生,老师们之间也一律如此相互称呼。

刚上初一,我马上注意到吴先生了,虽然我不知道他姓什么,也不知他教几年级哪门课。

我们整个年级在一座旧三合院,东西厢房是教室,正房两层楼,底楼教室,中间堂屋里看得见一架楼梯通往二楼的教师宿舍。吴先生的宿舍,刚好在堂屋楼上,我经常看到他上楼去或下楼来,或是在宿舍窗口看见他的身影。我注意到他,主要因为他在那么多老师中间是特别的——穿着朴素,举止斯文儒雅,我没有机会听到他说话,好像也从未看到他有过大幅度的肢体语言,即便是他经过我身旁,也总是步履舒缓,走得悄无声息,而且我发现,他眼镜片后面的目光,永远是那么平静柔和。

我上初二时,教室换到了校园最前面那幢教学楼,与三合院隔着一幢楼,从此我很少能够看见他。可某一天,意想不到的事情发生了。

那天班主任说有位姓吴的先生要率领学生去采访我父亲,我出去一看,大感意外——这位"吴先生"正是住在三合院堂屋楼上的那位先生!

那会儿我还是爱害羞的少年，惊讶于吴先生怎么知道我父亲的事迹，又是怎么打听到我的，却根本没胆量向他询问。记得吴先生预定了下周采访的时间，让我周末回家时征得父亲同意，回来再把结果告诉班主任。然后，吴先生与我三言两语谈妥，便走了。

第二个星期的某一天午后，吴先生率领二三十个高中生，由我带路，浩浩荡荡地出发了。任课老师都教两个班，他应该是在自己任教的两个班选出那么多学生的吧。

天气比较热，至少是初夏了。学校离我家五里地，需要步行一堂课时间。太阳当空，学生们有打伞的，有戴凉帽的。吴先生撑一把笨重的大黑伞，可我既没伞也没凉帽，于是一路上吴先生傍着我，与我合撑那把伞；我说自己不用撑伞，但吴先生不许，他说要不然会中暑。

如今想来，那样的天气，他那样替我打着伞行走，是走得特别累的。至今我还清楚记得一个细节——走到半途，吴先生停下脚步，转身等候落下好远的学生们，那一刻，我发现他额上全是密集的汗珠，他喘着粗气，掏出折叠得方方正正的手帕，擦拭了一遍额头。

奇怪的是，对于接下来的事儿，我差不多忘得一干二净——细想起来，应该是那时候我特害羞，一到家，把吴先生和他的学生们交给父亲，便去躲起来了吧！总之我完成任务了，吴先生带领学生们，如愿采访到了当年本土知名养鹅专业户、曾经著书立说并赴北京参加中国科协代表大会的我父亲。

转眼几年过去，到了高三年级。那年九月份，开学第一节语文课，让人意外的是，走进教室的不是教了我们两个学年的陈先生，而是吴先生！

陈先生当初是从另一个小镇中学调来的，据说教学水平相当了得，但两个学年下来，我和同学们都没能体会到他的教学水平，倒是他蹩脚的普通话，让我们怨声载道。吴先生呢，同学们一开始便对他充满好感，因为他和蔼，说一口标准、流利、动听的普通话。那个时候，对于吴先生前来任教，最感到兴奋的，绝对是我了。

我在吴先生那里的第一篇作文便得到了高分——八十五分。作文超过八十分，这是我从来不敢痴心妄想的。我特意偷窥了前桌某男同学的作文本，又偷窥了隔壁桌某女同学的作文本，他们的得分居然跟我一模一样！但他俩是谁呀？他俩不仅是班里作文写得最好的，平常还创作诗歌、散文、小说，是校文学社社员，在全校都有知名度，还去外地参加过文学夏令营呢！

作文从来是我的心病。整个小学阶段，曾经不止一次遭到笑话——我写《我的老师》，由于虚构，把老师写得面目全非，放学后被老师留下反复重写；在几所学校联合举办的作文竞赛上，我居然不知道怎么去写《一件小事》，把它写"飞"了。当然我始终认为虚构并没有错，只是当时我太蒙昧，竟不知道所谓"一件小事"到底是什么意思。

其实，从初二到高二，我阅读了大量课外书，对于自己的语言文字能力，我是颇为自信的，每每写作文的时候经常自我感觉良好，我还想到要当一个像古龙一样的武侠小说家呢！但是，陈先生打在我每一篇作文上的鲜红的评分，那些几乎一成不变的尴尬数字，让我沮丧不已。然而吴先生来了，他简直扭转乾坤，让我感觉头上的阴霾一下子散开，有了拨云见日的惊喜。自此，我的作文成绩大多都在八十分以上，吴先生还几次在课堂上对我赞赏有加。

快三十年过去了，当年吴先生在课堂上的风范，已然模糊。回想起来，似乎只记得他的眼神——上课时，总感觉他的目光是直来直去的，他总是把平静、柔和的目光笃定地投向远处，而这远处不是教室最后一排位子，好像在更远的某个地方。上课之前或之后的课间，吴先生是经常早到晚退的，他会在教室里走动，与同学们做一些轻声细语的交谈。

吴先生任教的那个学年，给我留下了深刻印象的是两本杂志和一张讲义——我们班级里订阅了《人民文学》杂志，其中有一期刊登着王蒙的中篇小说《球星奇遇记》，后来被我据为己有了，而刊登着余华的短篇小说《鲜血梅花》的另一期杂志在我看过一遍之后便失踪，让我着实伤心了好一阵子；另一本杂志和那张讲义，是我在前桌的同学那里看到的，杂志是刊登着王蒙的短篇小说《坚硬的稀粥》的《小说选刊》，讲义则是手刻油印的，上面是密密麻麻的新诗。我想，那一个学年，我的观念发生了很大转变，似乎正因为那两本杂志和一张讲义吧！我原先是处心积虑要做武侠小说家的呀，可后来我想明白了，我要从事纯文学的创作！

吴先生在我毕业考试和高考模拟考试的试卷上，都给我的作文评了班级最高分或者并列最高分，这我是印象深刻的。接下来的六年，我与吴先生的交集，似乎仅仅体现在我至今还收藏着的他寄给我的两封回函里——第一封是毕业离校三个月后，他在我寄给他的一首散文诗和一个短篇小说的手稿上用红笔做了许多批注，末尾还写了鼓励的话，并指导我如何阅读打基础；第二封是六年后，我向他寄了一些发表过的作品复印件，他兴奋之情溢于言表，写了两页信笺，邀请我去给学校的文学社做专题讲座，同时夹寄了一册公开出版的、收录了我就读时习作的文学社十周年文选。

那六年时间，我在位于另一个小镇的一家工厂上班，之后我离开工厂，进了县城。与此同时，什么时候去拜访吴先生，也一直是我心中的惦念。但事实上，我一次也没回过母校——连在心中假想过无数次的拜访，也从未付诸行动。我想，吴先生教书育人，不知教过多少学生，那些学生中，又不知有多少都成了各行各业的佼佼者，我又算得了什么？

又过了几年之后，有一次我碰到高中班主任庞先生，问及吴先生近况，庞先生说吴先生退休了，也住到城里来了，住在某小区，而那个小区居然离我家只有几百米的直线距离！可是，当庞先生听说我要去拜访吴先生时，连连摆手说，吴先生是提前退的休，因为中风，得了脑梗塞后遗症，连自己家里的亲人都不一定认识了！

吴先生居然中风，得了脑梗塞后遗症？太让我意外了，但这消息是庞先生亲口告诉我的，无可置疑。庞先生还告诉我，以前在学校，他跟吴先生合住一个宿舍，便在那三合院堂屋的楼上，他说其实吴先生很健谈，还有好酒量，他俩经常烫了黄酒，灌入热水瓶，然后一边夜谈，一边就着花生米喝酒。

吴先生居然健谈，还有好酒量，居然还有这么可爱的雅兴？这倒是我想象不到的！但庞先生随口一句话让我彻底无言，他说他去探望吴先生，吴先生几乎都认不出他是谁了！

说心里话，自从离开中学后，我心底里的一个念想便是尽快在哪一天带着我自己发表的一批作品去看望吴先生。然而，差不多十年后，我彻底放弃了这个念想。与此同时，我陷入懊悔之中，为自己由于固执而永远错失了去看望吴先生并与他进行一次畅谈的机会——吴先生好酒量，太让人意外，可实际上，我也是好酒量，我的酒量也会让许多人感到意外，我和吴先生原本不仅可以畅谈，而且是可以青梅煮酒的呀！

接下来的很长一段时间，我似乎都没怎么想到吴先生了。然而，有一天早晨，我猛的碰到吴先生了！

那天早晨，我带儿子下楼打羽毛球。在我们家楼下的步行街上，我看到一个迎面走来的老头，他背着手，走在街道右侧上边的人行道上，脚步极其缓慢，感觉他每迈一步，前脚脚后跟绝对不会超过后脚脚尖。直觉告诉我，这应该是中风后脑梗塞后遗症的症状。他边上走着一个老太婆，一脸关切的神情。我一边朝着这对老人走过去，一边打量着，而随着我们之间距离一再缩小，我的心房一颤！

这不是吴先生吗？绝对是！二十年没见，吴先生自然衰老了许多，但他的样貌、神情与举止，与当年别无二致！

我们相向而行，待到我与吴先生即将错过之际，一直专心看着地面的吴先生略微抬头瞥了我一眼，他的眼神中立刻有什么东西一闪——我清楚捕捉到了这个细微的变化，胸口一阵怦怦怦狂跳！

那一刻，我儿子蹦蹦跳跳在前，由于惯性，我追上去几步，然后我驻足，转身。转身的刹那，我在想，也许吴先生纯粹只是习惯性地瞥一眼路人而已，应该是我多心了。但是我马上又意识到自己错了，因为，吴先生已经停下脚步，他也转过头来了！

吴先生回首看着我，在几步之外，同时，他努力把身子也转了过来。

我惊呆了！骤然间，一股强烈的情绪涌上心头。

"吴先生——"我上前几步，"吴先生啊！"

吴先生笑了，他注视着、微笑着的神情，一下子让我回到了二十年前。

"吴先生，您还认得我？"我试探着小声问。

"嗯，是啊。"吴先生的口音没有改变，但语速比以前慢了许多。

突然地，在吴先生面前，我仿佛矮下去许多，依旧像是过去他那腼腆的学生。

"谁呀？你认识他？"吴先生身后的显然是师母，她看看我，又看看吴先生。

"我是吴先生的学生。"我对师母说。其实，从称呼上师母应该已经猜出我是吴先生从前的学生了。

吴先生脸上还绽放着微笑，但他分明努力在脑海里搜寻我的名字。紧接着，吴先生显然是急中生智，立刻用一句回答证明了他非凡的记忆力。

"我当然知道啦，他父亲叫杨玲培。"吴先生笑说。

好厉害呀！吴先生带领学生去我家采访，那是二十几年前的往事了，他竟然还记得我父亲的名字！

吴先生告诉我，他要去前面的中医院。那一刻应该是七点钟左右，那么早，医生肯定还没上班。当然，我想，他步行速度那么慢，简直是"蚁行"了，恐怕是特意提前出发的。但不知为何，可能因为我那年幼不懂事的儿子一再催促我离开，可能因为吴先生急着继续赶路，也可能因为吴先生颤巍巍的样子让我看着于心不忍吧，我与吴先生匆忙道别了。

说来奇怪，吴先生所住的小区就在我儿子就读的那所小学边上，我儿子在那里读了两年幼儿园和一年小学，三年时间，我差不多有两千次经过那个小区门口的主干道，可我从来没有遇见过吴先生。但是，那之后的几年时间里，我几乎是经常遇见吴先生了——每次都不是近距离相遇，他总是远远地被我看见背影，于是，有好多次，我默默驻足，或者停下自行车，目送他缓缓地"蚁行"一段路。我这么做是觉得，吴先生的健康状态，恐怕不适合我贸然上前打招呼，而自己的注目礼，也算是一个学生对曾经传道授业解惑的恩师的一种致敬吧……后来我才想到，也许前几年吴先生是不能正常出门，而后来他的脑梗塞后遗症有所好转，能够出门了，所以他每天坚持步行以期取得进一步的康复？

关于吴先生的家世，我是后来偶然在本地媒体的新闻里看到的——我的家乡新河镇曾举办了"吴氏一门书法展"，接着这个书法展又移师进城展出了一些时日。让我惊讶的是，这则报道里说的吴氏一门，正是吴先生的家族！

原来，吴先生家是个大家族，他的父亲吴慎因老先生，年少时即操祖业，在镇上经营吴大成染店数十年，晚年担忧"数千年口口相传之土良法，若不笔之于书，今后必至失传"，于是，"总结旧法印染技术之要诀，撰《染经》一文，计两万余字"，后《染经》被行家视为传承中国传统印染技术的重要文献，得以广泛传播。吴慎因老先生还擅长书法，主攻颜体。吴家六兄妹——包括排行第二的吴先生——在父亲的言传身教下自幼研习书法，每人也都从颜体入手。在他们的影响之下，他们的子女也自幼研习书法并有所成，其中有两位博士四位硕士。我在网上找到了吴先生的书法作品，一幅行书，行云流水间显出灵动飘逸与章法气度，几幅拓片，亭联娟秀且摇曳生姿，厅堂牌匾上的题字则笔墨酣畅顾盼自雄。此外，吴先生六兄妹以及他的父亲都有深厚的古典诗歌修养，父亲与哥哥极喜欢出生于本镇的南宋江湖诗派诗人戴复古的作品，他的四弟，研究戴复古数十年，校注《戴复古集》，而该集附录中的一部分则由吴先生"友情出演"，帮忙校注……

一个小小的书法展，透露出这么大的信息量，着实让人意外——吴先生的家族，虽说未必谈得上名门望族，却至少是一个小小传奇！而我也自以为终于明白了吴先生那种举手投足间的斯文儒雅、那种笃定平静柔和眼神的由来——那正是他自幼每天凝神于笔墨纸砚间练就的异于常人的非凡气度！

故　事

与吴先生那次相遇过后,我不知道跟多少人谈起过我与当年的一位中学任课老师之间的奇迹——相隔二十年后重逢,当年高高瘦瘦的腼腆少年,早生华发,相貌大改,几乎变成了另外一个中年人;而他,一个重度脑梗塞后遗症患者,居然仅仅一瞥,即刻辨认出了当年与他并无多大交集的学生,并一口说出了学生家长的名字!

仔细算来,我与吴先生的那次相遇,至今又已过去八年。这八年,在我的人生中,又经历了许多的风风雨雨。风雨中,我只是一遍遍向别人讲述师生间奇迹般相认的那一幕,却从来没有再想起曾经的那个计划——带上一些刊登有我作品的书刊,虔诚地上门探望吴先生,与他进行一次促膝交谈。

说起来有些可笑,让我突然意识到这一点,居然是由于不久前那一晚的一场梦境。

在梦中,吴先生已经彻底康复,他精神矍铄地来了我家,我们坐在书房里聊天,聊得好起劲,有一会儿,我们聊起了古汉语,吴先生说,实际上在我们本地方言里,是保留有太多古汉语的。看到我惊愕的表情,吴先生笃定地笑笑,还举了一连串的例子:

"在我们的方言里,我们从来不说'就',凡是要说'就'的地方,我们只说'便';我们从来不说'不',凡是要说'不'的地方,我们只说'弗';还有普通话里的'衣服',我们从来不说,我们都说'衣裳',其实'衣裳'这个词是古汉语里来的,《周易》里面就有'衣裳'二字,《毛传》里说'上曰衣,下曰裳',早先古人下身穿的不是裤子而是类似于裙子的东西,那就是'裳'。说到'衣裳',还有个动词叫'汏',左边三点水,右边一个'大'字,我们不说'洗衣裳',而说'汏衣裳',是不是?古汉语,它的传承,一方面是通过典籍,而另一方面则匪夷所思,它通过人们的口口相传,几千年连绵不绝……"

吴先生简直是信手拈来侃侃而谈了!他的普通话还是那么标准、字正腔圆。说到妙处,我不禁抚掌大笑,而被自己笑醒了。

梦醒，我的泪水止不住漫溢，再也睡不着了。

想起来了，当年吴先生在课堂上讲过"月亮"一词，他说"月"这个字，古音接近"肉"这个字在我们这儿的方言发音。现在想来，当年吴先生只讲了一半——他当然知道，在上古，"月"与"肉"是不分的，所以，汉字里许多"月字旁"的字，其实是"肉字旁"，这也正好解释了我们这儿的方言，为何要把"月亮"读成"肉亮"了！

对了，我查到的资料里说，吴先生著有《常用典故千条释译》一书，这部书我无缘得见，但不难想象是如何的翔实备至了。

吴先生，这回我真的应该去看望他了！

老陆的生活哲学

张林华

周末与家人闲游水乡古镇新市,在由块块旧石板铺就的街道上,我与拉煤老人陆松芳不期而遇,实在是又惊又喜。

华灯初上,人流渐稀。老人则深弯着腰,弓步拉着他的煤车,汗流浃背,渗湿布衣。我虽不是毫无思想准备,但看到他年逾八十还在干着这般的重体力活,还是有些吃惊有些不忍。听到我的招呼,老陆停住脚步,面露喜色,直起身子与我聊天,一如既往地热情。

老陆是生活在这个江南小镇一名普通的老人,每天以拉双轮车给居民送煤饼为生计。镇上人见面都亲切地唤他一声老陆,他的大名反而不常被人提及。2008年,七十八岁的老陆因为给汶川灾区捐了一万多元善款而一下出名,荣誉纷至沓来,直至被推评全国道德模范,引起不小的轰动。

一万多元,似乎并不是什么大数目,可是对老陆而言却来之不易,这是他起早摸黑,搬煤饼拉煤车的辛苦钱,也本该是这位八旬老汉的养老钱。可是当时的老陆固执地不听旁人好心的劝阻,坚持如数捐出。"发生这么大的灾难,主要还得靠国家,靠领导,我一个小老百姓,能做的不过就是也担一点心,出一点小力而已。"老陆还认真地说:"要说生活,谁都不容易,遇到难处相互帮帮是应该的!"老陆这算是看透了这个世界,阴晴圆缺、悲欢离合,从来就是世界的常态,人共生于世,谁能不求人?谁能不被人求呢?"别人遭罪,我看不过去",同时,老陆还不忘强调"你放心,我还留着自己吃饭的钱。"

您看，老陆这不是把一己与他人，以及"量力而行"与"尽力而为"之间的辩证关系理解得很透彻，位置摆得挺正嘛！

因为贫穷，老陆年少时几乎没有读过什么书，他当然不懂得教科书上的那些哲学，但是，显而易见，老陆是懂哲学的，他懂的是生活的学问，是人生的哲学。他的哲学是在平凡的日常生活中以他的智慧悟得的。

老陆还特别不愿意被旁人或媒体做特殊的宣传。那一年，老陆曾被东方卫视评为"十大真情人物"之一，本可以得一万元奖金，可老陆死活不接受，他坚拒的理由是："我本来就是自愿帮人的嘛，怎能再拿好处？"主办方说你可以先收下钱，然后再去捐给别人，老陆一听这话立刻急了眼："你们把我看成是什么人了？我捐钱当然得是我自己劳动所得。拿别人的钱再去做好人，我是绝对不做这种事的！"我听说这事后心生感慨：以老陆的文化水平，他应该不知道有"沽名钓誉"这类的词，但他分明又是比许多文化人都要懂得这个词的内在含义。

老陆视能够坚持劳动为人生极大的快乐；"不劳动，时间长了，你就会腿骨变硬，抵抗力差，身体怎么好得了？"体力劳动，别人当苦老陆当乐。白天全身心地投入劳动，晚上回家喝点小酒哼个小调，日子过得十分满足。

前几年，曾经专程前来采访过他的四川某电视台记者，为他的善举所感动，特地结伴自费飞来浙江，辗转赶到小镇老陆家，希望能够为老人做点什么，事实上并无多少忙好帮，只为看望一下心目中崇敬的老人。老陆惟对这事不低调，反而骄傲得不行，一再夸这些个年轻人懂事、良心好。我听说这事也由衷地感动，老陆这样的好人确实不会是孤独的了！镇上朋友告诉我，总有各式各样、熟悉的陌生的人伸出手，在老陆拉煤车上坡时帮着推上一把。

临别，我再三叮嘱老陆年龄不饶人，要尽量少拉一点。老陆诚恳地回谢我道："知道，知道，你是为我好，拉得少是为了拉得久嘛！"好你个老陆，可真是不简单，你这分明又是一句凡人哲语啊！

大先生

赵 威

先生姓凌,有绝活儿,能把戏里的场景搬到木头上,一块巴掌大的破木板,只需半炷香的工夫,就能让人瞧明白刻的是"桃园三结义"还是"三英战吕布"。所以凌先生起初是凌木匠。

凌木匠不是本地人,早年间逃荒来的。可老话不是说了吗,荒年饿不死手艺人。凌木匠说,那是没尝尝小清河一带盐碱地的威力,十年九荒,一到冬天,家家都得出去讨饭。那年,又是个只种不收的年景,日子还没挨到冬天,就过不下去了,凌木匠兄弟俩从小清河以北的广饶县,一路讨到胶东。弟弟半路得了伤寒,死了,只剩下孤苦伶仃的凌木匠。

凌木匠来到村里的日子,是那年冬天日头最短的时候。薄暮下,先是一根打狗棍进了三叔家的院门,继而是一个身影,像用那根棍子挑进来的,破衣旧絮,褡裢挂在肩头,趿拉着一双单布鞋的脚,有一只似乎受了伤,缠着破布条。正在院里喂鸡的三婶,委实被吓着了,以为大白天撞到鬼。刚要喊人,"鬼"却先开口,怯生生地道:"大娘啊,要饭的来了,给口吃的吧。"三婶仔细一瞧,是个讨饭的。只见他端着搪瓷缸子的手捂在胸口,哀求就是从那里发出来的。给完吃的,三叔三婶看他可怜,天又冷,就留他在磨坊里过夜。凌木匠望着三叔三婶的眼睛,变得浑浊了。天亮后,他见磨坊里堆着打磨了一半的木料,知道这家要盖房。就对三叔说,他会做木工,可以帮忙,给口吃的就行。三叔寻思,正好雇的木匠有事,就让他试试吧。没想到，凌木匠的手艺精得很，不但会做门窗，还会木雕、窗棂花饰、门簪颂语，好看极了。聊着聊着，又知他不光有好手艺，还装着一肚子墨水。嘿，正好村小缺个先生。

就这样，凌木匠留在了我们村，成了凌先生。"手艺人"在村人口中格外尊贵，而凌先生的尊贵，一部分来自他的手艺，一部分来自肚子里的墨水。因此，"手艺人"和"先生"似乎都配不上凌先生了，村人便称他为"大先生"。

大先生活儿细，字儿好，可闷头做活儿可以，写信作文也行，只是嘴太笨，肚子里的学问也便像茶壶里的饺子，倒不出来。而大先生却总认为自己的理儿多，不光要讲个"知其然"，还要讲个"知其所以然"，于是越讲越糊涂，化简单为复杂了。渐渐地，就不受娃们待见，老是捉弄他。一开始，大先生气得直跺脚，骂道："朽木不可雕也！孺子不可教也！"后来，习惯了，也便没了火气，只顾讲他的，哪管下面乱成一锅粥？大先生是文人，文人最瞧不上文人，他总是跟我们讲，历代风流才子中只佩服李白，还是半个。他说李白一半是诗，一半是酒，他最讨厌喝酒，也便只佩服半个李白了。大先生认为我们是朽木，而我是个例外，说我虽然嘴拙，但悟性高。我上学的第一天，跟着邻家二姐去祠堂（兼作村小）报名，二姐路上问我："会算数吗？"我摇摇头。"会数手指头吗？"我继续摇头。二姐一脸愁容地道："见到大先生，第一件事就是数手指头，不会数就报不上名啦。"于是，一路上，二姐不但教会了我数手指头，还教我若不够用就借脚指头。到了大先生那里，顺利过关，给我一个结论："这娃悟性高。"

大先生喜欢讲唐诗，尤其是李白的诗。"床前明月光，疑是地上霜。"大先生说李白的床不是床，而是井栏。说这话时，身为木匠的大先生显得颇有把握。我们却哄堂大笑，床就是床，怎么可能是井栏呢？每次我们一笑，他就一窘，嗓门提高了，像是要争辩，说："你们想想，床在屋里，窗户是木头的，还贴着纸，哪会看得见月光？在院子里，就着月光，看到井栏，才会思乡，背井离乡嘛！"

讲到这里，他突然停住了，扭头望着窗外，我们也停止了议论，只有窗外不知谁家的羊在不知趣地叫着。大先生陷入沉思，眼睛变得浑浊。然后，他又扭过头来，说："这是思归之辞也！"教室里又是一片笑声，"死鬼之词"，大先生骂李白是个死鬼哩……不知从哪冒出来的灵感，我站起来说了一句："就是想家了嘛！"大先生用浑浊的目光向我投来赞许之意，似乎还念叨了一句："孺子可教也。"

农村撤点并校后，大先生也退了。教了几十年的书，一下子闲下来，不知所措，于是，大先生又拾起了木匠活儿。第一件作品，就是把祠堂里的旧课桌搬回家，拆掉，打磨，又合到一起，变成一口棺材，严丝合缝。漆了好多遍，晾干，放到厢房里，是留给自己的。不教书了，自己也老了，大先生认为剩下的日子也不多了，只等着哪天躺进去了，身为木匠，那是一生最大的幸福。可是，他想不明白的是，自己却越活越精神。

想不明白的事不只这一件。国家针对民办教师的新政策出台后，给大先生补上了退休待遇。头次领到工资，他就跑到支书家里，不干了，说："我教书时，每月不到300块，现在不教了，怎么还拿3000块呢？不能白拿这钱。"支书跟他掰扯了半天，也没讲明白，命令道："国家的政策，不拿也得拿！"大先生的眼睛又浑浊起来。

后来，大先生用每月领到的钱买了好多木料，做了结实的课桌椅，给镇上的学校送去。再后来，还设了助学金，村里谁家的孩子考上大学，他就赞助一笔。直到有一天，他心满意足地躺进自己打制的棺材。

大先生死的那天，我特地查了《辞海》，其中一条写："床，井上围栏。"

与一株水稻对视

周华诚

一大早,沈希宏博士又到田里去了。这时候田里遍地清露,晨曦正把金色的光线斜抹在草叶尖上,四周一派宁静。

南国。海南陵水县。沈博士三十亩的水稻田就在几棵高大的椰子树和两丛婆娑的香蕉树旁边。这里冬春季的气温平均要比杭州高十几摄氏度,适宜水稻生长。

这里有最具影响力的农业科技试验区,仅陵水一县,就有全国一百五十多家科研机构驻扎,有着各自的繁育基地。他们把那儿叫做"南繁"。上个世纪五十年代以来,一直有一批南繁人在那里埋首忙碌。杂交水稻之父袁隆平、甜瓜大王吴明珠、玉米大王李登海、棉花专家郭三堆……这些新中国农业发展史上的大腕级人物,大多是从南繁走出来,并在南繁基地培育出一个又一个优秀的农作物新品种。南繁,堪称中国种业的"硅谷"。

沈博士是成千上万中国南繁科学家大军中的普通一员。沈博士的家在杭州,但他每年在南繁的基地要待上两个月。二十年来,年年如此。

春节,沈博士只在家里待了几天,初八就启程来海南了。沈博士是中国水稻研究所的育种专家。在他的试验田里,常年种着几千到一万个品种的水稻。每年从春到秋,他把它们种下,让它们生长,使它们杂交,观察它们,研究它们,从中挑出觉得有用的那一株,然后等到第二年春天在海南继续种下,让它们生长,使它们杂交,观察它们,研究它们……周而复始,秋冬春夏。有时要过二十年三十年,才能培育出一个新品种。

为了加快进度,水稻专家像候鸟一样往南飞。沈博士在杭州有试验田,在海南有试验田,在印度尼西亚也有试验田,因为热带地区冬天也可以种植水稻,一年当中,就可以多种几季。

对于育种专家来说,这就像是一个游戏,一个与时间奔跑的游戏。其实想想,也很残酷——就好像你生了一个孩子,你盼着她快点长大,可是她越快长大,你就越快老去。

※※※

在田里的时候,沈博士做得最多的事,就是与水稻对视。与一株一株的水稻对视。

说"对视",是有原因的。那不是单方面的注视,那是相互的过程。沈博士说,我在田里看水稻时,水稻也在看我。水稻会想,我要不要把秘密告诉这个人。

这是沈博士的原话。一般人或许很难理解沈博士的感性,以及对于那片田的牵肠挂肚。早上去看,中午去看,傍晚去看。每天去看。他的田也种得很奇怪,每一种水稻种三行,每行种六棵。那片田里有着五千种材料。这个数字不是大略的形容,也没有一丝丝的修辞意义,事实上,他的这片田里至少有五千种,加上杭州基地,就有上万种材料。

——他把那些水稻叫做材料:成品出来前,所有的这些只是试验田里的材料。

远远望去,田里的水稻们长得乱七八糟,古怪离奇,颇似武林大会怪侠云集的盛况。它们很任性,有的低矮,如埂上野草,有的荒唐,只结几粒谷子,有的疯狂,叶子像茅秆一样长。但,这是正常的,每一个"怪侠"在沈博士的眼里都可能是极好的宝贝。

这从他注视它们的目光里可以看出来。

有人开玩笑,说沈博士的田是一个后宫,那里有着三千佳丽。当然还可以换一个句子来形容，那就是：弱水三千，我只取一瓢饮。

他是怎么与水稻对视的——他走过去，站在那三行水稻中间，就那么专注地看着它们。有的时候十分钟，有的时候半小时。目不转睛。若有所思。时不时地，他还俯下身子，手抚稻叶，或摘下几粒稻花放到鼻边，猛虎细嗅蔷薇。

太阳出来了。汗水很快就湿了衣衫。

水稻抽穗开花的这段时间，对于育种专家来说最为珍贵。这是水稻们发生爱情的时节，是它们一生中的大事。任何植物，繁衍后代都是它们生来的使命。它们拼尽全力，努力绽放，把生命中最精华的部分展示出来，雌雄结合，传花授粉。

这个过程会在短短的十来天里完成。这是水稻一生当中最灿烂的时刻，最关键的事件：一种水稻的好与坏，它的喜怒哀乐，它的小性子与坏脾气，都会在这些天里得到最集中的释放。

沈博士一刻都不敢懈怠。

太阳最强的中午，他都在田里。稻花会在中午11点到下午2点之间集中开放。气温二十六七度。阳光打在裸露的皮肤上有灼痛感。但沈博士似乎毫不在意。他的面孔就是这样晒得黧黑的。在这样的太阳底下，他对着那些水稻们脉脉含情又满怀期待。

表面上他表情平淡，沉默不语，身上背着军绿书包，手上拿着硬塑封面的本子——上面写着："试验研究记载本"，间或在那本子上记录下一些什么。

但也许，他的内心正卷起波澜。

※※※

许多美妙的想法都是沈博士在田间迸发出来的。很多有趣的细节，会在沈博士的眼中呈现。

我问他，你到底在那里发现了什么。

他笑了，说，就像面对一位美人，你可以观看所有的细节。此刻，他手上握着一支青色的穗子，穗子上的稻花正次第开放。

我必须提前告诉你，每一个青色的水稻颖壳里，都包裹着一朵水稻的花。每一朵水稻的花，会结出一粒稻谷。水稻是自花授粉的植物，一朵花中既有雄蕊，带着花粉；也有柱头，那是它的雌性器官之一。

水稻颖壳张开，也就是水稻开花的时候。我不知道你注意过没有——当整片稻田里的稻花开放的时候，风吹过，花粉会飞扬起来，那是如一阵青烟一样的东西。如果不细看，你甚至都察觉不到这一切。那青烟是如此薄，如此轻快，轻快得简直就像我们自己的青春。它们彼此寻觅，就像我们寻觅彼此。

水稻的柱头小小的，小到甚至不到半毫米。水稻颖壳张开，花朵开放，那小小的柱头伸到了颖壳外面，以便有机会承接更多的花粉。

柱头外露——这微乎其微的变化，居然就是沈博士努力多年的成果。因为柱头外露，就可以接触更多的花粉，大大增加授粉成功的几率——今天开花，即便没有得到花粉，但这个柱头还留在外面，她的活力可以保持两三天。如果三天内还可以得到花粉，她依然可以结实——这对于所有植物来说都是一件性命攸关的事。对于杂交水稻，更是如此。

水稻的祖先是野生稻，为了在漫长的历史中存活下来，它们生来练就了强大的生命力，也就是强大的生殖能力。沈博士观察过大量的野生稻，发现它们在开花的时候，几乎都是柱头外露的。但是水稻经过人类长久的驯化，这一特性有所减弱。沈博士非常注意柱头外露这个性状，用了很多时间，选出那些柱头外露的优良稻株，把它繁衍下来——柱头外露，也是水稻的基因控制的。但是，这不是黑与白的二元对立那么简单，而是有着一整套复杂的控制系统。沈博士从三千佳丽中寻找出最合适的，把它们配到一起，组合出优良的搭配，把柱头外露的特性不断提高。

沈博士是从籼稻里，用笨笨的办法——不断回交，把柱头外露的性状转移到了粳稻里。

沈博士常做的一件事是，让籼稻与粳稻杂交，从而吸取双方的优势特性。但是这种杂交本来就存在着天然的困难，那是被称为"生殖隔离"的巨大鸿沟。就好像是两个物种之间，即便让它们结婚，也生不出结晶来。最近几年，籼粳稻之间的杂交终于得到突破。这是无数中国的育种专家都在埋头做的事，提高稻米产量，改良稻米品质——只是，哪怕小小的柱头外露，都值得花上十年二十年的时间去研究，去攻克。

现在，沈博士在自己的田里，高兴地看到手中的稻穗开花了，它们无一例外柱头外露，显示出强大的生命力。

※※※

沈博士站在田间，在阳光下，一边与水稻对视，一边对助手说，把这株水稻的花粉抖到那一株水稻里面。

这叫做"抖花粉"。沈博士他们先培育出"不育系"，就是让水稻自己不结实，然后在它开花的时候，把一枚枚的颖壳剪开，再用别的"父本"花粉抖进它的花朵中。

每一个材料，都可能存在一个"绝配"。所谓"绝配"就是说，除了"你"和"我"，世上再无更合适的了。杂交水稻育种，就是为了发现那一对对"绝配"。

沈博士是一个感性的人。他看水稻，是把它当作人来看的。他觉得水稻也有帅哥或美女，他觉得短圆米不好看，细长米才好看，他对水稻的研究，是为了培育更好看也更好吃的大米。

沈博士想要培育出一种叫做"长粳"的品种。原来的粳米，所有都是短肥圆，只有南方的籼米是长粒形。沈博士觉得长粳漂亮，而短肥圆不好看。"好看"，"漂亮"，这从一个科学家的口中说出来，还是让我觉得有点意外。

籼米不如粳米好吃，这是多数人的看法。所以，沈博士要培育长粒形的粳稻，并且在南方推广种植。"颖壳那么纤长，水稻从灌浆开始，它就可以灌得很舒服。"

经过十多年的科研积累，沈博士田里所有的材料，都慢慢地带上了他自己的特征：清一色都是长粳系列。比如，长粳的香米，长粳的软米，长粳的黑米，长粳的香糯，还有很多很多，暂时都没有名字，有的只是一个一个的代号。

有的时候，一个突然降临的有趣想法，会使他激动起来；有时，只是因为观察到田间的水稻突现新的状况，让他思绪飞奔。越来越多的想法，丰富了他对稻米的期许。从基础材料做起，沈博士构建了一个自己的小田园，一个自己的水稻世界。

在中国水稻研究所，每一位科学家都有自己的一个小世界。有的研究了三十年的抗旱水稻，有的研究一辈子的病虫害，有的一门心思研究稻田里的杂草，有的孜孜不倦于野生稻，还有的专注于水稻的基因，水稻有4万多个基因，随便哪一个基因都可以让人埋头苦干几十年。

水稻专家们似乎都是如此——他们埋头走向田野，一低头，一起身，腰就弯了，头发就白了。

沈博士对他一位姓张的导师印象极为深刻。张先生是国内著名的水稻育种专家。张先生年纪长了，每天最爱做的事，依然就是站在稻田里，看水稻。站定了，面对一株水稻，两个小时甚至更久，他都不挪步，一直站在稻株旁边。有时候，他边看，边绕着水稻讲故事。他带着浓重口音的普通话讲出来的故事，让助手和学生们听得耳朵起茧，连打哈欠。但老先生乐此不疲，继续讲着那些遥远的故事，只是，他的目光须臾离不开水稻——仿佛水稻是他前世的情人。

从前，沈博士在一旁躁动不安。不知不觉几十年过去，他也成了水稻的情人。

几千上万种材料，全部看上一遍都要十几天。重点关注的，还要看上两遍三遍。因为你不知道哪株水稻会发生变化。之前它们给你惊喜。但是突然某天，它们又让你惊讶。或者某几株水稻之前资历平平，其貌不扬，但是某天它们让你眼前一亮。这都是不可避免的。你不能错过这些重要的瞬间。你必须综合起来看见水稻的一生，多少个轮回，从而稍显公正地对它们作出评价。

※※※

猛烈的太阳下,我们肚子饿得咕咕叫,沈博士仍然站在田间,不舍得离开。

我知道,沈博士他们,这些田野上的科学家,比真正的农民待在田里的时间要多得多。越来越多的农民,离开田地去打工赚钱。这是一个讲究效率的时代。网红可以一夜走红。明星可以一周成名。企业也许一年上市。创造这些神话的人,被人们广为知晓,被人们津津乐道,但还有许许多多像沈博士这样的人。他们注定只能像水稻一样默默无闻,为这个时代和这个世界做出巨大的贡献,哪怕有的人直到退休,也没有达到过任何的"辉煌"。

但他们,是英雄。

英雄不会一夜走红,只会因长久的风吹日晒而让脸色慢慢变黑。

当我们吃着一碗米饭时,我们会不会生出敬畏之心?对我们的大自然产生爱惜之情?是不是,也有一点点的感恩?

因为,从一株水稻,到一粒大米——我们是否曾想到过,有很多人,在用一生的时间,与它默默对视。

相看两不厌,只因有热爱。

忆——旧

扛标旗的少女——我的春节记忆

陈平原

作为民俗的春节与作为个人记忆的春节是两回事。你兴奋不已的,他人未必感兴趣;反过来,别人津津乐道的,你也很可能插不上嘴。说全国人民享有"同一个春节",在我看来近乎幻象。共享的,只有休假与美食;就连团圆与否、鞭炮有无,如今也都成了未知数。其他习俗,更是因时因地因人而异。

我记忆中最美好的春节,属于1986年。无关"国泰民安"大格局,纯属自家小问题。那年,我第一次偕新婚不久的妻子回乡。三兄弟都娶了媳妇,阖家团圆,自然是其乐融融了。父母亲私下支招,为了逗不懂普通话的祖母开心,妻子临时抱佛脚,学了几句潮州话。这一招很管用,原本叮嘱不要找"不会说话"的媳妇的祖母,如今连连夸奖这孙媳妇好,会说话。日后的春节,或南北遥望,或人天相隔,如此温馨的场面,再也没有出现过。因此,在我记忆中,那年潮州的天特别蓝,笑脸特别多,潮州柑特别甜,潮州大锣鼓也特别响。

偶尔与皇城根下长大的妻子聊起来,她也对这个在南方小城度过的春节特有好感,而且还提及一个细节——大年初一在当地西湖公园外边观看潮州大锣鼓,那些扛标旗的少女很可爱。想想也是,走南闯北这么多年,观赏过诸多节庆场面,要说闹中取静、武中有文、俗中带雅,还属潮州大锣鼓队中扛着标旗"招摇过市"的靓女们。

作为粤东地区及东南亚流传极广的传统音乐，潮州大锣鼓兼及锣鼓乐与管弦乐，特别适合于行进中表演。关于潮州大锣鼓的历史溯源及演奏特点，自有专家论述，我只知道，相对于固定舞台或典礼表演，节庆时的巡游最见风采。配合着神像、花车、舞蹈、标旗，以及不时炸响的震耳欲聋的鞭炮，这个时候的潮州大锣鼓，虽仍有迎神赛会的意味，但其周游街巷，祈福远大于酬神，人间趣味占绝对优势。

所谓"百里不同风，千里不同俗"，即便都是春节巡游，各地的鼓乐与花车也不尽相同，难分高低。比起踩着喜庆的锣鼓点上蹿下跳、威武刚猛的舞龙或舞狮，潮州大锣鼓队中扛着标旗默默行进的少女，实在是过于娴静了——既不唱，也不跳，只靠身姿与面容，还有肩上的各色标旗，吸引着无数围观的群众。

大概是读书人的缘故，我们首先关注的是标旗上绣着的大字："一帆风顺""出入平安""国泰民安""吉祥如意""恭喜发财""改革开放""一心向党""实现四个现代化"……再加上"旅泰华侨""新加坡潮州商会"或香港某某公司捐赠的字样，真的看得你眼花缭乱。与各种口号或吉祥语之混杂相对应，这些色彩瑰丽，用金线、银线、绒线绣制而成的旗帜，同样新旧杂陈。为什么会这样呢？因潮绣从属于中国四大名绣之一的粤绣，制作考究，工艺繁复，绣一面精美的标旗，需花不少时间。因此，各村镇锣鼓队的标旗，都是逐渐积攒起来的，自然带着时代的印记。

这些精心制作的标旗，平时妥善收藏着，过年过节或重要庆典时，方才用竹竿穿起来，由妙龄少女横扛着，随同锣鼓队巡游乡里或城镇。前头挂一小袋潮州柑，寓意"大吉大利"，后面的竹梢随步伐上下颤动，更显少女之婀娜多姿。至于扛标旗的少女，穿华服，戴墨镜，步态轻盈，面容娇美，更是万众瞩目。

前些天在东京的东洋文库与日本学士院会员、东京大学名誉教授、现任东洋文库图书部主任的田仲一成教授聊天，说起他当年拍摄潮州祭祀戏剧相关照片，我问还记不记得那些扛标旗的标致少女。他连声说记得记得，只是没注意这些少女是否长得漂亮。

田仲先生1978年到2012年间在中国大陆、香港、台湾及东南亚各国所拍摄的有关祭祀演剧的资料照片35044枚，现挂在日本东洋文库网页上，可查询并下载。我以"潮州"为主题词检索，得943枚，其中1980年阴历七月初十拍摄的香港筲箕湾巡游，有9张出现少女挑花灯或扛标旗。拍摄者研究祭祀与演剧，故注重场面及氛围，图片上的少女，或仅存背影，或只露半边脸，没有特写镜头。这明显不同于街边围观民众的观赏趣味。有人拜神像，有人听锣鼓，有人赏标旗，但更多的是指点这个或那个姿娘仔（潮州话，指未婚少女）"好看""雅绝""有架势"。这里所评说的，包括面容、扮相与步态，混合着舞台感与现实性。

这些扛标旗的少女，随锣鼓队走大半天路，很累。可这是个好活，大家抢着做。我在潮汕某山村插队时，有机会仔细观察农村里的春节活动。1974年冬天，大队宣传委员被抽调学习，我代管三个月。筹备春节联欢活动，那可是宣传委员一年中最吃重的活。作为"临时代办"，我注意到，为了这扛标旗的四个名额，各房头及大队干部争得死去活来。哪个房头都有好看的姿娘仔，凭什么让她们几个独享荣耀？要知道，有了这堂堂正正地在公众面前展示风采的大好机会，春节过后，自然而然就成了本村乃至四乡六里的名人，还愁嫁不到个好人家？以至介绍某某女孩时，你只要说她曾扛过标旗，大家就能想象她的相貌、人品、家世、步态等。

2004年春夏，我在巴黎某大学教书，刚到时，便听朋友绘声绘色讲述春节前香榭丽舍大街上的花车游行。那是为了纪念中法建交四十周年，官方主持、民间组织的大型文化活动。来巴黎之前看过相关报道，说潮州大锣鼓作为此次新年大巡游的压轴节目，如何引发了现场观众的阵阵喝彩，其中还特别提及那15支用中法两种文字绣着新春祝语的标旗。出于好奇，我问这位朋友，注意到那些扛标旗的少女没有？很遗憾，对方一脸茫然。

开始有点丧气，后来我想明白了——如此华丽且宽广的大街，本就不是扛标旗少女的舞台。我相信，除了若干怀乡的潮汕人，现场其他观众，都被充满动感的舞龙或舞狮吸引，而很少关注那十几个体态婀娜、笑容可掬、安静地走在大街上的少女——即便习惯于T台表演的名模，走在香榭丽舍大街上，与喧天锣鼓及华丽花车竞争，也不见得能取胜。

　　这就说到，我们潮州那些扛标旗的少女，生活在乡村或小镇上，没有受过任何走T台或戏剧表演的专业训练，只是偶然被选中，便扛上标旗，近乎无师自通地"摇曳多姿"起来。这是巡游队伍中一道靓丽的风景，其特殊魅力在于与围观民众的良好互动——熟悉更好，不认识也没关系，都处在同一个生活圈。某种意义上，这是农业社会自娱自乐的"选美比赛"加"时装秀"，更适合于走在乡镇或小城的街道上，而不属于繁华的大都市。

　　在《朝花夕拾·五猖会》中，鲁迅曾感叹张岱《陶庵梦忆》描写的赛会"真是豪奢极了"，为了扮演梁山泊好汉三十六将，而"分头四出，寻黑矮汉，寻梢长大汉，寻头陀，寻胖大和尚，寻茁壮妇人，寻姣长妇人，寻青面，寻歪头，寻赤须，寻美髯，寻黑大汉，寻赤脸长须"，这样的雅兴与壮举，"早已和明社一同消灭了"。不仅仅是钱的问题，生活形态变了，游神赛会的形式与风格也必然随着改变。同样道理，随着电视普及、网络便利、出游频繁，眼界日渐开阔的年轻人，或许不再围观、欣羡那些扛标旗的少女了。

　　我注意到一个细节，这些很可能一生只有一次扛标旗机会的少女，随潮州大锣鼓巡游时，普遍戴着墨镜。这可不是为了遮阳，也不是为了扮酷，而是便于少女在行进或歇息时观察路边群众。这里用得着卞之琳的《断章》："你站在桥上看风景，看风景的人在楼上看你。"我很好奇，不知这些曾戴着墨镜，扛标旗走过乡镇或小城的少女们，多年后，如何追忆此等风光时刻？

穿上军装见班长

杜卫东

有朋自远方来，不亦乐乎，何况是睡过一条大通铺的战友。推杯换盏自然少不了，酒至半酣，解山忽然幽幽冒出一句："老班长在北京住院了，知道吗？"见我愕然，又补充道："就是七班长尹志烈啊！"

尹志烈！这名字如同阿里巴巴的暗语，一经提及，立即洞开了我的记忆之门。

老班长并不老，他退伍时也就二十五六岁的年纪。称他老班长，一是在全连的班长中他军龄最长，已当了六年兵；二是他的相貌老，媳妇还没娶，眼角额头就已经爬上了深深的皱纹；一笑，深褐色的脸便如同被大水冲过的坡地，横七竖八布满"沟壑"。

我当兵前喜欢写写画画，作为文艺特长兵穿上了军装。在分部创作组待了半年，整不出一篇像样的作品，于是请求到最艰苦的工程团下连锻炼。没承想，一米七五的身高，在主要是四川籍战士的连队竟成了"排头兵"。那时我十八岁，刚出校门不久，身高却力亏。别人扛起两袋水泥一溜小跑儿，我抱起一袋一步只能挪上半尺。解山是班里的团小组长，早我两年入伍，和老班长是同乡，俩人的家只隔着一条河。这兄弟自小在父亲的铁匠铺里帮工，身量不高，却结实得像一头牛，浑身永远有使不完的劲儿。他自己干活不惜力，也容不得别人偷奸耍滑，见谁施工不出力或者训练不刻苦，就会想法儿"修理"谁。我干活的样子肯定让他看着恼火，施工回来平整操场，要用藤筐抬黄土、石块，他就有意往我筐里多装，又把绳子从扁担的正中向我这边多移了几寸，我一起身，一个趔趄跪在地上。老班长看见了，凶巴巴骂一句"熊兵"，冲过来一把推开他，把绳子多一半移向自己。眼一瞪，喝一声：起！委屈和感动交织的泪水瞬间从我的眼眶涌出。

晚上，老班长把解山叫到屋外，一手叉腰，一手点着解山的鼻子"熊"道："人家一个城里孩子，能到山里吃这份苦就不易！他个子不矮，可身子单薄，你伸出一条胳膊抵得上他两条粗，施工、训练时人家叫过苦吗？你是老兵，不帮他还欺负他，阶级感情哪儿去了？啊？！你个熊兵！"那是上世纪70年代初，"有没有阶级感情"是一句很重的责问，和现在"你还算是个人吗"分量差不多。解山低着头，垂手而立，月色把他的身影拉长，从他喃喃的话语中能感受到他的羞愧："老班长，你别说了，我知错了。"

第二天，我们班完成训练科目后，被连部派到火车站卸沙子，一人一个车皮。站在沙堆上，脚就往里陷，再抡起一把十几斤重的大铁锹，干了不到半个时辰，我的衣服就像刚洗过一样，湿得可以拧出水来。初春的寒风一吹，贴在身上那叫一个冷，可是满满一车皮沙子却没被"蚕食"多少。隔壁车皮的老班长见了，抹一把脑门儿上的汗水，拄着铁锹喊："杜卫东，你下去看枪。"十多条五四式半自动步枪就架在铁轨旁的斜坡上，完全在我们视野之内，我知道班长是想照顾我，就站着没动。他眼一瞪："没听见吗？执行命令。"昨天被班长"熊"过的解山已经卸了小半车皮沙子，他也直起腰，冲我招招手："我挎包里有衬衣，拿出来换上。放心，你这点活儿，搂草打兔子，我和班长就干了。"

在那艰苦的岁月里，老班长就是这样默默关照着我。吃饭时往我的碗里多拨几块肉；寒夜里替我站上一班岗；空闲时和我聊聊他家村头的那条河、河里遨游的鱼群和光着屁股在河里洗澡的孩子；当然，还有撒了一岸的船歌和被船歌洇红的落日。难忘那一个个夜晚，微风在山谷中歌唱，月亮在云絮中潜行，满天的星星像是撒在深蓝色天幕上的白钻石，烁烁闪光。我和老班长在营房后的小溪边并肩而坐，眺望朦胧的群山，说着闲话。他常常随手扯上几根小草，放在嘴里有滋有味地嚼着，话语不紧不慢，声音清澈而富有磁性，就像潺潺的流水，在我的心田上轻轻漫过。

我爱出汗，平时军装汗痕不断，老班长洗衣服时便"顺带手"把我的军装也揉上一把。我发现，他洗衣服的"频率"明显加快了，他是怕单独给我洗我过意不去，也特别注意起了个人卫生。我做错了事，老班长批评起来也不含糊。有一次因为丢三落四，我在夜间紧急集合时拖了全班后腿，回来后他让我对着墙站了半个钟头，面壁思过。

本来，老班长是"干部苗子"。连里的司务长空缺，大家都传是留给他的。有一个礼拜天，我们还看见他和其他连的几个老兵一起进城到医院体检，那是提干必经的程序。当时老班长满面春风，脸上的皱褶也平展了许多，看得出他对未来充满了向往。确实，这个职务对老班长至关重要，因为他有患病的父亲和几个弟妹需要一个成熟的女人料理，而这个女人踏进老班长家门的唯一条件就是：必须提干。没想到年底退伍名单一公布，老班长却是头一名。那几天，他像一棵在阳光下暴晒过的油菜，蔫得没了一点儿精气神儿。送老兵离队会餐时，战友们围着他敬酒，这个一向流汗流血不流泪的硬汉几杯酒下肚，竟然哭得稀里哗啦。泪水中有对未来的失落，更有对连队与战友的不舍。铁打的营盘流水的兵，只有当过兵的人才能咂摸出这话中的悲壮与沧桑。真要离开营盘时，哪个兵不是挥泪而别？

临走的前一个晚上，老班长把我叫到小溪边，我们相视无语。良久，他才开口："明天我就走了，以后，你要学会照顾好自己。好好干，别学我，一定要当个好兵！"我听了泪如泉涌，仿佛登上接兵的闷罐车和家人分手时的感觉，心里空落落的。老班长的眼圈儿也红了，他递过一个报纸包儿，说："也没啥东西送你留个念想儿，这件军装我用不着了，送你吧，希望有一天你正大光明地穿上。"我打开一看，是一件用两个兜战士服改成的四个兜干部装。

后来我才知道，就是这件"干部装"断送了老班长的前程。他以为提干板上钉钉，探家时便悄悄改了一件穿上，为的是给那个女人吃颗定心丸，让她能多帮家里伸把手儿。提干是早一天晚一天的事，可老人头疼脑热的时候，太需要一个女人擀上一碗热气腾腾的面条了。不知怎么搞的，这件事传回了部队，上级认为他有名利思想。在那个年代，名利思想是一个很严重的问题，提干的事儿便因此泡了汤。

和老班长一别就是几十年。这期间，我曾辗转打听过他的消息，音讯杳无；还曾经在一家刊物的"友谊传呼"栏目中发出过寻找他的信息，也没有回应。日子一天天过去，我忙于工作，渐渐把对老班长的思念留在了记忆深处。原以为时光已将过去尘封，哪知道，解山的到访，竟使往昔的一切如钱塘江的潮水一样奔涌而至，令我难以自已。

解山告诉我，老班长退伍后，积劳成疾得了肝病。肝病是富贵病，需要调理、需要营养。老班长没有条件，病情一步步加重，十几年下来花光了家里积蓄，这次进京看病的钱还有一部分是亲友凑的，但已确诊为肝癌晚期。我问："老班长为什么不找我？我在北京的住址和联系方法都告诉了他呀！"解山抿一口酒，叹一口气道："谁说不是呢。我跟他说过，当年你对杜卫东那么好，如今有了难处他不会不帮的。可你猜他说什么？他说，当初对人家不错，有了难处就去找人家，有意思吗？再说我这病，治不治能有什么两样儿。"

老班长啊，老班长！你好糊涂，我们虽然没有并肩上过战场，但在一起打过山洞，哪条洞子，没有战友的命搭在里头？血浓于水，我们是患难与共、生死相依的兄弟啊！况且，没有你当年的关爱，我的心田也许会长出茫茫荒草；没有你真诚的激励，我的生命可能会失去茵茵绿洲，你给了我一捧人生的阳光，它温暖了我生命的整个旅程。这些年，无论人情冷暖、世事变迁，我的前方总会亮起一盏灯；在"友谊的小船说翻就翻"的当下，它足以让我守护好心中的那一份执着与担当了。我从衣柜里翻出了那件珍藏多年的四个兜干部装，我决定，明天一早就穿上它去看望老班长。我知道，这件军装早已不再时尚，但是，它却承载着我们人生中最为难忘的一段时光，积淀了太多无法割舍的战友之情啊！

一张老报纸

高洪波

从小就喜欢过生日，理由很简单：两个煮鸡蛋的诱惑。母亲喜欢用这种简朴而又有营养的方式提醒我又长了一岁，剥开烫手的蛋壳之际，仿佛也剥开了某种岁月和时光的装饰。大口吞吃着煮鸡蛋蘸芝麻盐，端的芳香无比，然后盼着下一个生日。

童年时光就这样在企盼中消逝。然后是青年、中年、壮年，直到五十六岁的那一天。

这一天我和一批作家到达四川成都附近的建川博物馆，建立一个生活基地。建川博物馆馆长樊建川，神秘地说要送我一件生日礼物，因为他从身份证上知道12月2日是我的生日，就这样，我收到了一件极为有趣的生日礼物——1951年12月2日的《人民日报》。

这是一份竖排版的纸色发黄的老报纸，似有水渍洇染着，一共四版，全是繁体字，报眼上内容提要十二条，由十二枚五星标着，第一条是"西北军政委员会举行第四次全体会议，决定了增产节约的主要方面和办法"，然后是中南军政委员会召开增产节约大会、上海市捐献武器运动和丰富收获，此外还有一批朝鲜战场上的消息。顶有趣的我认为是"全国足球比赛大会在天津开幕"一则，因为这是新中国成立以来第一次全国性的足球比赛，共有解放军、铁路、东北、华北、西北、华东、中南、西南八个足球队参赛，队员一百六十四人。位于《人民日报》头版这则要闻里说："队员中包括维吾尔、乌兹别克等五个兄弟民族的选手。队员中有生产劳动战线上的模范，也有在朝鲜前线立过功的医务工作者。选手们都是经过多次的比赛后选拔出来的。"这个大会由于是在天津举办，所以先由全国足球比赛大会筹备委员会主任委员黄敬致开幕词，接着由中国新民主主义青年团中央委员会书记、中华全国体育总会筹备委员会主任冯文彬讲话。随后附了一个比赛结果：解放军3∶0胜铁路；华东4∶2胜华北；东北居然8∶0大胜西南；中南也凶悍，6∶0胜西北。看到这则消息，想起自己和足球的渊源，那种没来由的喜爱，以及一个同名人高洪波成为国脚的故事。心想，没准真和生日有某种神秘的关联呢！

翻到四版"文化生活简评"专栏，又乐了。有篇严厉批评老作家白刃的文章《〈血战天门顶〉诬蔑了我军的英雄品质》，原来是《人民文学》三卷五期发表的小说，被点名批评，文章没署名，但真的很严厉，其中上纲道："白刃愚蠢地歪曲了人民解放军的无产阶级品质，也严重地歪曲了毛主席英明伟大的战略战术思想。"《血战天门顶》是白刃长篇小说《战斗到明天》中的四章，写的是一个被敌人包围的连队"假投降"的故事。遂出现了前面的批评，最后一段涉及白刃整体创作，说他"一贯地从概念出发、制造一些离奇故事来吸引读者，暴露了他的小资产阶级的思想倾向。白刃的创作思想显然是有着严重的错误，应该迅速加以纠正，并对于他所已经发表的作品进行认真的检讨"。

白刃先生是我的父执辈，抗战时与我的岳父朱明同在八路军115师宣传队。这几年我常在春节期间代表中国作协去探望他，所说的均为陈年往事，但以我的经历，最陈年的也无过于上世纪六十年代对《兵临城下》影片的批判，绝对想不到在自己出生那一天正是白刃挨批时，且是不署名的乱棍狠批，将心比心，白刃先生能挺过来，多亏良好的心态支撑。

这一天是星期日，农历是初十，节气大雪，四版除了毛主席手书"抗美援朝专刊"外，有一栏窄条的广告其中有上演的电影《刘胡兰》，有中国青年艺术剧院在青年宫上演的话剧《在新事物面前》，还有李万春的京剧《水油七雄》《收大鹏》，最后是各种食品的行情。包括北京通粉、伏地小麦、小站大米、门煤（估计是门头沟的煤）中块及上海、汉口、西安等城市一些生活必需品的价格，虽然全是旧币，动辄成百上千万元（注：这张报纸价格六百元），可让我感觉到刚刚执政两年的人民政府和执政党对国计民生的关注，信息是公开透明的，在艰辛中有一缕朝气和锐气。

1951年12月2日实在是个普通的日子，一份留存五十六年的报纸，传递给我怠多的感慨和信息，更有趣的是樊建川送一附件："历史上的今天发生的十件大事"，仔细一看，有的还真算得上大事，譬如朱可夫元帅与我同天生日；再譬如末代皇帝溥仪在1908年12月2日登基，成为短命的宣统；北京猿人头盖骨在这一天面世于周口店；原子裂变成功于1942年12月2日；往近处说，1981年12月2日世界最古老的神庙被发现；1996年12月2日更妙绝：超级计算机问世！这可是改变世界的大事。

人生在世，生日是生命的原始记录，其实是再偶然不过的一件事。几十亿的人有几十亿的生日，几十亿个生日为偶然诞生的生命奉献必然的、后天带来的欢欣与快乐，而人类正是在这样的无数个链节中延续着种族、宗族和家族，从血脉到精神，从生理基因到心理基因，所以生命值得敬畏，生日值得礼赞。最值得歌颂的是为你的生日承担最大风险的母亲。

祝福母亲，应是最贴切的生日礼物。这份发黄的《人民日报》，当年在冰天雪地的北方草原"坐月子"的母亲，料定没有及时看到，所以择一个日子，把这份生日礼物让她过目，肯定是一件很有趣的事。

"梨花伴月"好读书

何 申

"梨花伴月"在承德人心里既是一个美丽的词语,更是一处曾经真实存在的书卷幽香的古典建筑。"梨花伴月"是清代康熙皇帝的书斋,坐落在避暑山庄的梨树峪内。虽然现今只剩遗址,但记载清楚:"循涧西行可里许,依岩架屋。曲廊上下、层阁参差。翠岭作屏,梨花万树。微云淡月时,清景尤绝。"

那是康熙五十年(1711年)四月,天气乍暖还寒。康熙本来身体不大舒服,但依然北巡来避暑山庄。在山庄处理政务之余,他还干了一件雅事:从已建成的上百处景点中精选三十六处,以四字命名,钦定为"热河三十六景",并为每景作诗一首。写"梨花伴月"的诗是:"云窗倚石壁,月宇伴梨花。四季风光丽,千岩土气嘉。莹情如白日,托志结丹霞。夜静无人语,朝来对客夸。"看得出,对于自己在避暑山庄里心爱的书斋,同时也是观梨花赏明月的地方,康熙给予了足够的赞美。以我的感觉,梨花伴月,佳景陪读,固然美好,然梨花似雪,一尘不染,心地干净,对于读书人,更是一种十分难得的境界。

说到"梨花伴月",我想起一件往事。1982年初春,正是梨花初绽时,承德文联举办文学讲习班,我也参加了这个班。班里几十名学员,小伙帅气,女子漂亮,风华正茂,潇洒浪漫。彼此自我介绍,工作单位也都好生了得,按当时的习惯,简称:二轻的、百货的、饮食的,还有房产、钢厂、电厂、区里的;说起写作,更不含糊,起码也是:长篇正写着,中短篇有几个快发了。

主办者也是初次办,没经验,考虑到这批学员"水平"比较高,特意找了两位喜爱外国文学的编辑先讲。他们是老大学生,平时很少讲,这回过瘾了,神游一番英法俄罗斯。可惜学员没跟上,但又不好意思说什么,怕旁人说自己土,讨论时还得装明白。

转眼五六天过去,有人提议星期天去避暑山庄野餐,都赞成。于是春光明媚惠风和畅的一天,一群人说笑着进了山庄,找熟人也不用门票。进梨树峪,来到"梨花伴月"。但见漫山梨花如冬雪如白云,纯净中透出安稳,一颗颗浮躁不宁的心立刻就安静下来。再看"梨花伴月"遗址,满满一坡,不由惊叹好大的一组建筑!今天若允许,一准有人在这儿建别墅酒店;康熙身为皇上,山庄内可读书的地方很多,于此佳地却不建花前饮酒轩阁而建书斋,这其中必有文章。

那么多人,倚遗址高高低低地站着坐着。一会儿就聊上了心里话。

"康熙怎么选这里建书斋?"

"安静,又有梨花可赏。"

"桃花、牡丹也好看,也可伴着读书呀。"

"梨花洁静,读书也须心地洁静。"

"你说咱们也没少读,咋读着费劲,写着也费劲?"

"还是心有杂念,不够静。该向梨花学习。"

众皆不语,有所思。

突然,一人一拍屁股站起说:行啦!我看咱们别再"装"啦!我宣布,我是"饮食"的不假,但不是饮食服务公司的,我是饭馆里炒菜的。我爱文学,写了不少,寄出都退回来,但我不甘心,我不想像我爸颠一辈子大勺!

一石激起千层浪:对不起,我实际是在菜站卖菜的;我是翻砂工……

在洁白的梨花面前,几天来蒙在人们脸上的面纱终于掀开了!说来这些人都很不容易。上小学就赶上"文革",没正经念几天书,初中毕业,

忆 旧

有的下乡。多数在城里好不容易找份工作，干的都是最不起眼的：自报"房产"局的，是修缮队力工，和大泥；"二轻"的，是针织厂车工，织袜子；"区里的"，是街道白铁社打烟囱的；还有车站卸货的、卖煤的、大板车队的……

但这又是些上进心很强的人。他们想读书爱读书，想让自己的前程更有奔头。文学为他们打开了一扇门，读书则为他们积蓄力量。只是，周边环境与个人境遇会让他们的心里难免一时有些杂念。包括我自己，人到塞北已十多年，乡村的生活，农民的日子，有多少活生生的人物和事件可写，但拿起笔，却往往又绕开。

说着说着，众人一致决定，外国文学先放放，先学"山药蛋""荷花淀"，从这些作品读起，从身边的事写起。

往下这个班就活跃了，讨论时每人讲自己已写的作品和经历的事，旁人帮助参谋如何继续去写。讲课的内容也发生了变化，两位没上过多少学的老作家结合自己的创作过程，讲得实在具体，学员感觉受益很大。以至于晚间刚刚出现的一些浪漫交谈，也被读书和写作取代。

后来，这些人基本都小有成绩，发表了不少作品，到 80 年代中期，赶上报社、电台一些部门招聘，他们大多从原单位走出来，终成本地文学艺术界骨干。

再说回到康熙。避暑山庄，顾名思义，当然还是暑热时来避暑为佳，然康熙却要赶在梨花开放之前来，还要在"梨花伴月"读书，这时一早一晚的天气还凉，山上的草木也刚泛青。正因康熙是一个爱读书的皇帝。他言："读书一卷，即有一卷之益；读书一日，即有一日之益。"已有评价，清代皇帝的读书好学，以康熙帝为最。他五岁开始读书，八岁登基，于儒家经典，日日必读，字字能诵。十七八岁时，读书过劳，至于咯血，但仍不肯休息，一生手不释卷。我想，或许是读书读到了一定程度，他需要在这样一个季节、这样一处环境，来提升自己的读书质量，进而转化为治理国家的能量。

承德市周边其实有不少梨树。其中有一个村子梨花开得特别好,我去过后,就把那儿当作我的生活基地,常去。原先那里是个穷山沟,这些年富了,梨花开得更好了。我再去,有时就找一个偏僻的地方,在梨树下坐下,看一会儿书,看一会儿梨花。

我的第一部长篇小说,就叫《梨花湾的女人》。本来我起的书名就是"梨花湾",是编辑给加上"女人",说好卖。那书卖得真的不错。但我一直认为关键还在"梨花湾",塞北村镇,一湾碧水,梨花环绕,别说女人,男人在其间,都好看。

两封旧函的光泽

黄传会

周希汉居然上书辞职信!
1953年,时任海军参谋长的周希汉致信萧劲光——

萧司令:

我来海军一年了,在你的亲自领导下,虽然做了一些工作,但自己确有任重力薄之感,应付不暇了,海军任务巨大,发展前途也很光荣的。因此我也是全力以赴来为海军建设而积极地工作,并决心做好这个助手工作的。但经一年来工作的证明,我做这个工作是很吃力的。特别新制度确定参谋长为首长的第一个代理人,经我再三考虑,我是不称职的。我10年左右参谋长工作的体会,这个制度的建立特别是特种兵很需要的,我诚心拥护,为了工作利益,我建议不要为人事妨害了制度的建立。

鉴于上述理由,我的意见,请令方(强)或罗(舜初)做参谋长,以便真正的把全面工作抓起来,以免工作受损失。我的再安排请勿顾虑,放到下面基地,或部门,或学校,我均无意见。如果需要我继续做参谋工作的话,做副参谋长亦可。我既然来海军了,就得下决心干下去,绝不会给你添麻烦。

个人之见，当否，请考虑！

布礼！

职周希汉

1953 年 4 月 20 日

著名战将周希汉（1913—1988），15 岁走出湖北麻城周家坳大山，参加革命。红军时期，他紧跟徐向前，开辟鄂豫皖，浴血陕甘川；抗战时期，他伴随陈赓，东征平原大地，西战太行山；解放战争，他驰骋三晋，逐鹿中原，鏖兵淮海，横扫两广。

1952 年 3 月，原准备率部入朝作战的第十军军长周希汉，被军委任命为海军参谋长。战争年代将生死都置之度外的硬汉子周希汉，何以在海军参谋长任上刚刚一年，便递交辞呈？

1949 年至 1955 年，史称新中国人民海军的"初创时期"。

萧劲光、张爱萍、王宏坤、苏振华、刘道生、罗舜初、周希汉、方强等五六十位身经百战的开国将领，从战火硝烟中走来，该脱下战袍去参加社会主义经济建设了。然而，毛泽东一声号令，调他们去干海军。"干海军？"一个个都是"旱鸭子"，如何干得了海军？

阵阵拍岸的涛声，分明就是召唤——汹涌的大海在召唤，崭新的时代在召唤！

从陆军到海军，从单一兵种到多兵种，由于作战的战场、任务和手段的不同，决定了情报、通信、训练工作的具体内容和实施方法都有很大的区别。周希汉在战争年代熟悉、擅长的那一套作战方法已经用不上了。比如战役训练、军事理论、战役战略决策、图上作业、图上导演、司令部（首长）带通信工具的演习和实兵演习等。这些内容的实施都必须由参谋长唱主角。

难、难、难！放牛娃出身的海军参谋长遇到了新问题。情急之下，他递了请辞信。

一日夜里，萧劲光拿着周希汉的请辞信，走进他的办公室，劈头盖脸来了句："希汉啊，我萧劲光这回是看错了人！去年，我在选参谋长时，陈赓同志推荐了你，后来，空军的刘亚楼司令员也想让你去当参谋长，你有本事嘛，大家抢着要啊，我差点与刘司令员红了脸。可才一年，就要撂挑子了，我们海军庙太小，你想远走高飞了！"

周希汉急了，"司令员误会了，我的确是怕自己水平太低，影响了海军建设。"

萧劲光又激一句："现在才发现你原来也是个怕死之徒！"

周希汉犟脾气上来了，"革命几十年，脑袋掖在裤腰带上，什么时候怕过死？"

萧劲光步步紧逼："那为何遇到点困难就写请辞信？"

周希汉嘟囔："这是两回事嘛！"

萧劲光语重心长，"党中央、中央军委把建设海军的重任交给了我们，任何艰难险阻，我们都必须去克服它，战胜它！"

周希汉沉吟片刻，站了起来，戴上军帽，"司令员，我收回请辞信。"

萧劲光哈哈笑了，"一激，你的虎气就出来了。"

没有文化的苦恼，让周希汉主动请辞，体现出的是对知识的敬畏，不计名利的大局观。就像启蒙思想家卢梭说的那样："伟大的人绝不会滥用他们的优点……他们的过人之处越多，越认识到自己的不足"。

此后，在海军参谋长、副司令任上，周希汉刻苦学习、宵衣旰食，干得风生水起。周恩来总理表扬他：周希汉勤奋好学，是海军专家，是建设海军的功臣。

那是个激情燃烧的岁月，这支以农民为主体的军队，在向正规化、现代化转换，这个转换过程中，有脱胎换骨，有浴火重生。

在这样的背景下，1950年8月，毛泽东发布了"以提高文化为首要任务，使军队形成一个巨大的学校"的号令。军营阵地，读书识字，书声琅琅。

同年8月的"海军建军会议"，制定了《海军三年建设计划》，同时提出了"向苏联海军学习"的口号。

次年6月开始,海军派出多批初级和中级军官赴苏联海军院校学习。

1952年8月,海军副政委刘道生向中央领导写信,建议派遣高级干部赴苏学习。

粟副总长请转主席、周副主席:

请求考虑准予送几名高级干部到苏联海军大学或军事学院海军系学习,理由:

一、海军建设要从长期着手,海军干部的培养也要从长远来打算。

二、现在送苏联学习的,仅是初、中级干部(最高的是营级),只能解决部分问题。舰队以上的干部一个还没有。

三、国内海军建设两年事实说明:水兵及下级干部还学到了一些海军技术,而在上面的干部技术一点没有学到,加上日常工作繁忙,再摸三年,亦难学到专门的技术和指挥才能。这样的结果,将来有了军舰,但舰队以上,则无好的指挥员。一旦战事发生,就有"养兵千日,毁于一旦"的危险。

党和主席既已下定决心建设一支强大的海军,我们个人坚决服从主席的命令,愿意终生为海军事业服务。但请求主席考虑给予我们一个学习的机会。如蒙批准,请周副主席在苏联谈判中决定。

谨祝健康!

刘道生

1952年8月13日

刘道生(1915—1995),湖南茶陵人。1930年参加工农红军,任茶陵县游击队政治指导员,红8军政治部青年部长,红6军团政治部主任,参加了长征。后任八路军120师717团政委,晋察冀军区政委。解放战争时期,任东北民主联军第8纵队政委,第四野战军12兵团副政委兼政治部主任。

1950年1月，刘道生调任海军副政委兼政治部主任。

同为穷苦人家出身的刘道生，只念过高小，后来的一点"文化水"，都是在打仗间隙积攒起来的。作为一名高级指挥员，深感没有文化是指挥不了现代化海军部队的。于是，便有了那封信。

中央很快做出决定，从1953年开始，连续五年，从海军中派出近五十名中、高级干部，前往苏联伏罗希洛夫海军学院深造。

1953年4月春季入学的本科一班，刘道生他们第一学年学习武器的战斗使用和兵种战术；第二学年学习海军合同战术、卫国战争苏联海军学术史、通信等；第三学年学习海军战役法、海军地理、司令部工作和海军国际法等课程。

大家没日没夜地跨越语言关，背诵单词、钻研语法。

萧劲光访苏，问起学习情况，刘道生说："很难，比打仗还难！"年龄偏大，不懂俄文，数理基础又差，学习的艰难可想而知。

萧劲光若有所思："我曾经两次来苏学习，第一次是1921年，原想学军事的，但由于陈独秀的反对，没能完成学业。第二次是1927年，进了托尔马乔夫军政学院，系统学习了战术学、战役学、指挥学和正规战的战略战术、游击战的战略战术等，两次学习，受益匪浅。海军的建设和发展，正期待你们学业有成！"

留学三载，刘道生开阔了视野，提高了现代化军事指挥水平，为后半生献身人民海军建设，成为一名优秀的高级指挥员打下了坚实基础。

潮涨潮落，云卷云舒。

两封旧函，都与文化有关。前者是对文化的敬畏，后者是对文化的渴望。

曾把海军初创史，抒写得波澜壮阔的一代开国将军，渐渐离我们远去了。他们曾有过的生命品质，对知识的渴求，从历史的尘埃中，发出珍珠般的光泽。

收集牙签的人

黄咏梅

像很多老派的家庭妇女一样,母亲总是不舍得扔掉旧物,即使明知道它们的确已经派不上用场了。因此,在我们家的杂物房里,总是能找到一些让我目瞪口呆的东西,不是陌生得让我无从指认它的来历,就是熟悉得让我难以置信它经年之后仍旧存在。那些东西虽然有意思,但终究都是些无用之物,日积月累,杂物房被堆得不忍目睹,常常会引来我们兄弟姐妹对母亲的埋怨——不知道为什么还要留着那些没用的东西,什么年代了呀!最严重的一次,姐姐趁母亲回故乡小住几日之机,忍不住收拾了一下,果断扔掉了一些东西,母亲为此发火、失眠了两天,此后再也没人敢动她的东西。这方面,就连父亲也没有发言权。

我曾经在微信上看到一篇文章,大概意思是讲现代人应该学会"断舍离"。"断舍离"这个词在网上传播已经有一段时间了,百度上明确的意思是"断绝不需要的东西,舍弃多余的废物,脱离对物品的迷恋"。我在遇事纠结的时候,也时常会对自己说:"嗯,要学会断舍离。"我顺手将这篇文章转发给刚开始热衷玩微信的母亲看。过了很久,母亲回复我一个微笑的表情。我觉得那是不置可否的微笑。你如何能改变一种根深蒂固的执念?一代人有一代人的执念,我只要接受就好了。

前一阵回家住了几天,没事钻进母亲的杂物房,东翻西看。从一个角落里取出一只小铁盒子,接口已经有锈,我费了点技巧才得以打开。一打开我就哑然失笑了。那里边堆满的不是什么宝贝，竟然是饭店专用的那些独立包装牙签。湘满楼、金华安酒店、成记海鲜店、广州酒家、稻花香……各种颜色的小纸袋，一面写着饭店的名字，另一面大都写着"欢迎光临"。这是母亲多年来下馆子收藏的饭店牙签。我记得母亲有这个习惯的。每次她在饭馆吃饭，临走的时候，都会向服务员多要一袋牙签带走。刚开始，以为她是为了放在包里备用，久了才知道，收集每家吃过的饭馆的牙签是母亲的一个爱好，就像别人收藏邮票、烟盒甚至古董那样，只不过她收藏的东西，既没有价格也没有价值。

我抱着那盒牙签跑去问母亲，为什么喜欢收集这些东西。母亲饶有趣味地将那些牙签一袋袋摆出来看，一边看一边告诉我：这是那年你在广州搬新家，我们在金华安摆了一桌，你老爸一个人吃掉了一盘红枣芋泥；这是你哥哥请我们到郊区那个农庄吃河鲜，二叔公饭店，我们吃饱之后还摘了一大堆艾草回家；这是你姐姐那年生日正好碰上中秋节，我们在漓江春吃了一顿团圆饭……我听得一愣一愣的。仅凭一根牙签，一个饭馆的名字，母亲竟然能记住若干年前的某一次下馆子！仿佛她一根一根摆弄着的，不是牙签，而是一张一张旧照片。

一整个下午，我都在听母亲回忆，母亲从岁月的缝隙里剔出一个个故事，听得我五味杂陈。

从我有记忆开始，母亲的形象就是那个挂着围裙整天在灶台间转的女人。母亲做的菜不仅好吃，而且还有创造性，尤其在物资匮乏的年代，母亲可以将一些廉价的东西做成美味的菜，我至今还记得西瓜皮炒咸菜的那种爽脆，豉汁柚子皮绵软多汁的口感，酿南瓜花的鲜甜，芦荟汤的黏稠清香……在吃这个问题上，母亲一直是权威，指挥官般安排着一家人的饮食。直到我们几个孩子长大，一个个成家搬出去住，有了各自的灶头，母亲就管不了我们的吃了。也不知道从什么时候开始，母亲开始接受我们对吃的安排。聚餐的时候，订哪个饭馆，吃什么派系的菜，母亲是没有发言权的。每次，一大家子下饭馆，母亲和父亲第一时间就被安排在"主位"上。看我们翻着菜单，七嘴八舌，母亲只是面带微笑，偶尔征求她的意见，她总是摆摆手说："你们定。"一副退居二线完全缴权的服从。

下饭馆这类事情，现在都已经成了家常便饭，可是母亲每次跟我们下饭馆，总是穿得整整齐齐漂漂亮亮，显得比任何一个人都隆重的样子。散席之前，还不忘将饭店的牙签带回家。现在想来，母亲收藏这些毫无价值的牙签，是为了给那一次次聚餐留念。

我问过母亲，从什么时候开始有这个"癖好"的？母亲说，就是那一次，她带外婆到广州我家过年，我们在广州酒家吃年夜饭。八十四岁的外婆第一次到那么远的地方去。外婆去世前的那几年间，总是洋洋得意地对村里的老人们说："我是这个村里跑得最远的老人了，都是托了儿孙的福。"母亲想起这句话都会难过，她哽咽地说，那年在广州吃的年夜饭，是外婆这辈子吃得最好的一顿了。她手上拿着那根牙签，白色的包装纸已经微微泛黄。看着这袋牙签，我想起了那顿饭，已经没剩几颗牙的外婆，拿着桌上这只小袋研究，不知道里边装的是什么东西。我们笑得前俯后仰，问外婆，要牙签剔哪一颗牙齿？往事历历，如果不是这根牙签，我那塞满杂事如同母亲堆得满满的杂物房一般的脑子里，怎么会猛然想起这个令人鼻子发酸的珍贵的细节？

我猜，过往的回忆就像母亲的杂物房一样，经过一辈子的堆塞，恩的怨的、美的丑的、温暖的悲伤的……这些已经无法理清，更无法"断舍离"。人生在世，谁又能轻装上阵？一个人的一生总是要背负很多东西，欲望、情感、回忆、畅想……这些东西构成了人的丰富，而那些承载着人的记忆，甚至纯粹为了表达情感的"无用"的杂物，执着地、不起眼地证明着我们活在这个世界的意义。

信的随想

李培禹

前些天，接到著名作家浩然先生的儿子秋川发来的电子邮件，告知他和姐姐春水正在编一本浩然书信集，知道我手里有不少他父亲的书信，希望能找出来复印后提供给他们。

秋川的来信，一下撩拨起我对浩然老师的思念。

浩然的名字，对当今的年轻人已属陌生；然而在中国当代文学史无可遮掩的一隅，这个名字仍像他生前一样，质朴无华、扎根似地存在着。我们这一代人大多是读着《艳阳天》《金光大道》走上文学创作之路的。我与大作家浩然的通信，始于上世纪90年代初，从报社记者与采访对象之间"工作式"的书信往来，慢慢成了无话不谈的朋友。那时，在河北三河县扎根生活的他常有信来，主要是谈稿子，推荐农村作者的新作。因他回京少，一些杂事也委托我代劳。他最透着兴奋的一封来信，是标志着他的"文艺绿化工程"结出硕果的三河县文联正式成立。他先是打来长途电话，兴奋地说："县里原打算让我出任名誉主席，我说你们把名誉俩字去掉，我要当一个实实在在的县文联主席。"随后，他的信到了，拆开一看，他在精致的请柬上写道："……请一定前来。届时，我当净阶迎候！"

我往他在三河的"泥土巢"跑得更勤了。见面多，信就少了，但浩然写的信并不少，常常是我返京时，他托付给我一摞信件，嘱我到城里一一寄出。看信封，我知道很多是他披星戴月阅读各地来稿后给作者的复信，有的则是寄给他熟识的报刊编辑的，那是他的荐稿信，不知又是哪位幸运者有可能第一次发表作品了。他曾帮三河县一个患先天性心脏病的农村青年作者陈绍谦，四次推荐他的小说处女座《灾后》，甚至让自己的女儿春水帮忙抄写原稿，终于使作品发表在辽宁的《庄稼人》杂志上。我还曾偶尔翻出一封天津蓟县的来信，这位叫张树山的业余作者写道："最敬爱的浩然老师，我不知该怎样表达我的感激之情。那篇稿子我早已不抱希望，早忘了，没想到您却一直惦记着它，当我吃惊地看到它已经您的修改、推荐发表出来后，我要告诉您，这是我一生中最幸福、最愉快的事情……"

这些信如果还在的话，希望持有者把它们复印后寄给秋川和春水吧。

信，是人生旅程的镜鉴。虽然今天街边那熟悉的邮筒已不复存在，一身绿色工装邮递员的身影和那清脆的自行车铃声也在记忆中了，然而我要说，有信的日子值得怀念，有信的日子真好！

赵丽蓉老师也曾给我写过一封信。那还得从作家浩然说起。那时我采访浩然，就住在河北三河浩然的"泥土巢"。采访快结束的一天，赵丽蓉从城里来看她的老乡——浩然。那时两位老人身体都挺好，根据浩然的长篇小说改编、赵丽蓉主演的电视剧《苍生》刚刚播放，他们谈得十分投机，我在旁边听着，分享着他们的快乐。午饭后，赵丽蓉老师让我搭她的车回城里，她说："路上咱们可以聊天，省得闷得慌。"赵老师知道我当时正在采写浩然，就主动给我讲了许多浩然的事儿，还一再说："浩然是个大好人，值得好好写写。"我采写的报告文学《浩然在三河》发表后，我没忘记给赵丽蓉寄去一份报纸。让我喜出望外的是，在不少读者来信中，有一封竟是赵丽蓉老师的亲笔信，她说她没有文化，但这么长的文章却看了两遍，"觉得是这么回事儿""你为好人扬名，谢谢你"。

此后，赵老师对我非常信任。和她交往，都是我找她，先打电话再登门。然而有一次，老人家把电话打到了我的办公室："培禹啊，我有事求你……"我当时一愣。原来，是她的一个晚辈朋友也可说是学生，河北省一个县评剧团的团长，不幸出了车祸，年纪不大就走了。老太太非常痛心，她不顾自己当时身体不好,让家人陪着花几百元钱打车前往那个县,她要最后见上朋友一面。在出事地点,她呼唤着死者的名字,老泪纵横。她还按乡村的老礼儿,给死者家人留下了份子钱,然后才返回北京。彻夜难眠的老人家,第二天拨通了我的电话。赵老师说:"这个评剧团团长是个大好人,好人走了应该留下念想不是?你知道,我没有文化,一肚子的话不知该怎么说。想来想去,我想到了你,就你合适。我想求你帮忙,我说你写,写一篇悼念他的文章,我这心也就不那么堵得慌了……"我在电话里安慰了她几句,立即往她那儿赶。记得那是我在赵老师家待的时间最长的一次,她说我记,老人家时不时地涌出眼泪来。后来,我代她执笔的文章,题目定作《留下念想》……

赵丽蓉老师查出癌症住院期间,和他合作主演过电视剧《爱谁谁》的李雪健也想去医院看看她,得到的答复是:"别来了孩子,你们看见我难受,我见了你们也难受。"我们听老太太的话,没有去医院。送别老人家那天,我和雪健是第一批到达八宝山的。今天,赵丽蓉老师留给我的信,也寄托着我对她深深的"念想"。

人在遭遇坎坷时,收到的每一封信都是带着温度的。

上世纪八九十年代,有那么一段时间我的工作、生活都处在低谷期。我自觉落魄,很久不愿出门见人。正是在这段苦闷的日子里,我意外地收到了一个大信封,打开一看,不禁心头一热:臧老亲笔书写了他的诗送给我。我默默地念着——

> 万类人间重与轻,
> 难凭高下作权衡。
> 凌霄羽毛原无力,
> 坠地金石自有声。

> 拙作一绝,录赠培禹同志存念　臧克家

我有一种力量油然而生，夜里难眠，拿起笔，写下一首题为《寂寞》的短诗，那正是我当时处境、心境的写照。我从臧老的深厚情谊中获得了自信与坚强，我在诗的结尾写下这样两句——

　　寂寞是一种情感，
　　寂寞是一种尊严！

　　臧老看到《北京晚报》登出了我的诗，很是为我走出命运的阴影而高兴。

　　臧老住院后，我接到过他的夫人郑曼的信，告知我臧老近况，"所幸头脑还不糊涂，但常用字好多写不上来了。谨告，勿念。……"这信使我更加想念臧老，1999年新春佳节，多少年来从不大给朋友寄贺卡的我，出于对臧老的思念，精心挑选了一张贺卡，在图案旁抄写上了臧老《致友人》诗中的名句："放下又拾起的，是你的信件；拾起放不下的，是我的忆念。"给老人家寄了去。想不到，我竟收到了臧老的亲笔回信。还是那再熟悉不过的蓝墨水钢笔字体，臧老在信中亲切地说：

　　"收到寄来的贺年卡，很欣慰，上面几行字，多少往事来到心中，感慨系之！……多年不见，甚为想念。我二三年来，多住院。出院将近一年，借寓'红霞公寓'养病，与郑曼二人住，闭门谢客，体力不足，已94岁了。我们初识时，你才十八九岁，光阴过客，去的太多。我亲笔写信时少，因为想念你，成为例外。……"

　　这是我得到的臧老给我的最后一封信，今天展读，仍禁不住涌出泪来……

　　信，无非一个信封、几页纸笺，但有时你与某人的书信来往，会带给你信件之外的意义。

　　我在农村插队当知青时就给报社写稿了，那是1975年。给我改稿编稿的《北京日报》编辑叫方孜行。我崇拜老方，他是上世纪五六十年代就已出名的工人诗人，当时也是报社发稿最多、写得最好的记者之一。我和老方通信颇多。他给我来信或回信，有时是用报社的印有"北京日报"大红字样的信封，不贴邮票；有时是用自己买来的信封，贴有邮票。久而久之，我发现其中的缘由了：凡是工作内容的，比如谈稿件、寄小样、寄报纸等，都是"公函"，他用报社的信封，走"邮资总付"；而谈业余创作、谈生活等与报社无关的事，他一律用自己买的信封，贴邮票后再寄出。后来和他成为同事后，我去他的办公室，见他的桌子上还有一摞待用的邮票呢。其实，报社从未有过这么细的规定，老方却一直坚持到他60岁退休！

　　一封封旧日书信使我浮想联翩。最长的一封信，是作家陈祖芬的。她对我初学写作的一篇报告文学，逐段逐句地进行点评，帮我分析文中主人公的"了不起"之处和性格特点，连标题制作也提出建议，谆谆教诲当时还是一个青年记者的我，如何从新闻写作向文学创作转变，这信当十分珍贵。我还保留着我的大学、高中、初中，甚至小学班主任老师的信件，每每读起，便依然能感到老师们那殷殷的目光……至于家书、情书，相信读者朋友们各有各的故事、各有各的珍藏，都会比我的经历更精彩。

　　信札承载着的人生，哪里是那个须臾不离身的手机所能替代的啊！遥望窗外，也是"月满西楼"。可是，"云中谁寄锦书来"还有吗？

夜 聊

马 汉

夜幕是渐渐地到来的。太阳先是在城西的惠山尖徘徊,趁人不注意的时候就顺着山坡滑入了谷底,开始还在山后半遮半露着脸,后来就索性不见了踪影。半爿天空由着桔黄、橙红、玫瑰红几种亮色渐变,飘浮的云朵镶着金色或血红的边。成群的麻雀叽叽喳喳地从天空飞过,栖在树梢喧闹。落班(无锡人把下班叫成"落班",使下班和日落有了联系)的人拖着疲惫的腿脚回家。看到家门时,他们倦意很浓的脸上露出了笑容。这时候,家庭主妇站在门外扯开嗓门叫自己正在外疯玩的孩子回家吃晚饭。这样的叫唤会此起彼伏在夜空持续很长时间,混合的女声相互碰撞,经过空气的过滤变得悠长而凄厉,这使黄昏蒙上了忧郁的色彩。

夜色如砚台上磨的墨,愈来愈深浓了。热腾腾的饭菜,是不管贫富,家庭主妇必须在劳累了一天的男主人踏进家门就该端上桌的。不论荤素、不论可口与否,男人和一家老小均以风卷残云式的作业态度表现出对饭菜的赞许,同时也是对主妇劳动成果的褒奖。主妇也就很满足,很受鼓舞的样子,一会儿用筷子轻点孩子的筷子以纠正不良的吃相,一会儿又对男人喋喋不休地讲述一天来发生在周围的事情。男人只顾把头埋在碗里,眼角却漾起了笑的涟漪。还有家庭稍宽裕的、男主人又好一口的,每天回来还能温几两黄酒小酌一下。腰腿酸痛的男人,家里还有浸泡了草药的白酒。男人喝着,酒力加药力,脸就泛红,就用笑盈盈的眼看着自己的女人。女人就娇嗔地骂"十三点,看啥看,还不快吃!"男人吱溜一声又将一小盅喝下去,夸张地做出惬意状和声响,顺手把女人特地炒的下酒菜挟到孩子的碗中。

一些赶早的人,就在此刻叩门或根本不敲门就推门闯了进来。有的是端着饭碗来"嗲"饭碗的,有的在家里吃好了晚饭打着饱嗝来观看邻居家的伙食的。来者往往站着,掠过吃饭者的后背打量饭桌上的阵容,加以点评。说某菜与某菜的搭配得当,某菜就不能和某菜做伴的。譬如说萝卜、花菜喜欢轧好道的,就是说这些菜蔬必须与肉类一起烹煮才有滋味。又说什么时新菜好贵的,你家倒赶早吃上啦。主人家就赶紧要作一番辩解,以释邻家心头怀疑自家暴富之惑。因此,那时候邻居之间是难有隐私可言的,家庭主妇持家本事的透明度很高,每家的家底彼此都很了解。作为家庭主妇持家水平必须能经受乡邻的挑剔。空着手上门来的,自然也只是坐而论道了。而端着饭碗来的,主人被说得高兴或不好意思时就邀对方动手挟一筷菜尝尝。对方尚知一些礼仪就婉谢了,而有的就毫不客气地伸出筷子到主人家的菜碗中挟了菜品尝。

这样,只能算是夜聊的前奏,真正的夜聊要待主妇收拾完桌面和灶台后才开始。女主人端着一锅洗碗水开门要泼在门口的窨井里。门一开,一方光波首先倾倒在屋外的黑暗里。就见有幢幢黑影仿佛作蛾子趋光运动一般地过来,探头探脑的,见屋里有男主人在,且空闲着,就进了门去。这时进屋的,八仙桌旁的长凳和骨排凳是空着的,自然也就在桌旁坐下来了。从新近发生在小城中的稀奇事说起,由此及彼,话题不断扩大。透出门缝的光线和声波,吸引着吃罢晚饭从家中出来寻热闹的人。他们试探着推开门,一屋子正热烈说笑着的人立即静下来,扭头打量是谁来了。借着昏黄的灯光看清来者是谁了,欢呼般发出迎接的声浪。先到的在长凳上挪动一下屁股腾出空间,好让后来者坐下。后来者一边坐下,一边说着:闹猛闹猛,老远就听到这边热闹。先到者拾起原来的话题,继续论说。后来者听了一会听出名堂了,才插嘴。也有因为后来者的到来而改变了话题的,话题是与后来者有关的，或是后来者扯到的。这样，不断前来的参与者会不断带来新的话题，使夜聊永远充满新鲜话题。也有因为一个新来者的到来，使原先坐着的某人想起离家时间不短了，该回去了，嘴里说着前客让后客，就起身让座。当然这里面有的是两者或者两者的家庭曾有过节的，见一方来了就急于撤退，自然会寻找一个退场的借口。在场人也都心照不宣。有时陆续退场的人多了，怕才来的人难堪，心善的人会勉强自己留下来做个伴，直至话语有了空隙、疏落时才起身。

被选作聊天场所的人家，必是主人性格开朗、随和，有较好的人缘；房屋敞亮，进出方便。常聚集聊天人群的所在，有福根家里和我家。福根家是开榫头店的。他是家里的独苗，老婆是郊县人，夫妻俩都生性厚道，因而他家常被选作聊天场所。福根家为了省电一直用着煤油灯，无锡人将它称为洋油灯，又称美孚灯，有玻璃灯罩的那种。那晚福根老婆把灯罩擦得透亮，灯芯捻出老长。煤油灯低照度的灯光把一屋子的人影投在墙上，黑影幢幢给人鬼魅一般的恐怖。

我家的客堂间是和邻家合用的，又常有住在屋后的人把我家当过道去河边洗汰，这样我家的客堂间基本没了私密性，很合适串门。加上我母亲总是默默微笑着接纳各家邻居的到来，我家就自然也成了适宜的夜聊场所。每到黄昏，总是邻家在技工学校当教师的小儿子宝泉先揭开夜聊的序幕。他斜跨在木扶梯的台阶上，靠着本色的木板壁和我家讲他的见识。其实那时他不过还是个大孩子，但他总是压低了嗓子，以刚学会的从容娓娓道来。这时邻居陆续地来了。人少时邻居还文文静静地说话，人多了，就会发"人来疯"。大人也会发"人来疯"，这让幼年的我有点吃惊。人多时，宝泉会悄悄地溜走，躲进他的房间。后来回想，这其中也许有不屑与之为伍，体现他的清高之意吧。有时屋里正热闹着，小老鼠也会探头探脑出来趁闹猛。我几次看到它乌黑发亮的眼睛，水汪汪地好奇地看着人们。我一吼，它赶紧一缩头闪电般地逃走。

在我家的夜聊，总是被我父亲的归来画上句号。父亲每天起早摸黑地上班，落班也是极晚。他又舍不得坐车，单程就要走四十多分钟路，这在小城已是很遥远的路途了。母亲端出焐在被窝的饭和炖在煤炉上的热菜，又给父亲倒上一盅药酒，父亲微笑着坐下享用这些。邻居嬉笑说，劳动模范回来了。父亲也只是一笑，并不作出任何言语的回应。邻居就觉得无趣了，又觉面对勤劳的父亲再这么闲扯下去已是无聊，而且父亲的回来让他们记起时辰不早了，就纷纷起身告辞。马先生，你慢慢吃。被叫作马先生的我父亲，又是微微一笑，继续吃他的。

　　母亲送客出去。开了门，才发觉屋外是一地银光闪闪的月色。邻居们抬头看看月亮，相互说着话算是道晚安：今晚又是一轮亮月哇！

稻香里的乡愁

梅 洁

竹溪朋友李江发来了一组微信《稻香里的乡愁》。打开视图，一大片一大片成熟的稻田，金灿灿、黄艳艳地匍匐在土地上，乡村宁静的时光扑面而来。湛蓝的天空下，奶声的童谣响了起来：春风又绿了／柳树叶儿垂了／布谷歌声响了／妈妈出门打工了／阵阵秋风黄了／成片稻谷熟了／雁儿声声催了／妈妈就要回了／宝宝心儿醉了。

听着"盼妈妈归来"的童谣，我落泪了。

而更让我心酸也温暖的是：我看到了女人们在田里割稻、男人们在田里脱粒的场景，我在男人们"嚓嚓"的扳谷声中又一次流泪。我不知是因为看见了遥远的故乡、想起了童年，还是因为别的什么。但我知道，乡愁在那一刻，深深打湿了我的心。我即刻给李江回复微信："那稻田、那歌谣已经让我心醉，看着、听着眼睛已潮湿了，乡愁已泅心了……"

我对李江提出了一个请求：能否在回乡时让我去田里割会儿稻、扳会儿谷？李江答应了，他回复道："你对家乡的爱，已穿越千山万水来到了竹溪……"

离别鄂西北郧阳已半个多世纪了，迄今为止，我都把原府署所属六县（市、区）均视为故乡，同属十堰的竹溪当在此中。

9月，怀着深深的乡愁，我踏上了竹溪的土地。

乘一辆越野车边走边看，两天穿越竹溪八个乡镇。当汽车驶入泉溪镇红岩沟村时，道路右侧的河谷呈现出一片金黄，路边的农家正在田里割稻、扳谷，李江让车停了下来，兴奋地喊道："梅老师，快，扳谷子去！"感谢李江惦记着我朴素的心愿。当我跑着、跳着进入田间，当我小心翼翼拿起镰刀割下青色泛黄的稻秆，当我吃力蹩脚地一下又一下地扳着谷粒，一种久远的感动在心中沸腾起来，多么熟悉而遥远的记忆呀！庄稼和泥土的青涩、潮湿之味，父亲母亲苦之楚楚、累之楚楚的身影，儿时从卷曲的稻叶里捉虫子的嬉戏……久远的时光一起涌上心来。

而一种没有预期的更大的感动，出现在我们到达中峰镇同庆沟之时。

同庆沟水墨丹青般出现在我们面前。

白墙、青瓦的农舍一幢挨一幢，屹立在一片金灿灿的稻田中间，郁森森的青山，呈环状耸立在村庄的周边，英雄般守护着同庆沟的日子，一条小溪从村庄潺潺流过，几只鸟儿在树枝上鸣翠，同庆沟宁静得如一缕山野的呼吸。

走进村庄，大街、小巷，房前、屋内、场院，全都干净得一尘不染，家家门前都放有分好类的垃圾袋，即使在稻子收割季节，村路上也未见一枝一叶的凌乱。农家的门外或堂屋正墙上，大都悬挂着牌匾、字画："家道酬和"，一个大大的"和"字居中，浑圆而喜气；"善曲高奏"，一个大大的"善"字，连结着吉祥如意；"百善孝为先"，一个大大的"孝"字，承载着千年的德性……

站在村边，只见远远近近的民宅山墙上，都赫然写着硕大的"勤、善、孝、德、礼、信"等彰显民族文化精髓的文字符号。我倏忽感到，我们走进了一个传统文化回归的乡村。

在同庆沟，许多人家把家谱或族谱中的"家规族训"做成匾额、漆牌，庄严、显赫地挂在屋内或矗在院里。我们在"刘家老院"站立了很久，怀着敬意，默默地读着桐漆木牌上书写的刘氏"家规族训"——

父慈子孝兄友弟家，不得有萁豆相煎之行为；敬老尊贤敦亲睦族，不得有忤逆不道之行为；明理尚义入孝出悌，不得有悖反伦常之行为；慎终追远光宗耀祖，不得有辱没门风之行为；崇法守纪爱国爱家，不得有祸国殃民之行为。

村支书徐业林告诉我们，刘家是清代乾隆年间从湖南迁来的一户人家，后来成为当地大户，至今出了不少仁人贤才。读着刘氏家族这些守护百年、千年的"规训"，我在无比的敬意中思忖：中华民族，几千年筚路蓝缕走来，不就是这些"家规族训"维系着一个民族的正大光明？无数普通生命不就是遵循着这些"家规族训"，成就起生命的意义？

徐业林说，同庆沟珍藏有古代家谱的人家有三十多户，每家都把家规祖训抄写上墙，作为行为警钟。随行的竹溪朋友付修平说，不完全统计，整个竹溪有四百多户人家保存有古代家谱。

这是一个惊人的数字，更是一个惊人的现象！曾几何时，我们进行了长时期的传统文化的消解程序，一个原本以家谱、宗祠文化温暖民族前行的文化惨遭破坏。当家谱、宗祠在这片大地上消失殆尽时，我们的精神安在？心灵何寄？

在历史与现实千回百转的纠结之后，同庆沟人乃至整个竹溪人找到了自己精神的出口，他们要让埋在岁月深处祖先的力量赋予生命新的意义。从2012年开始，竹溪政府因势利导，在全县开展"家规家训进万家"活动，他们把搜集到的古代二十多家名门望族和大户人家的家规家训与现代文明对接，合理归并，在竹溪文明网建立全县统一的家规家训数据库；他们制作出一万多份家规家训字画、牌匾，然后把这些字画、牌匾赠送到城乡七千多个家庭；立家规，修族训，建村规民约，讲身边好人故事，在竹溪已蔚然成风。

一批"慈母孝子""好婆婆""好媳妇""竹溪好人"等家风典型，再现着传统美德温婉的光辉。带着公公出嫁的王大芝、赡养娘婆三家老人的左清香、二十多年持之以恒照顾孤寡老人的柯玉楚等，一批孝道典型成为家喻户晓的草根明星……

我惊叹，古老的文明在这里居然蕴藏着如此巨大的生命力，居然如此深刻地连着天地人心，连着祖先的岁月，连着深深的乡愁。

在村庄的一块展板前，我们停了下来。展板上贴着考入各类大学和重点高中的学子照片。今日同庆沟，童蒙养性、热爱自然、敬仰知识、自强不息，已成为年轻人的生命历法。

在这个众声喧哗、纷乱并置的时代，竹溪人敬重传统文化的立场和安静的创建态度，使竹溪的乡村建设与众不同。

站在同庆沟刚刚收割完毕的稻田中央，我留了个影。金色的稻田在眼前延伸，郁郁青山在身后巍峨，袅袅烟云在林间飘飞，那一刻，我觉着氤氲烂漫的乡愁直逼我心……

我想，这会是我对同庆沟永远的记忆。

麦与镰的季节

屈绍龙

时光，以镰刀的脚步，一步一步走近。阳光的移动，河水的流逝，月亮的圆缺，燕去雁归，土地在河水中移动，这就是时间的脚步。在收割着地面的一切，不知不觉间，夏季来了。麦子在逐日褪去身上的绿色外衣，披上淡黄色的衣衫。

立夏过后，扬花的麦子，总是羞涩地将两点花瓣儿挂在穗头，麦地里就多了一层淡雅的粉白。粉白不起眼，只是很温情，像乡村的少女，匆匆赶路，总是散着一绺头发，低着眉，红着脸，青春的气息，舒畅而又细腻。

麦子是土地的女儿，也是养育乡村的母亲。就像乡村的女孩儿有一天也会感到受孕的幸福，以生命创造生命，在痛苦的幸福中祈福。

初夏，楝子花开，是麦子逐渐成熟的标志。羽状的复叶是苦的，粗糙的树皮是苦的，椭圆的果实是苦的，深埋的根须也是苦的，苦心的苦楝树，淡紫色的小花朵浓郁的开满整个灌浆时节，一种独特的苦香四处弥漫。麦子的成熟，是和石榴花开相应和的，饱满的麦粒，堆满我们的院落，火红的花朵，摇曳在我们的每一段岁月。岁月，让人的感情发生着变化，就像葡萄在时间的催化下变成美酒一样，浓郁芳香醉人。

我曾在柔和的春夜漫步田间，微朦的月光下，小麦，在风中摇曳，显示出努力生长的模样，土地是软绵绵的，踏上去有一种舒服的感觉，新翻的泥土散发着一种特有的气息，与小麦散发的清香味糅合在一起，有一种给人向上的力量的感觉。月光如水，静静地泻在田野作物的叶面之上，像洁白的乳汁。作物在春的时节，努力地拔节生长，似乎能听到生长的声音，一种向上的音响。

夜，在滋长着，春夜，在我们的生命中蔓延着，在我们的生命中延续，在乡村的血管里流动着，在乡村的生命里升腾着，发展着……

麦子是温柔的女子，在召唤阳刚的镰刀。初夏时节，麦子成了待阁的少女。

我手握镰刀，弯腰低头，向麦子致敬。或许是她们太矮小，不，是她们太牵挂母亲。我只好蹲下，与她们近距离接触。我再一次对她们感念，我单膝跪下，进一步向她们致敬。

一分神，手指被锋利的镰刀轻轻划破，殷红的血液，在光洁的镰刀上留下斑斑痕迹。不知是麦子柔弱，还是土壤疏松，镰刀时而割断麦子，时而又将麦子连根拔起，麦芒刺伤我的手指和手背，隐隐作痛。

远方的养牛院子里，牛的尾巴在不停地摇摆，驱赶着身边的蚊蝇，姿态很甜美，旋律也很优雅。偶尔的叫声，乍一响起，我以为是谁家婚宴上传来的歌喉，可是听下去，我突然失望了，一拉长，原来是牛的声音，不花钱的音乐。或许，牛儿们知道麦子成熟，收割后，被轧扁的麦秸是它们最好的食粮，麦田就是它们天然的谷场和食料厂。

有些植物追求肥沃，有些植物则追求空间，而麦子，是既追求肥沃，又追求空间的农作物。当冬日万物沉睡时，麦子则在广袤的土地之上苏醒，绿色在田野间镶上了边框，她们是那么纤细，是那么弱小，是那么新绿。此刻面对金色麦田，她们过往的绿色身影，在我们的眼前不停地晃动。绿色，是最感人，最有情的。她们不像红色那样热，不像蓝色那样冷，她们柔和美好，给人安慰，使人安静，叫人思索。

手指的鲜血，给她们配上热烈的色彩，使她们显得更加美好柔和，给人安慰，给人安静，让人增添无限的思索……

锋利的镰刀，给她们配上阳刚的硬度和韧性，使她们显得更加令人敬佩，让人想起远古的刀耕火种岁月，如同这血与刃的亲吻，在这片土地上演绎着、变化着、升华着，成为历史书籍上的几行简短文字，却浸湿在史书的页面上，成为永远难以抹掉的记忆……

老家门上的"请"字

孙天才

父亲是1998年去世的。那时,我们家的门房在那一条巷中还是"鹤立鸡群"的。屋脊上有鸟兽,门前有几级台阶,大门是黑油漆漆的,门环泡钉都闪着亮光。但父亲不在了,姐姐妹妹已出嫁,我又在城里工作,偌大的一个院子,就只剩下母亲一个人了。

我决定将母亲接到城里住,可姐姐和妹妹说,母亲在农村生活了一辈子,这些房子都是父母的心血。我们都离得近,早晚会经常过来看母亲,也随时可将母亲接过去住。但我还是想着,姐姐妹妹家有那么多地,又要种粮食,又要务瓜果,还要照顾几个外甥上学。我是家中唯一的儿子,赡养老人应该是儿子的本分。就这样,姐姐要留,大妹二妹也要留,母亲就说,一个农村老婆子,都七老八十的人了,啥也干不动了,你们还争着抢哩。

那天,要出门的时候,母亲对姐妹们说,以后巷院中谁家有啥事,一定要给我打声招呼。都是乡里乡亲几十年了,咱可不能人走茶凉……

父母在村里的乡性好。善良,厚道,有爱心,无论自己怎样苦,总是想着要帮助别人。这一点,乡亲们是有口皆碑的。

记得小时候农村穷,这家那家的常有断顿的时候,互相借点粮食是常有的事。也是物以稀为贵吧,每当有揭不开锅的人家端着粗瓷碗出门的时候,有的人家就把大门关上了。那时,我尚年幼,看见别人家关门上锁的,就想跑过去关上门栓。但父母每次都会说，家家都有难处，人都有个面子，你把门关上了，那不等于扇了人家的脸吗？就这样，虽然我们家的粮缸也是快要见底了，但父母还是热情地招呼人家进来，并一升一碗地盛满了米面。院子的小菜园有辣椒豆角的时候，母亲还会摘一把两把的让人家带上。

当然，我们家也有揭不开锅的时候。记得有一次放学回来，大门紧闭着，母亲和父亲在院子里吵架。父亲说，我是不会出去借了，都借了人家好几回了，去了也张不开口。母亲饿着说，你一个男人家不伸头，难道让一个女人家去跟人家揉脸？不借，不借，不借点粮食，娃回来喝西北风呀？听着母亲的话，我就坐在门墩上流泪。母亲拗不过父亲，气呼呼地拉开门，见我坐在门口流泪，一把将我揽在怀里。借来的米面是平沿的，而到还的时候，母亲总是要盛得冒了尖。父母一生都不会亏欠别人。

在农村，摇耧是个技术活。行子要直，种子要播均匀，深浅也要掌握得合适。父亲是种庄稼的把式。每当播种的时节，他就成了村里的大忙人。有时乡邻们来找他，遇到家里没人的时候，那些叔伯姨婶们就会用粉笔或是土块，在大门上写上："某某某家请"。看到这样的字样，父亲就会赶了去。那些天，父亲总是四处跑得脚不沾地，但往往是别人家的麦子都已破土发芽了，我们家的地还没有种上。这样的事，乡亲们都记在心里。

在父亲去世的那几天，几乎全村人都来吊唁了，家里挤得像是赶集，老一辈的人哭，晚一辈的人也哭，男女老少，送葬的队伍有一里长。大家说得最多的一句话是：没有了这个人，以后请谁摇耧呀。

母亲常年住在城里，但心思似乎总在乡下，经常给老家的人打电话。姐姐和妹妹来看她了，她会把村里的人问一圈。谁家的老人身体咋样？谁家的儿女成家没有？每当知道谁家有婚丧嫁娶的事，谁家的孩子要上大学了，谁家的孙子要过满月了，她就吩咐姐姐或妹妹去行礼。姐姐和小妹住在我们邻村，大妹与我们是一个村子。每当看到她这样"安排工作"的时候，我就和母亲开玩笑，说老妈呀，你的心也操得太长了，还"遥控指挥"哩。母亲也不生气，总是重复着那句话：都是乡里乡亲的几十年了，老门老户的，人家过去帮过咱，咱知道了就要有礼数，啥时候都不能失了礼。

今年秋天，正是田野中瓜果飘香的时候，有个亲戚的孩子要结婚了。正好是周末，我陪着母亲回了趟老家。村子里的人都富裕起来了，家家的门楼也像门前的树木一样高大。相形之下，我家的老屋就显得矮旧多了。门前的台阶也低了，大门也窄了，门环门锁和泡钉也生锈了。但大门背后当年父亲用红油漆写的字还在，那是记着我们姊妹几个的生日。父亲已走了十八年了，但令我惊异的是，那两扇门板上却多了许多"请"字。"某某某请""某某某家请""某某某全家叩谢了"，密密麻麻，重重叠叠，两面门上几乎要写满了。我粗略数了数，竟有几十家之多。大门上的油漆已褪了颜色，但那些"请"字在太阳的光照下，却显得格外耀眼夺目。母亲说，农村礼数周到，你行了份子，礼谱上有你的名字，人家是要挨门请到的。虽然你人在外面，但你的心人家是不会忘的。

在老家住的那两天，母亲像"明星"一样，这家那家的都来请她吃饭，你拉我拽的，都说是要还礼。实在应付不过来，那些失请的人家就提了瓜果鸡蛋挂面来送给母亲。那两天，母亲的泪总是抹了又抹，我的眼睛也是湿湿的……

回到城里已多日了。因为十六岁就离开了老家，四十年过去了，村里的人特别是那些年轻媳妇和娃娃，我已不认识几个了。物是人非，老家显得那样陌生，一切似乎都渐渐地淡漠和遗忘了。但老家门上的那些"请"字，却一次次地来到我的梦中……

童谣岁月长

唐 毅

回老家逢着儿时伙伴，讲起孩提时的"玩"，抚忆再三。当年小伙伴之间做游戏、捉迷藏、讲故事，是必不可少的，"唱"童谣的时候也多，至今还记得一些，如《打电话》："喂喂喂，打电话，问你的幺妹嫁不嫁？嫁给我、我不要，嫁给别人我要告。"已忘了是怎么学会的，也不知道嫁的含义，但童声清亮，抑扬顿挫，韵味十足。

在我的老家，童谣并不是"唱"，是念，又近乎于唱。小孩子唱童谣，妈妈是最好的老师，其次是外婆。小孩子对长辈的依恋，大概也是从童谣开始的。我的外婆在我出世时已不在人世了，自然不能教我唱童谣。但别的孩子有外婆，我可以跟着学，或者别的孩子学会之后，听他们唱一遍，我也就会唱了。如："老天爷，快下雨，保佑娃娃吃白米！"或者，有时回家，拉着爸爸妈妈的手，拉过来又推过去，做"拉锯"的游戏，"拉锯，还锯，外婆门前耍把戏；请孙孙，去看戏，没有好吃的，青菜萝卜也可以。"每每到这时，我就特别想念从未见过面的外婆。

童谣是童年的蓝天和白云。回忆真有意思，可以把那些美好的童真在心里重演一遍，暂时拉近距离。有一首北京的儿歌，是这样的："小小子儿，坐门墩儿，哭着吵着要媳妇儿。要媳妇儿干嘛啊——点灯说话儿，吹灯作伴儿。"这同故乡的那首《打电话》似有异曲同工之妙，大概也不是小孩子自己的作品，是大人教的。

周作人称得上是中国对儿歌童谣进行学术研究的先驱，著有多篇儿歌研究理论文章。他批评明人吕得胜、吕坤对童谣的研究时说："他们看不起儿童的歌谣，只因为'固无害'而'无谓'——没有用处，这实在是绊倒许多古今人的一个石头。"这段话颇能说明他对童谣的态度。他也曾批评大人看不起小孩子、认为儿童的言行幼稚可笑的观点。小孩子的创造力也是很惊人的。不可否认，有的童谣肯定是小孩子自己想出来的，或经成人润饰，但其"著作权"是不容一笔勾销的。

在中国的历史演进中，童谣还曾被赋予浓厚的神秘色彩，甚至与改朝换代扯上关系。大家最熟悉的可能是陈胜、吴广，传说在大泽乡起义前，曾乔装狐狸叫："张楚兴，陈胜王。"要我说的话，此乃小说家言，意思不大。明代冯梦龙引述传说："凡街市无根之语，谓之谣言。上天儆戒人君，命荧惑星化为小儿，造作谣言，使群儿习之，谓之童谣。小则寓一人之吉凶，大则系国家之兴败。荧惑火星，是以色红。"这样说来，这些所谓"童谣"，倒是真真的并非小孩子创作的，是"大人"甚至"上天"的假借，难怪那么阴冷，缺乏一种天趣，或曰真趣。那一种天趣、真趣，便是童趣，是"做"不出来的。

在清代，有人编过一本书叫做《天籁集》，所载都是出自儿童之口。许是取其诵声有如天籁，是世间最最质朴的语言。后人有诗跋之："万木响刁调，扁舟一叶飘。两间自天籁，千古乃童谣……"中国的民间文学，多是以口授的形式流传的。童谣也属于民歌的一种，比如《过横塘》："月光光，照河塘。骑竹马，过横塘。横塘水深不得过，娘子牵船来接郎。问郎长，问郎短，问郎此去何时返？"却像唐诗，像宋词，像元曲，更像一首好的白话诗。

成年的岁月里，童谣总是让人思考，却再也记不清楚，也念不出那样的"味道"。我的童谣，似乎还停留在故乡的草丛间，而故乡，是永远也忘不了的。

大槐树依然在

王 溱

中秋节去探访老邻居。

十五年前我们大院作为棚户区改造被夷为平地,之后便竖起一栋栋方盒式的大楼,大多居民选择就地安置,所以回到原驻地,会看到许多熟悉面孔。

这是李爷当初栽下的那棵槐树吗?密集的楼群中央迎风屹立着一棵大槐树,虽是入秋,却依然枝繁叶茂。尽管在水泥建筑的包围中显得有些孤单,却如同一尊鹤立鸡群的雕塑,在灰暗的色调中,散发着一股绿色的清新。

是啊,就这一棵。四十多年了,依然旺盛。每年5月槐花盛开时,邻居们还都来摘槐花。

摸着这棵足有一米粗的大槐树,眼前突然出现了一个熟悉的身影:略弓着身子,戴一副老花镜,眯着一双小眼,咂着薄薄的嘴皮,背着一双粗糙的手,笑眯眯走来。哦,那不是李爷吗?

久违了,李爷!您还好吗?

李爷没回答,但笑意不减,踏着碎步从树下慢慢绕过。

哦,李爷已经离开我们快三十多年,可他的身影还是那么的清晰。

李爷是大院的老住户,新中国成立前就住在这里。他原在四方机厂工作,进厂时不到十三岁,算是童工。后来又到了一家机械厂,从那里退了休。

在机械厂,李爷是供销员,跑外,负责购买器件。打我记事起,就知道大院里见过世面最多的人就是李爷。每年他在家的时候很少，大都在外地，跑的最多的是南方。

每次出差，李爷都要背一张小凉席。一米见宽，不到两米长。卷起来也就拳头粗细。开始谁都不知道李爷背这么个凉席做什么？后来知道了，这是李爷的"卧具"。李爷出差基本都是坐火车，按规定可以乘坐硬卧。但李爷从来不坐，一来乘硬卧就不能报销夜间补贴了，二来卧铺票很难买，要托关系，送点好处。李爷当时五十岁刚冒头，身子骨还硬着呢，所以觉得受点苦也无所谓。但长途乘车还是很遭罪，特别是夜间。李爷经常出差回来，脸色都是蜡黄蜡黄的，李奶心痛啊！后来李爷终于找到了"好办法"。他个头矮小，身子骨又不大，在火车两个硬座底下的空间里躺下，身子一缩谁也不影响，别人不注意也很难看得到。于是，他买来一张小凉席，白天坐在硬座上，晚上把凉席铺在座位底下，然后钻进去，枕着手提包闭眼养神，一觉睡到站。

李爷从来不当着邻居的面"吹嘘"自己见过什么大世面，尽管他几乎跑遍了全国各个大小城市。邻居们从他嘴里更多知道的是：江西的竹凉席便宜，上海的大白兔奶糖有时碰巧能买到，南京的板鸭很诱人，广州有种水果甜得能"齁死人"，叫荔枝……于是，买凉席、捎大白兔奶糖……也成了李爷的任务。有时他一次要背回来三四张大凉席。坚硬的竹条再卷也足有一只小水桶那么粗。几张卷在一起就如同一只大水桶，又粗又沉。背在身上别说一个五旬男人，就是身强力壮的小青年也吃不消。但李爷每次都这样背着回来。从市场到公交车站，再到火车站，再乘公交车，然后下了车再步行。等到了家，李爷每次都是气喘吁吁，那矮瘦的身子在粗硬的凉席面前越发显得纤弱。可李爷从不肯拿邻居们的"好处"，发票上的价格标得清清楚楚，一分一厘也不多收。

在大院里，李爷是长辈。一来住得时间久，二来年纪也算是大的，许多三十来岁的人都喊他"叔"，小一辈的自然就称其"爷"了。在单位，他就是个普通供销员，但厂里的领导似乎都很尊重他，过年必来拜年。每次书记厂长都是坐着北京吉普车来拜年,还拎着水果点心,这让大院的人羡慕得不得了。李爷跟领导们似乎很随便,说说笑笑,一点不拘谨。倒是领导们对李爷很客气,离开时一再不让李爷送出大院门。

长大后才知道,李爷原来也是非同一般的人物。当年在四方机厂做工时,正是中共地下党在青岛开展工作的活跃期。四方机车是产业工人相对集中的大厂,也是中共地下组织重点工作区域。李爷的师傅就是地下党员,他常带着李爷去参加一些革命活动。李爷年纪小,但还是帮着师傅做了不少事。地下组织被破坏后,师傅牺牲,李爷被反动政府抓去,逼问地下党的秘密。李爷佯装"无辜",始终没说出一字实情。对方见李爷还是个"孩子",没别的办法,训了一顿,便释放了。这段光荣历史,据说李爷没对外人披露过,倒是新中国成立后搞外查外调,当年的地下党员提供了这段历史,组织上才有所了解。

但李爷还是一直跑供销。有次他跟邻居喝酒,喝高兴了说,领导要提拔他当科长,他坚决不干。怎么不干?干多好!别人想干都捞不着干呢!邻居为他惋惜。他摇摇头说,我不是那块料。出了差错,会给领导丢脸,我自己脸上也无光。那种逼上架的事我不干。我现在跑跑供销,把力所能及的事情干好,就对得起良心了。

那时候,李爷跟李奶住在一间光线很差的房间里,前窗后窗都被院墙和楼梯遮住了光亮。"文革"期间,街道造反派抄了大院一户"资本家"的家,勒令其搬出住的两间朝向好的房子,让李爷搬进去,来个调换。李爷知道后,背着手找到造反派头头,说这不是革命,是害人。当年地下党可不这么干,总想着怎样帮着别人解决困难。你们倒好……原来,那个"资本家"家里不但有个瘫痪的老母亲,老老少少还有八口人,真的调换了住房,根本住不下。再说了,"资本家"早就去世了,儿女全是工人。"资本家"徒有其名。造反派头头可能听说过李爷的"革命经历",不敢跟李爷要态度,只好说不搬就不搬吧,可别说没给你考虑解决困难。事后"资本家"的大儿子给李爷"扑通"一下跪下了。李爷说,起来,谁的心不是肉长的?

当年，大院居住条件确实都挺困难，但大院外面却是另一番景象。不算太宽的人行道上，栽种了很多槐树，一棵接一棵，老远望去，成排成行，很是壮观。槐树每年开花，白色的花瓣，既好看又好吃。大院里的人家几乎都会做槐花包子、槐花饼。到了开花时节，大院门口热闹非凡，挎着篮子、拿着兜子、端着盆子的邻居们吵吵嚷嚷地摘槐花，然后各显身手，将做好的美食互相送来送去，彼此分享。后来不知为什么，槐树被伐掉了。说要栽种更好看的树木，但从此无下文。邻居们的失望和沮丧可想而知。但谁也没有回天之力。

那年春天，李爷突然坐着一辆解放牌汽车回家，车上立着一棵很高的槐树。

就这儿吧！李爷指着大院一块空地说。

四五个穿着工装的小伙子喊着号子把树抬了下来，然后挖坑，把树栽了进去。

明年，顶晚后年，大家又会看到槐花了。李爷拍拍手上的泥土说。

这棵大槐树是他跟厂长要的。

从此，每天看槐树成了李爷，也成了邻居们的必做"功课"。

树有灵气。第二年，槐花如期开放。李爷背着手，眯着眼，笑眯眯地围着槐树走了一圈又一圈，那样子像是在看心爱的宝贝。

李爷六十岁那年退休了。

本来他要呆在家里休息休息，享享福了，但大院旁边一家研究所请他去做门卫。所长过去跟着李爷跑过供销。一听李爷退休了，马上过来邀请。

其实所长也是碰上了"难题"。原来研究所虽不大，但有自己的澡堂。那年月，洗澡是大问题。尤其是冬天，家里普遍没有暖气，洗个澡很麻烦。研究所职工的家属找个空子就往澡堂里钻，"蹭澡"。所里说了多少回了，但不奏效。门卫也不好意思管，也管不了。管急了，家属们吹胡子瞪眼，门卫都是些退休工人，哪敢得罪？

所长把苦恼如实相告，说师傅您是"老革命"，别人绝对得让您三分。

李爷知道所长让他扮"黑脸",没推辞。干了一些日子,找所长说,我看所里的人平时都很努力工作,不容易。关心家属更能提高职工的积极性。洗个澡担心什么?所长说,两点,一是工作时间来,影响不好,二是用热水多了,必然增加开支。李爷说,前者好办,规定个时间。周末晚上,周日全天。我来值班,不要加班费。后者,就个煤钱,少收点就够了。这样既不增加所里的开支,又能让大家得便利。行不?所长听罢也觉得有理,应了。皆大欢喜。

后来李爷把"福利"带到了大院。赶上过年大院的澡堂排不上队,他请示所长同意,大院的人交点钱也可以沾沾光。那阵子,大院的邻居们过年没少去研究所洗澡。

李爷没赶上大院拆迁,七十三岁那年离开了人世。去医院的前一天他围着大槐树转了好几圈,对旁边的邻居说,好好呵护,大树底下好乘凉啊!

大院改造时,开发商本来要砍掉大槐树,但听居民们讲述了树的来历,又查看了规划,发现槐树这块地方恰好是一个小广场,于是就保留了下来。

告别老邻居,回头再看大槐树,心里有种别样滋味。傲然挺立的树干,顽强伸展的枝叶,充满活力和激情,像是永远蕴含着蓬勃的生命气息。

那不就是李爷吗?他一直在这里,在邻居们的心里。

冬夜说书人

徐 鲁

老一辈的说书人，都渐渐老去了。新一代的说书人，还会有吗？即便还有，又将说给谁听呢？

老一辈的听书人，也渐渐地老去了。新一代的听书人，又在哪里呢？我甚至觉得，像我这个年龄的人，也许是故乡最后一茬在冬夜里听过说书、也喜欢听说书的乡村孩子了。

现在，连我们这一茬人也都快要老去了。

故乡哪，年年都在变化，变得我早已辨认不出她的模样了。就算我有无限的乡愁，又能在哪里安托它们呢！

我怀念，小时候在故乡山村漫长的冬夜里，那些走村串巷的说书人带给我们的温暖、欢乐和梦想，带给小山村和乡亲们的人情恰恰的祥和气氛。

那时候，一进入腊月的门儿，所有的农活儿都忙活完了，村里的大人和小孩就开始盼望着，说书人快要来了。

那时候我还时常攀爬到村口的那棵老枣树上去瞭望。

"说书人来了！说书人来了！"

没过几天，果然就等来了盼望已久的说书人。小孩子们会飞奔着把这个好消息瞬间传遍全村。

不一会儿，就看见从村外的小石桥那边，缓缓走来了一队奇怪的人儿：走在最前面的那个人，一只手用一根竹竿探着路面，另一只手里的竹竿，牵引着后面那个人，后面的人牵引着更后面的人，他们一个跟着一个，排成了一个小队……

没有错，一看他们背着的三弦琴、牛皮鼓，还有鼓板、鼓架和铺盖，就知道，他们正是我们盼望了很久的说书人。

排在队伍最后面的那个少年，是一个年龄最小的说书人，乡亲们都叫他"瞎子小光"，他是我童年时代的好朋友。这些说书人全都是盲人。没有谁知道，他们是什么时候学会说书的，又是怎样互相认识的，然后组合在一起，走村串巷给大家说书。

一到冬天，人闲地歇，大雪封山的时候，说书人就会准时来到我们村里。说书人是最受乡亲们欢迎的人。

说书人一来，就在村头的一位孤身老人满大爷家住下了。满大爷的小屋里是那么温暖，因为炕洞里整个冬天都生着牛粪火。漫长的冬夜里，热热的土炕上，大人和小孩都喜欢挤在一起，听这些盲人说书。

鼓板一响，说书开始了。

鼓板声和笑声不断地飞出满大爷的小屋，整个小村都沉浸在快乐的气氛里。孩子们都咧着缺了门牙的嘴巴，开心大笑着。乡亲们一张张写满艰辛和沧桑的脸上，也露出了难得的陶醉的笑容，有时候听到后半夜了还不愿意离开。

小光的年龄和我一样大，当时也就十来岁吧。每次到来，他都穿得干干净净的，从崭新的夹袄里面露出了雪白的衣领，刚刚修剪的小分头，梳理得整整齐齐。

"小光，你什么也看不见，为什么要把自己打扮得这么干净、整齐呢？"中间休息的时候，我问小光说。

小光一边整理着衣领，一边回答说："我看不见，可是你们看得见，乡亲们都看得见呀！"

他整理衣领的时候，好像面前对着一面明亮的镜子一样。

后来我慢慢观察到，每一位说书人，都是穿戴得那么干净和整洁，每一颗扣子都扣得整整齐齐的，每个人的衣领都洗得干干净净的。

父亲告诉我说，他们虽然看不见任何东西，但是他们每一天都过得清清白白，他们是一些有尊严的人！

那时候我最喜欢小光和他的师父说《烈火金钢》里"大刀英雄史更新"那一段。说这段的时候，小光给他的师父拉着胡琴。

还有《说岳》里的"朱仙镇交战"那一段。说这段的时候，小光又坐下来打起了鼓板，还不时地参与一些角色的道白。

师父说："啊呀呀，岳云哪，要当心背后，快使动银锤吧！"小光答："呔！小将岳云来也！"师父接着说："说时迟那时快，但只见岳云银锤摆动，严成方金锤使开，何元庆铁锤飞舞，狄雷双锤并举，一起一落，金光闪闪，寒气逼人！八锤大闹朱仙镇，顷刻间，杀得那金兵尸如山积，血若川流，不一会儿工夫，就看见金兀术落下马来，抱头鼠窜……"

这时候，只听见小光的鼓板打得又急又狠，再怎么想打瞌睡的小孩，也提起了精神。

"小光，你教我学说书好不好？"

我打心眼里羡慕小光，我也很想做一个说书人。

"不行啊，你要上学念书的。"

"那你教我打几下鼓板好不好？"

小光笑着把我推到了那架小鼓面前。我一只手捏着鼓棒，一只手拿着鼓板，不由自主地闭上双眼，学着小光的样子，就像一个真正的小盲人那样煞有其事。这个时候，在我的心目中，好像失明也是一种"本事"。我听见了自己敲出的响亮的鼓板声……

"小光，我不想上学念书了，我每天走在前面，用竹竿给你们引路好不好？"

"你傻呀！能识字念书，能看得见花呀草呀，天上的星星，身边的人，多好哪！"小光对我的想法很是不屑。

说书人在我们村住了半个多月后，又开始收拾铺盖，要离开这里去邻村了。

"小光,你们什么时候再来呢?"

"明年冬天!只有冬天才是农闲的时候嘛!"

"那春天和秋天,你们在哪里呢?"

"春天和秋天,我和师父们也要各自回家干农活儿呢!"

"什么?你们什么也看不见,还会干农活儿?"

我惊奇地睁大了眼睛。那一瞬间,我觉得,小光和他的师父们,真的是一些了不起的人!

说书人靠着小小的竹竿牵引着,一个跟着一个,排成一个小队,背着他们的三弦琴、牛皮鼓和简单的铺盖,缓缓地走远了。

"小光,你记着,明年冬天一定再来哦!我们等着你!"我爬到村口的老枣树上大声喊道。大人和小孩,依依不舍地把他们送过了小石桥。

他们是冬夜里的说书人,是给我的童年带来过温暖和梦想的人。直到今天,我还记着父亲对我说过的话:他们虽然看不见任何东西,但是他们每一天都过得清清白白,他们是一些有尊严的人!

残疾的只是他们的眼睛,他们的心灵和生命却是完整和高贵的。他们精湛的手艺和敬业精神,也使我更加真切地理解了同样是一位盲人的海伦·凯勒说过的一段话:"人们经常发现,那些生活在黑暗和阴影里的人,对他们所从事的每一项事业,无不感到甜蜜。然而,我们大多数人却把生命看得太平淡了。"

现在,说书这门手艺,在中国的大部分乡村里都已经失传了吧?我们这代人也早已长大,不再是小孩子了。我童年时的朋友"瞎子小光",当然也早已长大了。

小光,你现在在哪里呢?

你还在冬夜的山村里给乡亲们说书吗?

想起雪湖藕

徐　迅

　　想起家乡的雪湖藕。炎炎夏日里，想起雪湖，就有丝丝的清凉袭上心来；就感觉荷叶田田，莲花过人头，有人摇着小船，"沉醉不知归路。兴尽晚回舟，误入藕花深处"；想起那藕，就有无数白胖胖、粉嘟嘟的小手晃在眼前，有一种"儿童拍手争相问，一枝莲蓬值几钱"的诗意。当然这不是诗，也不是引用——有朋友写美食，写到藕，有藕记、偶记之语……我这是偶然想起。

　　家乡的雪湖藕产自县城之南。城南除了雪湖，还有南湖、学湖。三湖连在一起，都产藕，藕名都叫雪湖藕。雪湖藕九孔十三丝（一般的藕是七孔），说是珍品。据传，当年朱元璋大战陈友谅，路过此地还留下了佳话，说他品尝雪湖藕时，当一位少女捧上藕，他见少女宛如出水芙蓉，楚楚可人，又见雪湖藕洁白如玉，细嫩光润，似美女手臂，风情万种，不禁脱口而出："一弯西子臂。"但求下联，岂知身边文武无一人能对。不料，那少女不慌不忙答道："七窍比干心。"对联以"一弯""西子"喻雪湖藕之表，用"七窍""比干"喻雪湖藕之里，又巧嵌了两位古人名。朱元璋细细品味，心里暗暗称绝。登基定都南京后，他念念不忘雪湖藕，要求雪湖每年农历八月开湖，采摘的第一批藕送到南京，于是雪湖藕就有了"贡藕"之誉。

　　传说终究不很靠谱。我原本对此传说深信很久，可有回到明朝开国重臣刘基（刘伯温）的故乡，却听说这是他伴随朱元璋微服私访时的故事，心里一阵失落。但想家乡是南京上游的重要门户，离南京又很近，雪湖藕被选成贡品是可能的。家乡县志记载"雪湖藕"时说："城南雪湖之藕，爽若哀梨，真佳品也！"所谓哀梨，是指汉朝南京一位姓哀名仲的人所种的梨。他种的梨个大味美，进口不用咀嚼便化成水。家乡人把雪湖藕比喻成哀梨，可见雪湖藕品质之优良。也是，雪湖藕不仅外形肥壮细白，内质汁水饱满、鲜甜脆嫩，而且无论生吃还是热炒，自有风味，早就是家乡人最爱的美食佳肴了。

记得在家乡县城生活时，我最喜欢去的就是城南。夏天，那里雪湖与南湖、学湖三湖相连，水天一色。初夏时，湖里小小的荷叶先如铜钱一般泊在水中，羞答答的。太阳照着，几天过去，小荷宛若少女般情窦初开。待荷叶慢慢撑开，伞样大的荷叶就仿佛什么也遮挡不住了。荷莲从荷叶旁突兀而出，一枝枝地化成一朵朵莲花，或胭红、或粉红、或梨白……都亭亭玉立。莲花的瓣儿在强烈的阳光下渐次打开，一瓣、两瓣、六瓣，最后露出的便是散发着沁人肺腑芳香的黄色花蕊。很快，就见人摘那碧玉簪似的莲；更有人光着身子，下湖采藕了。他们从湖里举起那藕，有水濯洗，藕洁白如玉，真的是出污泥而不染。

家乡的雪湖藕略呈方圆形、七棱，生食最方便，人们选用嫩脆之藕，洗净切片，加上白糖，就成了一道有名的凉菜。尤其是夏天醉酒后，吃起来异常生脆、爽润、甘甜，很是解酒。熟吃可切丝炒辣椒、炒肉或是制成炸藕盒、包藕卷等，用藕片炖排骨、煲汤什么的也简单。有人选用老而粗壮之藕，在藕孔内填满糯米蒸煮切片，说是好吃，但一进嘴里，我感觉就如同袁枚在《随园食单》中所说"老藕一煮成泥，便无味矣"。袁枚还说，"藕粉非自磨者，信之不真"。袁枚是位美食家。由此，看他生活的年代就有藕粉造假者。藕"味甘，平。主补中、养神，益气力，除百疾"(《神农本草经》)，生吃可消淤凉血，活热病烦渴、吐血和热淋等症；熟食可以养胃滋阴，补益五脏……其实还不止这些，我的一位朋友曾住在雪湖边，夏天里，她用荷叶煮荷叶稀饭，说是清香祛暑。莲籽去壳留下莲仁，她就自制八宝粥。莲仁当中绿色的莲心，味苦，她又用那莲心泡水喝，说是强心、降血压……这让我真的大开眼界。

转眼就又到藕上市的季节。这时想起家乡的雪湖藕，我仿佛就看到城南"接天莲叶无穷碧，映日荷花别样红"的景象，仿佛看到家乡县城的街头，有人挑着一副藕担匆匆地走过，担子里那粗得像手臂的雪湖藕又白又壮。有人干脆用那浑圆的荷叶举过头顶，当作遮阳的伞，吆喝着"又脆又嫩的雪湖藕，好七（吃）咧！"我在心里回味着乡音，就由不得不像叶圣陶在《藕与莼菜》里所写的那样，生出"故乡可爱极了"的感叹了。

冬天里的事情

许　锋

　　那是冬天的事。我小时候在东北生活，真冷，你要是站在雪地里不动，骨头都能冻酥了。但小孩子又不是木偶，怎么会不动呢？我们生活的部队家属院里有一口井，不管是冬天还是夏天，吃水都靠这口井，自己压水喝——一根管子伸到地下，上头是一个呆头呆脑的铸铁做的圆家伙，我们通过一抬一压的重复动作，把管子里的气体抽空，把下面的水抽上来。一到冬天管子就被冻住了，要压水，先要提一壶开水，顺着管子浇，把里面的冰烫开，才能抽出水。有一天早上，没人注意，我悄悄溜到水井边，想舔一舔管子，想试一试舌头能不能把管子里的冰化开。我半蹲在地上，张开嘴，果断地伸出舌头，管子仿佛有强大的吸力，吧，把我的舌头粘了个结结实实，瞬间，一股寒气"沁人心脾"，透心凉。我感觉不妙，往回扽了扽舌头，可是，"焊"得很"死"。越扽，"焊"得越死，很疼。我要是再扽，结果只有一个，牺牲我那可爱的舌头。我知道壁虎的尾巴断了可以再长，但我不是壁虎。我一点办法都没有，纹丝不动地蹲在那里，挺着脑袋，张着嘴，吐着舌头，像一只仰天长叹的青蛙。连哭的可能都没有。在零下四十度的天气里，如果再冻一会儿，我会成为水井边的一尊冰雕。我特别盼望有人来救我，可是大地白茫茫一片，猴子也搬不来救兵。

　　那是几十年前的事，我现在还能写这篇文章，证明我的舌头还在——这是个错误的逻辑，我又不靠舌头写作。实际上，我很快就解脱了，但是我付出了"惨重"的代价，舌头上的一层皮不见了，永远留在了管子上。当我满嘴血丝呼啦地回到温暖的冒着炉火的屋子时，一家人吓了一大跳。我掩盖不住自己的伤，强忍着疼痛，诉说了刚才的经历。按照父亲的脾气，要狠狠地揍我一顿才行，可是，他是革命军人，不能打伤员。

东北的冬天给我留下了难以磨灭的记忆，我的舌头虽然不幸遭受了一场"浩劫"，但是在那一天的前前后后，它主要的作用还是用来品尝东北的美食。黏豆包。夏天没多少人吃，冬天的时候家家都做，蒸了一锅又一锅，放到屋外去冻，冻成冰疙瘩。吃的时候，拿进来几个，上火一蒸，冰雪很快消融，豆包呈黏黏糊糊的形状，又不会黏成一团，蘸着白糖吃，真甜。里面的豆沙馅也很甜。前几天，我和东北的同学说起黏豆包，他很惊讶，问，你还知道黏豆包？显然，他一直当我是西北人。我是西北人，但幼时跟着当兵的父亲在东北生活，他是不知道的。冻豆腐。东北的大豆好，做的豆腐也好。家家都有小小的圆圆的石磨，女人都会做豆腐。一盘盘热腾腾的豆腐在风里雪里很快凝固，坚硬得像一块块石头，颜色也由白变黄。冻豆腐是东北人冬天绝妙的美味，炖骨头，炖白菜，炖酸菜，炖粉条，都可以放冻豆腐，那与吃新鲜豆腐完全是两种感觉，咬着很筋道，味道很独特，百吃不厌。

我们虽然顽皮，却从不开食物的玩笑，也从不无缘无故地凶狠。我们滚雪球，打雪仗，用的都是雪。就算谁被打中，被打破鼻子，流了鼻血，也没有谁跑回自家的院子抓起冻豆包、冻豆腐，恼羞成怒地狠狠地向伙伴儿头上砸去。

那样的冬天，南方人是不敢想象的，也想象不来，有的人一辈子甚至都没见过雪。我在南方过了很多个冬天，南方的冷，往往是阴冷，有时候阴雨连绵，挺难受。但是，我是见过冬天的"大世面"的人，比如我正在经历的这一年的冬天，着实有点北方的特色了，有强烈的风，街上的树还好，但我们阳台上的那些树摇得很来劲，在屋子里都能听到树叶摩擦发出的欢快的声音。窗外悬着的一股股凉气顺着窗户缝隙一阵阵袭来，吹到脸上，但不刺骨，很清冽，让人清醒。桌上的一杯热红茶已成冰茶，很好喝。

晚些时，我走在路上，竟然下雪了，不过，那是一粒粒的小雪珠，是"霰"，是唐代诗人张若虚《春江花月夜》里的一句"月照花林皆似霰"的霰。我小心地捻着它，富于质感，柔韧且倔强。我用整个面孔承接了它，我整个人，从里到外，似乎都被漫天蕴蓄的雪珠涤荡得清清澈澈。清清澈澈的还有路边的花花草草，一棵棵树，它们虽然没有经历过这样的冬天，但是，很精神。

这时，我接到母亲的长途电话，她说，我看天气预报了，你们那里很冷。我说，怎么会呢？

我想让母亲来南方过个年，父亲已经不在了，她很孤独。我特别想让她来南方吃几顿我做的饭，还是我小时候她做给我们的，酸菜炖粉条、小鸡炖蘑菇……我不会做黏豆包，她要是肯教，我想学。天气好的时候，我想陪她到南方的草地上晒太阳。

只是，也许在她抵达南方的时候冬天已经绕走了。但冷与暖，永远是心里的事情。

怀──想

换个眼光看私塾

古耜

对于旧式儿童教育，作为亲历者的鲁迅，虽曾有过辛辣的嘲讽和严厉的抨击，但一种无法切割的文化血缘，还是让其内心深处保留了若干温馨与眷恋。关于这点，我们只要细读先生的某些作品，如《从百草园到三味书屋》《怀旧》等，便不难有所体悟。正是基于这样的情感储存，1933年夏日，当鲁迅看到报端有人谈论当年私塾中使用的描红口诀时，不禁浮想联翩，泚笔呼吁："倘有人作一部历史，将中国历来教育儿童的方法，用书，作一个明确的记录，给人明白我们的古人以至我们，是怎样的被熏陶下来的，则其功德，当不在禹下。"

文苑名家王充闾先生，出生于鲁迅逝世的前一年。在他的少年时代，学校体制早已确立。他原本应该和许多同龄人一样，背起书包上学校，坐进教室听新知。然而，命运赐予他的一方故土，偏偏环境荒僻，土匪横行，阻碍了学校的兴办。为此，年幼的他，只好结结实实地读了八年私塾，成了和鲁迅一样的旧式儿童教育的亲历者。按说，在实际生活中，充闾这段机缘错位的私塾生活，未必没有寂寞与苦涩，然而，六十多年过去，当他以一卷散文《青灯有味忆儿时》（现代出版社出版），作"朝花夕拾"时，不但当年的诸般场景因时光的淘洗和过滤而滋蔓出隽永的诗意；更重要的是，这场景中原本承载的更深一层的精神内涵和文化密码，亦在日趋成熟的时代意识的烛照下，得以清晰呈现。所有这些正暗合了鲁迅当年希望关注儿童教育史的呼吁，从而成就了一桩有功德的事情。

旧时的私塾什么样？它怎么教而又怎么学？对此，一些小说和影视作品，曾有过具体形象的揭示。而这一切到了充闾笔下，除依旧保持了鲜活的形象与细节之外，又增加了若干从经验出发的纪实性与系统性。于是，我们看到了一系列不乏教科书意味的私塾景观——"我"进入私塾前，已经熟读《三字经》《百家姓》，具备了最初的识字和阅读能力。塾师则从《千字文》开讲，继而是以《论语》为起点的"四书"，是《诗经》。接下来依次是《史记》《左传》《庄子》，然后是诸子百家、唐诗宋词、《古文观止》……以上是"我"读私塾的基本内容和大致程序。而要把这些内容一一装进大脑，滋益自身的修养与资质，还必须遵循一定的方法和路径。依"我"的体验，其要点凡三：一是"详训诂，明句读"，弄通《说文解字》，夯实"小学"基础；二是重视对句和背诵，在"涵泳"和体悟中练就童子功；三是勤动笔，多作文，发散情思，疏通理路，远离"郁塞"。当然，成功的私塾教育也需要良好的"塾"外环境。在这方面，充闾写了父亲作为"草根诗人"的耳濡目染，魔怔叔化身"博物学家"的言传身教，特别是写了"我"因为不曾背负"父母不切实际的过高过强的期望"而获得的童心童趣的任意飞翔和自由发展。

毋庸讳言，从内容和体系着眼，传统的私塾教育存在明显的缺憾。譬如，某些观念僵化保守，有的知识繁琐机械，而自然科学则严重缺位。惟其如此，在我看来，进入现代的中国，毅然割弃私塾教育，自有其历史的必然性。然而，同样必须看到的是，以往这种割弃是掺杂了匆忙、粗疏与绝对的。正像人们通常所说的，是在泼掉脏水的同时也泼掉了婴儿。事实上，源远流长的私塾教育包含了若干我们迄今也未必完全意识到的价值与奥妙，很需要重新辨识、认真发掘和深入总结。

不妨以私塾教育一向看重的"小学"为例。它所专注的文字学、训诂学和音韵学，既是汉语精致表达以及健康发展的坚实基础，又是中华文化博大精深的重要体现。传授和掌握这些学问，无疑具有强基固本，提纲挈领、事半功倍的效应。而近年来中文领域出现的一些快餐化、无序化和粗鄙化现象，显然与这些学问的边缘化和被冷落不无关系。私塾教育格外看重的对句训练，同样意义深远，具备这种能力，不仅有益于强化文章的修辞与节奏之美，而且最终关系到发挥汉语的特性与优长。记得余光中在谈到翻译王尔德喜剧的感受时，曾以其惯常的幽默写道："有些地方碰巧，我的译文也会胜过他的原文……例如对仗，英文根本比不上中文。在这种地方，原文不如译文，不是王尔德不如我，而是他捞过了界，竟以英文的弱点来碰中文的强势。"这番话说的正是此中情形。至于塾师力主的"熟读成诵"，更是浓缩并体现了古人的经验与智慧：一方面它在视觉（阅读）之外复调动听觉（朗读），眼睛与耳朵同时发力，自然会提升诗文作品入脑入心的效率。另一方面它亦暗合了人的成长规律。正如充闾日后所悟："十二三岁之前，人的记忆能力是最发达的，尔后，随着理解力的增强，记忆能力便逐渐减退。因而，必须趁着记忆的黄金时段，把需要终生牢记的内容记下来。"即所谓"早岁读书无甚解，晚年省事有奇功。"（苏辙）

　　当然，私塾教育最值得关注和深思的一点，还在于它的基本教材或曰核心内容，是中国传统文化的经典文本。这些文本因为历史、地理、语言、思维等原因，构成了中华民族的文化基因。而这种基因的强弱有无，不仅影响着生命个体的精神风貌，而且在很大程度上决定了一个民族的原发性创造力。回望私塾教育，也许有助于我们审视民族文化基因的培养，而这仍是摆在现代国人面前的重要任务。

防止公仆变"老爷"

谷 建

1985年11月,时任中共中央政治局委员的习仲勋,到江西革命老区考察工作。作为陕甘边革命根据地的主要创建者和领导者之一,习仲勋对毛泽东、朱德等当年创建的井冈山革命根据地和中央苏区,一直十分向往。但是,直到1985年冬,因为工作考察,他才如愿踏上了这块红色土地。据江西省委原书记万绍芬回忆:"他一路上兴致勃勃。我们说,这一路走到井冈山需七八个小时,您就休息一下吧?他说:'不,我在路上要问问情况,要跟你们交谈交谈。'因为前面在修路,凹凸不平,所以警车不时地鸣起警笛,两面红旗挥动着指挥,他一看就皱起了眉头,对我说:'路上这样不时地鸣警笛,又红旗两面开弓,会吓到群众的,这样他们为了躲路,掉到沟里去怎么办?大路朝天各走半边嘛,后面坐的是老爷吗?'我那时心里很不安,就找机会解释了一下。我说:'前面在修路。'他说:'修路也不能影响老百姓的行走!'"

这个小故事我是从电视节目里看到的。看完后便五味杂陈,百感交集。相信所有出生于上世纪六七十年代之前的人看到这个节目,都会与我一样,瞬间涌起很多感慨。

从习仲勋等老一辈革命家的身上,我们总能感受到:在中国广袤的国土上,因为有了人民的信任与拥护,中国共产党的执政基础该有多么稳固而强大!那是因为党和人民的两颗心之间,紧贴得没有任何缝隙。党的事业也是老百姓时刻拥护并为之竭力奋斗的事业,而老百姓的幸福和疾苦则牵动着每一位共产党员的心,彼此利害相关、荣辱与共。这种血肉相连的宝贵情感,绝非装腔作势或逢场作戏就能"表演"出来的。

当时习仲勋的一句"后面坐的是老爷吗?"其实表露了他对警车扰民的不满和担忧。作为一位从人民中走出来的、与穷苦百姓一起翻身闹革命的开国元勋,他对这个看似不大的扰民问题自然不会忽略。因为他能敏锐地感受到人民的心跳和脉搏,再将这些"心跳"与"脉搏"同时传输到自己身上,所以能感同身受,能时时刻刻与人民"同呼吸、共命运",能视民如亲,甚而视民如圣。据节目披露,习仲勋十分喜欢叶剑英晚年写下的诗句:"长征接力有来人"和"满目青山夕照明"。我们这些"后来人",该如何在长征路上"接力"呢?面对如今某些官员的腐败堕落、信仰虚无、自私贪婪和鱼肉百姓,恐怕公仆们都要发自内心地拷问一下:"我们是老爷吗?"倘回答肯定,就必须自警自省,立即纠正,否则终有一天,党纪国法会来找你,这"公仆"二字也会被列入词典,衍变为受嘲讽的贬义词。

什么是"老爷"?现代汉语中有两种解释:一是指旧社会对官吏及有权势的人的称呼;二是指旧社会官僚、地主人家的仆人等尊称男主人。中国共产党领导中国人民彻底推翻了压在中国人民头上的三座大山,建立了人民当家作主的民主政权,所以才产生了"全心全意为人民服务"的人民公仆。倘若有些"人民公仆"淡忘了那段光辉的历史,也忘记了自己手上的权利是谁赋予的,那么,难免会"逆潮流而动",萌生出"当老爷"的愿景来。于是,便头也不回地开始"与老板为伍""与享乐为伴""与金钱结亲",高高在上,唯我独尊,表里不一,贪得无厌。老百姓给了他们权力,他们却用这些权力谋取私利,把它变成恢复"老爷"尊称的工具,也变成了用于展示官场演技的各种"舞台"。

民国时期的杂文家宣永光先生曾说过:"以'老实易治'四字而论,中国的百姓可谓全球第一。以'贪赃枉法'四字而论,中国的官吏可谓环球无二。因为百姓老实,所以容易养成官吏的贪污。因为官官相护,所以官吏的罪恶永远不能除净。"看来，要想彻底铲除腐败，需建立严格的制度，让官员们对腐败产生恐惧感，让百姓在贪官面前不再"老实"，不再不管不问，二者不可或缺。

解铃还须系铃人。既然因为老百姓在贪官面前"太老实"，太自卑，从而助长了官员的"老爷"情结，那就不妨"接受教训"，改弦更张，让那些想当"老爷"的，或者已经当上"老爷"的，还有那些已经当上小"老爷"却嫌不够，变着法儿要做更大"老爷"的露出假面，栽倒马下。宣永光先生说得对："中国的百姓之所以老实易治，是因为怕官怕势。官吏之所以官官相护，是因为朋比为奸。若有严正的政府，自不能容留官官相护的恶风。百姓的痛苦若能有上达的可能，自不能养成怕官怕势的心理。"宣永光先生的文章，虽然讲的是八十多年前乃至更古的官与民，但今天再看，也不乏警醒的作用。

在人民当家做主的今天，如何进一步保障老百姓监督官员的权利得到落实，应该是反腐工作的重中之重。如果有一天，官员们非但不想当"老爷"，而且还痛恨诅咒这些"老爷"，生怕老百姓说自己是"老爷"，那么，腐败自然根绝。

《副刊面面观》小序

姜德明

我一生从事新闻工作四十年。1950年,我进北京新闻学校,1951年毕业,分配到人民日报社读者来信部工作。1956年报纸改版,7月1日起增出八版,恢复文艺副刊,调我到文艺部。此举正合我意,事先我却一无所知,事后才知道并非文艺部开列的名单。那时的风气不兴"走后门",一切服从组织上的安排。

我在副刊组分管散文和专栏,从头学画版样,跑排字房,每天看读者来稿,直到1985年正式组建人民日报出版社,我才离开了编副刊的岗位。回想起来,最难忘记的还是编副刊三十年的日日夜夜。

翻开我国近代新闻史可知,文艺副刊是报纸不可或缺的一大特色。1949年进城后,《人民日报》原有两个文艺副刊专栏,一是每周出版的"人民文艺";一是每天见报的综合性的"人民园地"。后因学习苏联的《真理报》,他们没有副刊,我们也停办了。1956年的报纸改版,当然不仅是恢复文艺副刊,结合当时国内外的形势,在思想理论战线上更有重大的变革。当时胡乔木同志还对文艺部提出要承担复兴散文的任务。事实上在取消副刊的岁月里,报纸上早已不见散文创作的踪影。为此,他还为副刊请来了党外作家萧乾先生坐班当顾问,在党报历史上写下了破例的一页。时任文艺部主任的林淡秋同志命我追随萧乾先生访问了不少搁笔已久的老作家。1956年,我出差武汉,专门拜访了袁昌英、刘永济先生,名单就是胡乔木同志开列的。

  为了普及散文，引起人们对散文的重视，我们又开设了"笔谈散文"的专栏，发表了不少作家和群众来稿，引起了天津百花文艺出版社的注意，后来由他们编成了《笔谈散文》的专集出版。

  文艺部每天收到的群众来稿足有一麻袋之多，其中以诗歌为最。为了反映火热的现实生活，同志们都不辞辛苦地认真处理来稿。编发的稿件中名家之作占三分之一，无名作者的来稿却占三分之二，这就保证了副刊不会脱离现实生活和现代人的喜怒哀乐。

  到了上个世纪的80年代，文艺部又创办了杂志《大地文艺增刊》，发表了若干篇作家编文艺副刊的回忆录，以备日后编成一本专集。当时我还曾请前辈茅盾先生执笔，他回信说明情况未能成篇，最后，我还是征得他的同意把原信发表了。以后，随着刊物的停办，出版专集的意愿半途而废了。值得庆幸的是，现在李辉所编《副刊面面观》早已超过了我们的预想，做了功德无量的好事，完成了几代人美好的愿望，这是值得人们深致谢意的。

览"君子有九思"有感

李国强

春暖，花开，正是踏春赏花的好时节。近日，在友人处得观《汉君子有九思》砖拓，愉悦畅快之心情，也不啻去欣赏一处美景了。而在心灵、修养上的收获则还要更多更大一些。

友人介绍，此砖近年出土于山西夏县禹王城遗址，原砖已由文博机构收藏。余所见此砖拓片高约四十九厘米，宽约二十三厘米，字间划有界格，竖刻四列文字，每列八字，共计三十二字，文曰："君子有九思：视思明，听思聪，色思温，貌思恭，言思忠，事思敬，疑思问，忿思难，得思义。"字体为篆书而兼有些许隶意，书风具有朴拙沉稳、大气凝重之美，古趣盎然。友人知我是习文史的，便问我，这"君子有九思"于典有据吗？我说，有啊，这话是孔老夫子说的呀。此语出自《论语》季氏篇，只不过此砖上的文字比《论语》中的原文少了一个字，就是最后一思中，《论语》为"见得思义"，此砖为"得思义"，少了一个"见"字，大概刻制此砖者也是为了排列整齐才故意减掉这个字的吧。一思三字，九思二十七字，再加上"君子有九思"五字，正好四八三十二字。

此处所谓"君子"，当然是指德行高尚的人。所谓"君子有九思"，是说作为一个君子需要在九个方面多多用心思考：看的时候，一定要思考是否看得明明白白，而不要被一叶障目，让假象蒙骗了你的双眼；听的时候，一定要思考是否听得清清楚楚，而不要因为没有听清楚、听明白而作出错误的判断，不要被阿谀逢迎之词，甚至是假话、谎言欺骗了你的双耳；面对他人时，一定要思考、注意自己的脸色是否温和、热情，而不要冷冰冰地对待他人；与别人相处时，在举止表现上，一定要思考自己的态度是否恭敬、谦和、低调，而不要傲慢无礼；说话的时候，一定要思考自己的言语是否诚实，自己是否能够信守诺言，而不要言而无信，净说假话空话；做事的时候，一定要思考自己是否刻苦敬业，是否尽心尽力去做了，而不要敷衍对付，马虎从事；遇到疑难问题的时候，一定要思考自己是否及时做到了向别人询问、请教，而不要不懂装懂，隐瞒、掩饰问题；遇到自己想发怒的时候，一定要思考是否会因为自己的一时之怒而产生后患、危难，而不要为逞自己一时之快最后反倒害了自己；遇到好处、钱财、利益的时候，一定要思考自己得到这些东西是否合于仁义道德，而不要见利忘义、争名夺利，贪图、攫取不义之财。

孔子老先生的"君子有九思"，可以说包含了儒家学说中关于"仁、义、礼、智、信、温、良、恭、俭、让"的基本要义，是做人做事、待人接物的基本规范。如果这些你能做到，你才可以称之为德才俱佳、品格高洁的君子。如今两千多年过去了，孔子关于"九思"的谆谆教诲言犹在耳，仍具有很强的现实意义，时刻在警醒着我们。做人做事，当不"九思"乎？当不以此为镜，时刻自省自警自励乎？！

同时，说到底，我们在进行"思"的时候，恐怕最重要、最关键的还是要落实到一个"实"字，那就是"谋事要实，创业要实，做人要实"。只有做到思行合一，并且坚持做到"严以修身，严以用权，严以律己"，不断地在修养上纯洁自己，在灵魂上纯粹自己，在行动上激励自己，不断地完善自己的人格修养和党性修养，才能做一个合格的党员，才能做一个党的好干部，才能做一个值得人民信任的人。

多识草木鸟兽之名

李汉荣

两千多年前,孔夫子曾说过,"多识草木鸟兽之名"。我想孔子这句话的本意有二:一是多识草木鸟兽,便于对人进行"诗教",也即是审美教育,因为要识草木鸟兽,就要贴近自然、观察自然,进而受到大自然的启示、感染和熏陶,内心变得纯洁、丰富而富于美感;二是这多识草木鸟兽的过程,也就是进行生态教育的过程,在这一过程里,人不仅了解自然物种的某些特征和规律,也知道了人所置身的生存环境原来是由众多物种共同营造的,人进而对其他物种有了尊重、同情和护惜的心情。后面的这个理解,猛一看好像有些牵强附会,似乎硬要把孔子说成是"环保"的先知先觉者——其实正是这样,孔子等古代圣贤在"环保"方面确有超前自觉的一面,试读《论语·述而》"子钓而不纲,弋不射宿"(孔子钓鱼从不用网取鱼,从不射归宿的鸟),这反映了孔子的爱物护生美德,这种美德表现为遵守古代取物有节的资源保护的社会公约,同时也透露出孔子对生灵的同情:不用密织的渔网钓鱼,避免捕捞和伤害了小鱼;不射归宿的鸟,那鸟或许是母亲鸟,它要喂养巢中的孩子,它带着倦意和情意从黄昏飞过,这黄昏也变得格外有情意,人怎忍心戕害它呢?

重温孔夫子的这段教诲,感到很亲切;而当我把这段教诲向自己的孩子讲解时,又觉十分愧疚:我们的孩子是不是也该"多识草木鸟兽之名",又该如何"多识草木鸟兽之名"?

当然孔夫子是两千多年前的孔夫子,他没有见过飞机火车飞船,也没有玩过电器电脑,他没有赶过我们的时髦,当然他的肺叶里也没有我们的雾霾废气,他的耳鼓里也不会有那么多噪音。但是照过孔夫子的太阳仍然照着我们,在孔夫子头顶奔流的银河仍然在我们头顶奔流,太阳不会过时,银河不会断流,有些真理也永远不会过时和失传,那是关乎生命和宇宙之本源的终极真理。"多识草木鸟兽之名",应该是永不会过时的审美教育方式和生态教育方式。

现今的孩子,尤其是城市的孩子,还识得多少草木鸟兽呢?还认得多少风花雪月呢?

我的孩子一直盼着养一只狗,却又不喜欢太乖巧的狮子狗,想养一只忠诚又有几分野性的狗,这在如今当然已不那么容易实现。最后终于得到了一条狗,那狗不吃不喝却又在山吃海喝,不见形迹却又有踪影,它是"电子宠物",是靠一小片电池喂养的"狗"。孩子却把对生灵的全部爱心和关切都献给这电子幻影了:每天准时"喂"它吃的喝的,准时让它散步,准时让它睡觉,半夜做梦也梦见他的可爱"宠物"死了,哭得好伤心。孩子们远离了大自然,失去了多少与其他生命交流的机会,看着孩子把爱心和泪水都献给那个"电子幽灵",我真有点儿可怜孩子们。

让孩子明白"井""泉""瀑布""溪流"是个什么样子,也是很困难的事,因为他没有见过井和泉,没有见过瀑布和溪流,没有在那深深的或清清的水里凝视过自己的倒影,没有照过井的镜子,没有听过泉的耳语,这不只是知识上的缺憾,更是内心经验的遗憾:他的心里永远少了井一样幽深的记忆和泉一样鲜活的美感,也少了瀑布一样的壮丽情怀和溪流一样的清澈灵性。

同样,让城市的孩子明白"虹"是什么,"鸟群"是什么,"蝉声如雨"是什么,"蛙鼓"是什么,"天蓝得像水洗过一样"的那个"天"是什么,也是困难的;让他们理解"草色遥看近却无"的微妙春意,理解"可惜一溪风月,莫叫踏碎琼瑶"的天人合一的意境,也是困难的。因为他们没有见过这些事物,更没有亲临过这些情境。

我时常想,孩子们在享用现代城市物质文明之宠爱的同时,也失去了更多的、更为根本和珍贵的来自大自然的启示、感染和熏陶,而正是这些,才是作为自然之子的人的心灵和情感的永恒源泉。

每当这时候,我就仿佛听见孔夫子站在时间的那边,站在草木深处,语重心长地叮咛我们:"多识草木鸟兽之名……"

须从规矩出方圆

李建永

凡事都有规矩，不以规矩，不成方圆。规矩既是规范、法则，也是标准、尺度。做人有行为规范，做事有游戏规则。《管子·法法》说得好："虽有巧目利手，不如拙规矩之正方圆也。故巧者能生规矩，不能废规矩而正方圆；圣人能生法，不能废法以治国。"所以，尽管规矩也需要视时立仪，与时俱进，需要不断地修改修订，创新完善，然而却不可以一日无规矩，更不能不懂规矩，不讲规矩，不守规矩。古人有言，世有乱人而无乱法。古谚亦云，曲木恶直绳。可见，规矩不仅是方法论，亦含有世界观。

传统文化意义上的规矩，主要体现在"礼"与"法"两个方面。礼者，履也，礼仪三百，威仪三千，文绉绉地，是软规矩。法者，刑也，人心似铁，官法如炉，威赫赫地，是硬规矩。礼无不敬，法无不肃。礼的核心是敬——敬重，敬畏，表现于对万物的尊重；法的核心是肃——肃然，肃杀，表现于对法律的戒惧。有道是，礼禁未然之前，法施已然之后。换言之，礼与法的价值实现，以是否"犯法"为疆界，它是一个是否对当事者及其亲属乃至社会构成伤害，以及是否造成耗费公共资源、增加执法成本，从而涉及伦理、文化、政治、经济等社会多方面的大问题。谚云，礼从俗，事从官。"俗"指风俗习惯，是礼的范畴，是长期以来家风民俗耳濡目染、文化熏陶润物无声而形成的软规矩；"官"指政事官法，是法的范畴，是为维护公平正义、保护生命财产、打击犯罪活动而制定的硬规矩。故曰：礼制君子，法制小人。

不管是软规矩，还是硬规矩，其目的在于规范；规范之手段，在于赏罚；赏罚之本，在于劝善惩恶。俗话说，赏先远，罚先近。《左传·昭公五年》亦云："为政者不赏私劳，不罚私怨。"《韩非子·有度》亦曰："刑过不避大臣，赏善不遗匹夫。"否则，即如《管子·版法》所言："喜以赏，怒以杀，怨乃起，令乃废。"所以说，法律者，公器也；赏罚者，利器也。若赏罚不行，则诸事难成。正由于此，自古以来凡制定良法者，必定还要考虑到它的可操作性和实施效果，故需谨慎研判，反复推敲，吟安一个字，拈断数茎须，断不敢轻率地制定出台这规矩那法令。据《论语·宪问》记载："子曰：为命，裨谌草创之，世叔讨论之，行人子羽修饰之，东里子产润色之。"讲的就是春秋时期郑国起草政令法规，裨谌等四位贤大夫一齐上阵，八仙过海，各显其能，反复地磋商研讨，然后形成完美文本。这是多么审慎而严谨啊！

《尚书·大禹谟》有言："刑期于无刑。"意谓用刑的目的，是为了将来不再用刑。这是先哲们的一种伟大而悲悯的情怀。同理，立规矩也是为了培养人们守规矩的自觉性。人心中的这种宝贵的自觉意识，明代大儒王阳明先生称之为"良知"。他在《别诸生》诗前四句写道："绵绵圣学已千年，两字良知是口传。欲识浑沦无斧凿，须从规矩出方圆。"规矩，从来就不是目的；规矩只是工具，礼法是其内容，赏罚是其手段，方圆才是它的目的所在。所谓方圆，就是依照一定的规矩，公平公正、规范合理、持久高效地做事（包括行政）。方圆是规矩的出发点和落脚点。不能"出方圆"的规矩，是一种迟早要废弃的工具；不能"行方圆"的人——特别是官员，终究会领教硬规矩的刚性。好官必然是规矩的遵循者和方圆的践行者。好官是看得见的哲学。

谈艺是最美的事业

刘绪源

苏秀的回忆文集《我的配音生涯》是我很喜欢的一本书。一年前,它由上海译文出版社推出时,还在上海电影博物馆举行了隆重的首发式,配音界许多老演员都出席了,观众们更是热情踊跃,场面十分感人。我算不上真正的"粉丝",这本书却是一个晚上就读完的,读得兴味盎然。书中的很多文章,是在我所工作过的报纸副刊上发表的,有的还是我亲手编发的。在我主持副刊时,不仅苏秀的文章,差不多所有回忆、描述上海电影译制厂的文章,我都尽快安排发表。这次再读苏秀的书,仍觉滋味隽永。于是想,它的妙处,究竟在哪里?除了写上海电影译制厂的文章,我还喜欢有关北京人艺的那些回忆、分析、评论,包括焦菊隐的艺术论,我觉得都好看。

此外,还有钱谷融的《雷雨人物谈》,还有周克希谈翻译的《译边草》,还有斯坦尼斯拉夫斯基谈表演的书,还有王朝闻的那些小册子(诸如《不到顶点》《一以当实》《喜闻乐见》《隔而不隔》等),我都爱看,觉得阅读时都有一种隐秘的幸福感,读过多年后还会时时想起。这是为什么?

上述这些书和文章,其妙处都在一个点上,那就是——谈艺。它们都喜欢在一些非常具体的艺术细节上作深入动情的分析,都能谈出个人的独到见解,常常是越挖越深,越挖越有味,仿若点铁成金,在平淡中见出了神奇。其实,谈艺必须谈具体的、细小的东西,惟有这种具体的充满自己个性的体验、琢磨、推敲和争辩，才会趣味横溢。艺术跟哲学的区别或许就在这里：哲学的概括面越大越好，所用的概念也是越抽象越好；但艺术必须深入到细节，越是深入细节的个人体验，才越能接近艺术的本质。

阶级斗争"年年讲、月月讲、天天讲"的年代里，是不允许畅快谈艺的，个人的琐细的艺术体验被视为资产阶级、小资产阶级情怀，甚至是反动的东西。这时，全国似乎只有不多的文艺单位可以认真放心地谈艺，其中就包括上海电影译制厂和北京人艺。在这里，谈艺是高尚的、道德的、不被鄙视的。这种特殊小环境的形成，与这两个单位由两位天才的艺术家——陈叙一和焦菊隐领导，有着直接关系。但背后还有原因。北京人艺有它特殊情况，那就是作为话剧爱好者的周恩来总理的经常、直接的支持和关怀。上海虽没有这样的背景，但也有自己的特点，那就是市民对高雅艺术、西方艺术、电影艺术有深入骨髓的爱。我在小学时代，亲眼看到一个青年人等译制片《白夜》的退票，好不容易等到时，电影快开场了，他找头也不要就奔进去了。那时一张票二毛五，他给了张一元的钱（这在今天或许相当于一百元）。相比之下，他更舍不得电影的片头。

行文至此，我的眼前出现了两个优秀演员。我曾在上海人民广播电台工作，我们曾请上译厂的于鼎来电台录节目。那天晚上，开始还录得很顺畅，但录了五六分钟后，于鼎开始"吃螺丝"了，不停念错，他非常懊恼，但只能一遍遍重来，录音的完成带没有延长，反倒在缩短，因每次都要删去一点才能继续。这节目本以为一小时能录完，结果录到半夜才勉强完成。第二天，我说着昨晚的情况，同事们哈哈大笑，因为大家知道于鼎是"吃螺丝大王"。可打开节目一听，集体"惊艳"：虽说现场那么乱，可于鼎的内心一点都不乱，他所完成的录音，听下来是那么流利、顺畅，竟找不到修补的痕迹。大家赞叹说，这样的演员，对艺术，自己心中是很有谱的，这就是他们不同于别人之处！

另一位是北京人艺的董行佶，他录节目非常顺当，但他自己要求高，录完后蹲在地上听，一手遮耳，那形象很不雅观。他听得非常仔细，不断进行修改。全部改完后，大家都很开心，就问他最近拍什么电影。他说，正筹拍《廖仲恺》。又说，我很想朗诵一首诗:《西去列车的窗口》。那诗他已能倒背如流。他设想，全诗不配音乐，纯用火车的声音配。他顺口念几句道，这里火车要交叉而过；再念一段说，这里火车要渐行渐远；念到高潮时，则须汽笛长鸣，车轮排山倒海。他学车轮飞转声，与诗句相叠，神情极其投入，完全像个说故事说得入迷的孩子。我们沉浸在艺术的氛围中，现在想来，这真是毕生难得的享受。

这两位大演员，他们身上的气质，也就是上译厂和北京人艺特有的气质。他们的感人之处，也就是上述那些书中的妙处。

于鼎和董行佶已离我们而去，像苏秀那样的艺术家现在也不多了。但"谈艺"所给予我们的"隐秘的快乐"仍在心底时时涌动，提醒我们，这才是人生不可或缺的东西。那么，就让我们像那些艺术家一样，投入到艺术中去，寻觅真艺术，迷恋真艺术，谈论真艺术。只要谈艺人在，真艺术就不会绝迹。而在新书榜上，也希望看到更多谈艺的书——那种执著于在具体细节上作津津有味的分析的书。艺术是美的，而谈艺，必定是世上最美的事业。

采采卷耳

刘学刚

打开古老的《诗经》,每一页都是绿草萋萋。美好的植物犹如翡翠玛瑙一样,散发着清辉。有一女子,背了一只斜口筐,在路边采摘苍耳,"采采卷耳,不盈顷筐。嗟我怀人,置彼周行"(《周南·卷耳》),采呀采呀,浅浅的小筐忽然被她丢弃在大路旁,她一个人就那么久久地站着,痴痴眺望远方的风烟,眼睛里蓄满深深的思念:那远在天之涯的心上人,是否也被离思和忧伤所困扰,攀上那高高的山冈,回望他渐行渐远的故园和等在季节里的容颜?那一刻,她的思念一如苍耳,沾着他布满征尘与酒痕的衣襟,天涯海角,如影随形。

诗经里的女子,采撷的是苍耳的嫩叶。苍耳的嫩苗,在古代是一种可食用的菜蔬,三国人陆玑说它"可煮为茹,滑而少味",《千金·食治》就有些直言不讳了:"味苦辛,微寒涩,有小毒。"小毒是什么,就是玫瑰的小针刺,女人的小蛮横,要你小心谨慎地伺候她,细心周到地体贴她。总是古人有办法,把苍耳的嫩叶请到清水盆里洗洗尘,然后浸入热水锅里泡泡澡,还要淋一次冷水浴的。想吃鲜嫩嫩热乎乎的苍耳羹,不可或缺的配方是古人按部就班的处事态度和慢悠悠从容容的生活理念。作为农耕时代的伟大诗人,人类美质的发言人,杜甫以诗歌的方式思考和生活。他的诗句就像温热的光,一道一道地射过来,裹挟着恒久的暖意。"加点瓜薤间,依稀橘奴迹"(《驱竖子摘苍耳》),只这两句,就让好味道覆盖了生活的寒酸：加一些瓜茬吧，瓜茬祛毒，滑而少味的苍耳游走在口齿之间，依稀就是一瓣瓣柑橘，口齿生津啊，生出一条香的河，再流出一泓甜的溪。

在我的故乡，苍耳生在干硬的土路边，也长在贫瘠的野地里。生在土路边的，叶子灰呛呛的，就是一只只竖着的鼠耳，探听着远远近近的声响。野地里的苍耳，植株有一米多高，在矮草丛里伸着卵状三角形的大叶，得风又得露，叶面青白色，被糙伏毛，有些艾叶的模样，只是艾叶芳香通窍，苍耳其味涩苦难闻。苍耳春天开绿花，花很小，碎碎的，一点儿也不打眼。似乎一抽枝，苍耳就苍老了，人们远远避着它，即使路边打个照面，亦是熟视无睹。

故乡没有采采卷耳的姑娘。如诗经里那般多情的女子，才是苍耳的精气神。采了它的嫩叶叶，伊人美目盼兮，苍耳又会长出新的。被这样的皓腕柔荑宠爱着，苍耳的叶子只要绿着，每一天都是春天。苍耳的叶柄有一拃多长，犹如一根根手臂，支配着叶子的大手，把春天推向繁茂丰盛。夏天的大太阳深情瞩目着绿色的大野，金黄的光线在植株内部涌动着，蓬勃着，当苍耳结出的果实由绿转黄时，秋天来到了。苍耳用它的果实创造了秋天，也实现一个植物家族的繁荣。

苍耳的果实呈纺锤形，其上钩刺密布。唐人孔颖达和陆玑一唱一和，说这球果很像妇人的耳中珰。它的果实也叫苍耳。一身病痛的老人告诉我们，苍耳是一味中药，祛风散热，通窍止痛，其药力上通脑顶，下行足膝，外达皮肤。我们这群孩子却有着别样的植物体验。在我们看来，那刺儿头就是一枚枚神奇暗器，让我们个个练就弹指神功的绝招。从衣兜里取出一颗苍耳，置于手心，吹一口仙气，右手食指弯成一张弓，大拇指紧紧抵住食指，迅疾把其间的苍耳弹射出去，准确命中某个女孩的麻花辫。弹射苍耳，有儿童顽劣的成分，有聪慧和机敏，也有对麻花辫女孩莫名的喜欢。一个人若是从童年伊始，就对大自然有着强烈的好奇心，那活泼单纯的天性，就会成为他一生的叶绿素，让他童心不泯，等他苍老了，依旧生活在快乐清澈的童年时代。

苍耳总苞外钩刺众多，细看，其上长有两个大的角状刺，一左一右，很像河蟹张开的一对铁钳般的螯足，让人敬畏得很。苍耳用它的钩刺和行人以及飞禽走兽建立关系，让后者来承担播撒种子的任务，从而彻底改变自己的命运。"种子的第一个最凶恶的敌人便是将它生出来的枝干"（梅特林克《花的智慧》），苍耳等在路边，等着它心仪的人或者动物，一旦遇见，怎会两忘于江湖，就粘附着他的衣物、它的皮毛，相跟着行走天涯，在不知名的异乡扎根，抽绿。"洛中有人驱羊入蜀，胡枲子着羊毛，蜀人种之，曰羊负来"（《博物志》），羊负来就是苍耳。从《博物志》这部人间奇书里，我们可以看见这个江湖游侠的传奇人生。它敞开故乡的概念，把异乡变为故乡，让它的故乡走向更为辽阔的生存空间。苍耳落地生根，而苍耳二世又会借助它的钩刺，继续探索新的领域，在远离故乡的地方，实现运动而又活跃的家族理想。苍耳的别名还有许多，如常思菜、粘粘葵、刺儿颗、假矮瓜、野落苏、野茄子，放慢语速地读，这一个个名字都有一段植物的传奇。

故乡的小路上，我曾经试图掰开一颗苍耳，无奈外壳坚硬如铁，只好借助于刀具，竖着锯开一道缝，再横着划出一个小口：小小的枣核形的刺儿头，竟然有东厢西房两个居室，各住着一个瘦果，瘦果有些葵花籽的样子，其果皮很薄，犹如一件松松垮垮的黑色真丝衫。如此硬而韧的外壳，走兽强大的胃也奈何不了它，不管走多远，它最终被归还大地。我们不禁倒吸一口冷气。人真的比植物更有智慧吗？苍耳先用毒蛋白、毒甙等武器实行自卫，而当钩刺助它千里远行之时，它的果实就是一座流动的坚城，果实干燥，不蒸腾水分，处于休眠状态，比经由落叶以减少水分蒸发的阔叶植物更能适应恶劣的外部环境，它可以等上几年乃至几十年，等遥远的春风，等迟来的秋雨，等来的是征服新大陆的绿色的奇迹。

许多年轻人远离故土，追随着一阵风、一声汽笛、一个念想，漂泊他乡，去探求生存的无限可能性。在异地的阳光下，远望故园，是否能望见乡路上的植物苍耳？美丽的城市花园，是否容得下一株苍耳？废弃的瓦砾，常是苍耳最后的栖身之处。它站直身子，用绿叶的手捧出一串绿球球，构筑着它绿色的大厦。

异乡的夜晚，我亲近着《诗经》里的植物，由此迷恋着一切书写植物美好的文字。"黄姜收土芋，苍耳斫霜丛"（苏轼《用过韵冬至与诸生饮酒》），"君不见诗人跌宕例如此，苍耳林中留太白"（陆游《山园草间菊数枝开席地独酌》），这些与苍耳有关的好文字，是今夜空气里的氧，温润的呼吸。

有精神曰富

陆春祥

虽相隔数百年，但华亭人（今上海松江）陈继儒，一定是富阳人董诰的精神偶像。

陈大师一生豁达超脱，诗书画皆擅，留有许多人生感悟类的格言警句，如读书：读未见书，如得良友，见已读书，如逢故人。如做人：做秀才，如处子，要怕人；既入仕，如媳妇，要养人；归林下，如阿婆，要教人。更有精神高度的"功名富贵"铭让董诰震撼：有补于天地曰功，有关于世教曰名，有精神曰富，有廉耻曰贵。

大音希声。陈继儒的功名富贵观，就这样深深影响着董诰。

董诰既有家传，但名气要胜过他父亲董邦达，他完全靠自身的修炼，以陈大师的格言为人生方向，才打拼下如今的好名声。

在富阳的鹳山公园，我见到了董诰书写功名富贵的条幅，规矩馆阁，沉着有变，最触动我的是后两句：有精神曰富，有廉耻曰贵。

几个小细节可以证明董诰践行了自己遵行的格言：

董诰做宰相三十年，他的画像，两次挂进紫光阁。董诰去世，嘉庆皇帝亲临祭奠，并写诗称赞：只有文章传子侄，绝无货币置庄田。

《清史稿·董诰传》记载如下：其父子历事三朝，未尝增置一亩之田，一椽之屋。翻检史籍，有多少人官居高位后，能未尝增置一亩田一间屋的？

我试着冒昧探索一下影响董诰内心世界的富贵观。三个词极关键：富贵、精神、廉耻。

一般人眼里，富贵是什么？用不完的钱，穿不完的锦，住不过来的屋，地位显赫，人人敬惧，总之，要什么有什么，享不完的福。精神为何物？话题太大，哲学中，将过去事和物的记录及此记录的重演，都当作精神，我的理解，应该是除物质以外的，所有能让自己内心安定下来的神情意态、意志活动。

人向往富贵，人不可能没精神，在董诰眼里，富贵和精神一定不是钱财物，若论外物，像董诰这样的高官，如果不设防线，绝对不请自来，和他同朝为官的大贪官和珅就是很好的证明。

为官有许多诱惑，后来者也未必没有看到前车之鉴，起初也是谨小慎微，血肉之躯常常躲过了这一弹，又立刻迎来了下一枪，虽久经沙场，一个疏忽，仍然不幸中枪。但无论什么借口，疏忽都是主观原因，董诰深谙这个道理。

过去的事和物，回忆起来；能让你心安吗？董诰常常这样告诫自己，置田造屋，要那么多田和屋干吗？田再多也是一天三餐，房再多也是一张卧床，朝廷对官员的生活，制度基本有保障，用不着考虑身后的事，果然，董诰退休，拿的就是全工资，这已经是很高的待遇了，这些工资足够让他生活得很好。

荀子先生告诉董诰，人处世，要轻物，生命以外的所有东西都是外物。君子可以支配外物，而不应该被外物所支配。身体虽然辛苦，但心安理得，我们就去做；利益虽少，但合乎道义，我们就去做。好的农夫不会因为洪涝和干旱而不去耕田，好的商人不会因为一次亏损而不做生意，同样的道理是，士君子不会因为贫穷而懈怠于修身养性、端正精神。董诰坚持做君子，他还是《四库全书》的副总裁呢，天天浸淫在前辈优秀的典籍里，真正知行合一。

与精神并论的，是廉耻。中国人说起廉耻，源远流长，廉耻乃为人立身之根本。假如，没有廉，什么东西都可以拿，没有耻，什么事情都会去做。先哲孟子讲，能以无耻为耻，就能免于耻了。廉耻作警钟，董诰的一生，几乎找不出污点，如王冕赞自家池边的荷花：只留清气满乾坤。

无疑，能做到廉耻，才能称贵人，用这一点来反观，那些先前表面光鲜却没有善终的官员，级别无论多高，都毫无贵可言，他们什么也不缺，却独缺廉耻。

作之不止，乃成君子。董诰为官数十年，精神、廉耻和谐组合，已化为每日自觉言行，并深深地浸入他的骨髓，我觉得有两点至今给我们以深刻启迪：

和内心斗争。明人吕坤分析，我们的身外有五个强敌：声色犬马，钱财利禄，名誉地位，忧患艰难，太平安逸；我们的内心也有五个强敌：憎恶愤怒，喜乐爱好，牵缠踌躇，狭隘争躁，积习惯癖。就是说，我们整天都会被这些内外的敌人扰害得神魂颠倒，需要勇气和强有力的克制才不会随波逐流。

要学会舍弃。这仍然属于人内心方面的。吕坤继续深有体会地告诫：我活了五十年，才体会到"五不争"的真味，有人问什么是"五不争"，我说，不和聚敛财产的人争富，不和醉心仕途的人争贵，不和夸耀文饰的人争名，不和怠慢轻傲的人争礼节，不和盛气凌人的人争是非！其实，我们现在何尝不需要一些这样的"与世无争"呢？只有学会舍弃一些东西，才能更好地探究事物的本源。

一个冬日的雨后，我去拜谒这位中国古代官员的模范。富春江南，富阳新桐蛇浦村，凌家山的坡地上，董诰的墓在一棵棵的矮桔树丛中隐现，空旷而不荒凉，遥望富春江，墓前的两只石虎，憨厚地伴着这位清廉官员已经两百余年。它们见证着，多少富和贵，都如眼前春江水，浩浩汤汤流去，一去不复返。

有精神曰富，有廉耻曰贵。

石虎无言，却似乎在聆听董诰掷地的金声。

高寒岭上文成景

马　涌

在中国的文化传统里，文章与景致，往往是联系在一起的。

有的时候，是因文章而有了景致。如果没有《兰亭集序》，兰亭溪水也许只是竹林中一道漂过酒杯的默默纤流。如果没有《滕王阁序》，滕王阁也难免在千百年的烟尘中慢慢湮没倾颓。先有物而后有文，再之后，物才成了景致，有了故事，有了魂魄，也有了在历史长河中挺立中流的本钱。

大多数时候，是因景致而有了文章。在每一个景致成名之后，都要再扛上无数篇后人的文章，所谓游记，所谓采风，诸如这般，对于副刊编辑而言见怪不怪了。其中时有佳作，大多也只是庸常文章。偶有异类，譬如李太白，"眼前有景道不得，崔颢题诗在上头"，遂传为佳话。

细究起来，"因文成景"比起"因景成文"，境界似乎更高一等，毕竟对一处景致而言，其身后"因景成文"的将有千千万，但其身前"因文成景"的起源却只有一篇。昔日"因文成景"的篇章已属不多，到了当代，则说得上是少得可怜了。直接的原因，是因为"因文成景"所需要的，不仅仅是一篇佳作，更需要美誉的传播，需要实地的建设，需要时间的淘洗和沉淀，甚至需要相当的机缘和运气，时也命也，非人力可以掌控；根本的原因，乃是今日文学的式微，文章不再是名一方风物的好选择，正如张家界搭上了《阿凡达》，武隆山水则选择与《变形金刚》相约，今天站在文化的风口浪尖上的，并不是文学。

在这样的大环境下，从作家收益的角度来看，试图"因文成景"的文学创作更像是一次前途未卜的赌博，远不如置身名扬天下的好山好水而挥洒笔墨来得潇洒自如，不仅赏景怡情，更让文章搭上了名胜风物的便车——即便如此，"因文成景"的尝试与成果，到今天也没有彻底断绝。这是我在高寒岭亲自耳闻目见的。

高寒岭，在陕西榆林府谷县，黄土高原的千沟万壑之中，一小方绿色的所在。拥龙山文化之遗址，临北宋名关之所在，曾是康熙亲征驻留之地，加之松柏俨然，古树林立，自有一笔发展旅游业的上好资源，但一直以来，我并不知道有这样一个地方。甚至，到今年2月人民日报大地副刊上刊登了作家梁衡的《中华版图柏》一文，详述了高寒岭风物尤其是其上一棵天然而成、树冠神似中华版图的古柏之后，我作为编辑虽然先睹为快，却也没有预料到这样一篇文章，会给名不见经传的高寒岭带来什么。

正因如此，当我5月初亲赴府谷，眼见高寒岭建成中国第一个人文森林公园的时候，内心是颇有感触的。不仅是因为高寒岭苍凉壮阔的风景，更因为我在文学式微的今天，见证了一次罕见的"因文成景"。一篇文章在高寒岭的黄土地上落地生根，生长成一处景区，和那棵中华版图柏一样挺立于此，这是比高寒岭风物本身更加震撼心灵、引人振奋的景色。

我看到的高寒岭人文森林公园，平心而论，还显得很稚嫩，诸多设施建设还有待完善，多处人文景观的价值亦有待深挖。尽管如此，其自有的自然风光与人文积淀，却与梁衡的文章产生了神奇的化学反应，产生了厚积而薄发的美誉效果；而梁衡多年以来探访各地古树、不拘于名胜的踏实精神与创作态度，则为文章的问世提供了可能性；同时，府谷县政府抓住机遇进行建设的决断力、执行力和效率，亦令人侧目。正是这些难得的元素碰撞在一起，才产生了一篇文章催生出一个人文森林公园的文学奇观；也正因为如此，尽管我相信一定有比高寒岭更具潜力的景区，也一定有比《中华版图柏》更精彩的美文，但"第一个人文森林公园"的名号，却只因这一篇《中华版图柏》，立于这个高寒岭之上。

作为大地副刊的编辑，在这样一个场合，我虽然也因《中华版图柏》首发本刊而与有荣焉，但更多的是一种思索。在文学式微之时，靠文字改变客观世界的雄心壮志，还有没有实现的可能。我看到在高寒岭上，梁衡的《中华版图柏》已经被全文刻在了一块巨石之上，文章刻在石头上，成了一种关于文学的意韵悠长的隐喻，连着整个景区一起，成为文章留在现实世界中一道实实在在的风景，也令一些轻飘飘如过眼云烟的创作更显寡淡无味。

"因文成景"，在高寒岭，已然有了一个范例。下一个范例，我殷切以待。

家 教

田之章

小时候，长辈夸谁家的孩子好，就说有家教；说谁家的孩子不好，就说没家教。在长辈眼中，家教既是"好"与"不好"的原因，又是"好"与"不好"的结果。

注重家教，是我国悠久的历史文化传统。过去，社会教育的普及程度有限，家庭教育就显得特别重要。私塾在古代的兴起就是明证。但那是把先生请到家里来，这里所谓的家教，纯是依靠家庭，不假外力，是家长对子女、长辈对儿孙的言传身教。

家教是相对于社会教育而言的。如果作一区别，是不是可以这样说，社会教育偏重于"教"，教立身的技能；家庭教育则偏重于"养"，养做人的品德。就效果与作用而言，一个人所受的熏陶与影响，家庭的往往大于社会的，其基本教养，从家庭中得来的，也往往比从社会上、从书本中得到的多。

大多数孩子从出生时起，就跟父母生活在一起，父母可谓是孩子的第一任老师。加之孩子模仿的天性，其言行无一不受父母行为方式的影响。所以，成功的家教，应该首先是父母以身作则，让孩子耳濡目染。比如，教孩子读书，自己先要成为一个爱读书的人；教子女节俭，自己也必须不尚奢华才行。正如过来人的体会："要之教子一事难言哉，唯身教为善耳。"

清代学者俞正燮有《陆放翁教子法》，极力推崇陆游家教的方法。他历举陆诗为例:"自怜未废诗书业,父子蓬窗共一灯""尚余书两屋,手校付吾儿""诗成赏音绝,自向小儿夸""力穑输公上,藏书教子孙,追游屏裘马,宴集止鸡豚",并深致感慨,说这些诗"意思深长""非迂刻者所能晓也"。其实,陆游的教子法,就是以身作则,是"帅以正",要子女怎样,自己就树立一种榜样,首先做到这样。

教育是一门大学问,而家教则是学问中的学问,很讲究方法和技巧。尤其是儿童教育,稍有不慎,就可能走上歧途。正如清代人冯班说,在这方面"没有十二分学问,举手动足便错了"。

再看陆游。《示儿》诗写道:"读书习气扫未尽,灯前简牍纷朱黄。吾儿从旁论治乱,每使老子喜欲狂。不须饮酒竟自醉,取书相和声琅琅。"与一些强按脖子、敲头硬灌者不同,这首诗中所描述的一种和悦的气息、讨论的氛围,千载之下,犹令人神往。

教育之法,有人主严,有人主宽,但合理的办法,还是要宽严适度,总之是不能以严苛相尚吧。"太严,子弟多不令,柔弱者必愚,刚强者怼而为恶,鞭扑叱咄之下使人不生好念也……教之者,所以开其知识也;养之者,所以达其性也。"这几句话虽然是过去的老话,但想一想教育中一些失败的教训,我们不能不承认是说得有道理的。

长辈与晚辈,从来有"代沟"一说。陶渊明杂诗云:"昔闻长者言,掩耳每不喜,奈何五十年,忽已亲此事。"这种经验大抵各人都曾有过,在现今所谓"五年一个代沟"的时代,隔辈之间意见和想法不能一致,正是当然的吧。

对此,冯班《家戒》小引云:"我无行,少年不自爱,不堪为子弟之法式。然自八九岁读古圣贤之书,至今六十余年,所知不少,更历事故,往往有所悟。家有四子,每思以所知示之。少年性快,老年谆谆之言,非所乐闻,不至头触屏风而睡,亦已足矣,无如之何,笔之于书,或冀有时一读,未必无益也。"这段话,全从自身经历中得来,说得平实而近情理。这种明达的态度,对于现在的教育,正是一服对症良药,或许可以作为家教的参考。

《钝吟杂录》云："熟看廿一史，便知自古天下之不治皆由于家不齐。"家教，从眼前来看是怎样做人的教育，旨在养成健全的人格、健康的趣味，作为一个人成事立业的基础，走向社会的预备。说深远一些，还关系到整个社会的稳定和发展。

现今的有些人，说起家教来，最为关心的是谁家出了个"神童"，谁家的"狼爸""虎妈"培养出了哈佛的博士、剑桥的硕士。这种学业上的成功当然不能否认，但这毕竟是少数的特例，并不能作为普遍的通则而适用于每个家庭、整个社会。成多大事、立多大业，每个人的情况不同，结果也不一样，但不论是做工种田还是扫地扛枪，只要对社会有用、有贡献就好，不必强求一律，分出个高低贵贱来。

端午的阳光

熊红久

公元前278年的五月端午，流浪至汨罗江畔的屈原，得知秦国军队已攻破楚国郢都，他明白，支撑生命的最后一点亮光熄灭了。

当他把"举世皆浊我独清，众人皆醉我独醒"的诗句吟诵给江边渔夫的时候，就已经决定，要将自己的清澈与江水的晶莹合二为一了。我知道，这是屈子为保留个体纯净最无奈的选择，也是迄今为止，文化祭坛上，最高尚的选择。

最终，三闾大夫坐在了汨罗江边，坐在了五月初五的阳光里，把最后的生路溺死水中。怀中石的沉重，恰如其心，所以，屈原是抱着自己冰凉的心，走进旋流之中的。而那些"长太息以掩涕兮，哀民生之多艰""亦余心之所善兮，虽九死其犹未悔"的诗句，留在了岸上，留给了端午。一条江因为成就了一个诗人最后的心灵归属，而声名鹊起。一个节日，因为收留了伟大诗人的高尚魂魄，而内涵充溢。

端午，把缅怀和敬仰裹成了节日的粽心。

节日的寿命当然要比人的寿命长久许多，所以，三闾大夫把自己的傲骨，托付给了这个节日。在结束自己物理生命的同时，也打开了精神的光芒。被江水濯洗的灵魂，恍如江面的粼粼波光，刺痛了后人的视线和思想。我知道，这种深入骨髓的隐痛，来自时间深处的召唤，一个背负着深重苦难，行走了两千多年的节日，其实是在为自己的存在，寻找一个答案。所以，端午节带给我们的，应该是溯流而上的文化追源，恰如诗人余光中所说："蓝墨水的上游，是汨罗江。"

以我们现在的视角来看，用一个诗人的陨落，攀附上文化的崛起，或许是物有所值的。就像屈大夫生未能拯救楚国，却用死成就了《离骚》一样。忽然觉得，端午节其实更像是包裹粽子的苇叶了，它把所有的内容和精髓，密密细细地包藏起来，让我们极具耐心地一层层打开，最后领略到事物的真相。熟透之时，苇叶汲取了糯米的黏质，糯米渗透着苇叶的清香，似如端午与屈子之间的浸染，节与人的统一。

对端午节的最初认知，完全来自于粽子。那时候的小学课本，还没有涉及"楚辞"或者《离骚》的片言碎语，文化不高的母亲也无法给我们讲述端午节的由来，好在粽子并不因为我们的无知而改变所蕴含的味道。所以，我总会把端午节和甜香黏软的糯米联姻起来。这使得整个贫乏的生活，还能透射出星星点点的光亮，就像枯枝间的苞蕾，渗漏出些许隐秘的春意。

现在看来，那些夹杂在一年日历中为数不多的能改变我们饮食向往的节日，早已成为精神层面抵挡艰难生活的盾牌。从这个意义上说，我们应该为拥有这些值得回味的生活而向三闾大夫叩谢的。对童年而言，这是一个多么充满人情关怀的节日啊！那种甜腻的感觉，一直泛舟舌津。

后来知道了屈原和楚怀王，知道了《国殇》和汨罗江，知道了每年这一天，人们蜂拥江岸，插艾蒿、挂菖蒲、吃粽子、竞龙舟，把一种悲情的怀念渲染成了欢悦的行为，既热热闹闹又轰轰烈烈。

历史会在很多场合，拐出一道弯来，就像屈原投江时所选择的河泊潭一样——它是汨罗江注入洞庭湖口前的弯曲处。这种弯道，对河流而言，只是改变了水的流向和速度；对三闾大夫而言，却是以生命为笔，填充了历史的章节，引领了情感的走向。许多典故，都停泊在河流的弯道，这些远航至此的细节，因为承载了有温度的夙愿，使得坚硬的历史，柔软了许多。所以，更多的时候，是生命的结局，让历史的叙述更具悲情。明白了这一点，再品尝粽子时，心的分量，会沉重许多。

事情往往是这样，在分享一种传统时，我们更多的时候只在关注它所带来的结果，而其中蕴含的真谛，却很少探究了。因为时空的距离，让来源变得愈加缥缈和混沌。好在历史给了我们最好的解决方式，它让时间淡化了一个国家的破碎的同时，却强化了一种品质的高贵。它让我们站在两千三百年的高度，来聆听一条河流的潮汐。这时候的端午，或许更像是一缕阳光，从汨罗江的源头流淌过来，映照着江边每一位过客的内心。

我知道，有些品格是无法僭越的，它更像一面古镜，端放在我们必经的路口，让人们从历史影像中，找到现实的倒影。

刻下今天，抗拒遗忘

虞金星

在周、月、年这些时间周期的第一天里，大部分人意识最强烈的，应该是每周的第一天、每年的第一天。一周是因为太短，记得太牢，还意犹未尽，就又开始了新周期；一年是因为太长，几乎要忘记，却好像猝不及防，又开始了另一年。每月的第一天呢？在周与年、短与长的缝隙里，似乎并不那么引人注意。而另外更长的时间周期，我们的六十甲子，西历的百年世纪，对大部分人来说，都是一生只有一回的特例，也就不能以平常论之了。

以平常论之，一年的第一天，正是我们为自己立下的最醒目的时间界标，以提醒自己不要忘记。其实哪一天都可以是这一天，但我们经过数千年历法的更迭，经过无数偶然与必然因素的交织，最终确定，这是一年的第一天。它和我们头顶上太阳的运行有关，也不完全只是由太阳这样客观运行的存在决定的。

是我们自己选择了这一天。经过与时间漫长的磨合，在三百多个日日夜夜里，我们最终选择了这平常的一天，赋予它站在起点的位置，让它变成特殊的那一天——每隔三百多个日夜，我们才能迎来它。这一天，是我们人为制造，为自己许下的"稀少"。或许是因为，我们太懂得自己的遗忘规律，唯有"稀少"，才能无比鲜明地记得，才能勉力对抗遗忘。

说到底，是我们害怕遗忘，是我们不想忘记。

我们知道自己是容易忘记的。有心人能坚持写下日记，日日记录，到时回头还能翻回去，某一年某一天，字字句句都在纸上，能唤起记忆。也有人记忆超群，过了多少年，还能细数某时某地某事，让人惊叹。但大部分的我们呢？我曾记过一阵日记，从开始的日日记，到后来的隔日记，再到后来的不知隔多少日记，终于有一天把日记本尘封在写字台的某个抽屉角落里了。我也曾与好友仔细回想，在何时何地哪一个场合第一次遇见，却相顾茫然。

这样的无从查考，这样的相顾茫然，并不算得上如何特殊。

生活的大部分形态，总是碎片化的。一时在东，一时在西，纷繁复杂，并不是那么容易记住的。我们记住了海潮翻腾，侧耳又听见大江大河奔涌怒吼；记住了大江大河的浪高声宏，耳边又传来远处的人声鼎沸……热点似乎一个接着一个，连时尚流行都以百倍的速度在此起彼伏，每个似乎都在沸点上翻滚。可新的记忆总是一页页压过旧的，遗忘总在这样不知不觉的侧耳、挪移间发生。

而更多时候，生活的形态，又是屡屡重复的。连古人都说，"年年岁岁花相似"，相似的花，相似的叶，总是最不容易区分的。我们记忆里，只留下似曾相识的影子。提过的话题要再提，理过的逻辑要再理，连听过的故事，也总在天南海北再听到相似的讲述。"仙桂年年折又生"，如果枝头还是避着风头的朝向，连挂着的果子上的疤痕都一般，谁又能分清是哪一年、哪一月种下的树呢？

若说世上事尽是重复，无疑太消极。而太阳每天都是新的，又高估了普通人心里的饱满度。我们在光与影里穿行，日久年深。有这样一个日子，我们停下来，做一个特别的标记，把它从漫长的旅途里区别出来，想想过去，看看前程，也是对自己的一种关怀。在意义被怀疑、被消解的时候，有这样的庄重的一刻，反观静照，在一片喧腾或琐碎里执着地找到那份属于自己的历史感，也是一种觉醒。

2016年的第一天，是我们为自己这一年刻画的起点，希望它能见证所有人拒绝遗忘的努力。

年味浓淡总相宜

张 策

北京的春节，曾经是很有味道的。

味道这两个字，其实很难解释。在《现代汉语词典》里，说是"物质所具有的能使舌头得到某种味觉的特性"，这解释有些如老北京人所说，有点儿"绕脖子"，意指把简单的事物往复杂里讲。但《现代汉语词典》接下来还说了，味道，亦指意味，趣味。这便似乎又有些把复杂的说简单了。意味，趣味，都是人们可意会不可言传的感触，都是人们生理、心理和文化素养融会贯通交织而成的品位，哪里是一句话两句话可以说明白的？

春节的味道，北京的味道，一座文化城市的节庆味道，就这样因复杂而丰富，而淳厚，而多姿多彩。让人回忆起来，也是别有滋味在心头的感觉。

我的童年时代，生活还不富裕。过年能穿上新衣服，吃上凭证购买的鱼和肉，还是孩子们的梦想。小伙伴们过年放鞭炮，舍不得把成挂的鞭炮一次性点燃，而是耐心地拆开，然后一个一个地去放。胡同里的鞭炮声总是零零星星，却也此起彼伏，和今天动辄就是数千头的长鞭相比，别有一番情趣。有的鞭炮在这个过程中掉了炮捻儿，也是舍不得扔的，要折断了放"呲花"。那时的北京没有雾霾，天气要比现在清冷，勤快的主妇们把炖好的鱼肉、蒸好的馒头和芥末墩、肉皮冻之类，都用小盆扣好放在南房的窗檐下。那时北京过年有讲究，"破五"之前家里不动火，顿顿就吃这些带冰碴儿的冷菜。记得我的父亲肠胃不好，"破五"前去给老亲戚家拜年就成了苦差事，叫苦不迭。偏偏母亲是老北京旗人出身，礼数周到，老两口就常常为此发生小口角，仿佛是我家过年必有的一段插曲。

不知道为什么，我家年三十儿晚上的饺子必是素馅。是北京的习惯？还是满族的风俗？白菜，胡萝卜，黄花，木耳，粉丝……一样一样地剁成馅儿，再搅拌在一起，调和以香油、酱油和盐。作为孩子，这种寡淡的滋味很不可口。而且，过年的饺子必定要包得精致，个个要如拇指大小，姥姥还要精心地捏出花边来。这繁琐的工作让我在年三十儿的夜晚昏昏欲睡，却又不敢躺下，因为家长已经把除夕熬夜这件事说得神圣而又神秘，错过了将是一年的遗憾。

北京春节的味道，或者说意味、趣味，就是由这些琐碎组成的。饺子的清淡，冷菜的清凉，其实只是年的点缀。老北京过年的氛围，是由拜年时的祝福和聚会时的其乐融融组成的。隔壁邻居一家兄弟姐妹多，且个个多才多艺，吹拉弹唱样样精通，他们家的春节就是一台不落幕的晚会。那时的人与人，关系单纯而朴实。记忆里印象最深的，是我的一位亲戚，听说我喜欢集邮，年前专门跑到东华门的集邮门市部，为我买了一套精美的邮票做新年礼物。说是一套，其实少一张，是其中最贵的那张。我知道他是舍不得了，那张邮票当时应该是他家几天的生活费。因此，我从来没有怨他，而那一年的春节，在我心里是最幸福的，味道也是最浓的。

春节就这样一年一年地过。物质也许匮乏，亲情却是深厚。时至今日，人们常常抱怨春节已经不像是节日了，说起来理由多多，其实最重要的，也是抱怨亲情似乎淡了。

我倒是觉得，亲情未必是淡了，而是随着时代的变化而变化着。过去年三十儿的守岁，只有包饺子聊闲篇，现在却有热热闹闹的央视春晚陪伴着了。过去让大家馋涎欲滴的鱼和肉，现在让减肥的姑娘们唯恐避之不及。过去三角五角的压岁钱，现在变成了上千元的大红包。满街上绚丽缤纷的烟花，已经让孩子们再也没有了拆鞭炮的兴趣，而节前节后那浩浩荡荡的春运大军，应该说是当下亲情的最好象征，那种拉扯不断的情感，浓缩在了千里万里的路途上。

浓与淡也是一种辩证。当年的浓，其实也体现出生活的某种艰难。今天的淡，却洋溢着国人富足之后的幸福感。年的味道，是浓淡总相宜的，有年，就有中国人的圆满；有年，就有中国人的快乐。不要总埋怨大家只顾埋头在微博微信里，能让天南地北的亲情友情近在咫尺，也只有依赖这种高科技的手段。其实浓与淡，都在人的心里。在澳州留学的女儿，虽然远在千里，但每晚的视频让我们比她在家的时候还亲，就在我躲在书房里写这篇小稿时，她妈妈正在视频上教她炒鸡蛋。

浓与淡，都在于我们把亲情放在什么地方。放在心底了，就是浓淡总相宜的愉悦。

土地的依恋

张 长

中国农村有两个庙是最常见的：一是水母宫，二是土地庙或称土主庙。水母管水，北方缺水故常见水母宫；土地管土，南方山多地少，这也许是土地庙多的原因。一水一土，都是农民的命根子，焉能不跪拜、不祭祀？

按理说，水母宫或土地庙建构应是最宏大的。事实是，几乎所有的水母宫或土地庙都非常简陋。山西太原晋祠的水母宫算是有名了，也只一间，进门得低着头。所塑的水母娘娘不是神圣的女皇或贵妇的样子，而是个北方农村小媳妇，以盘腿坐炕的姿势侧坐在一个扣着锅盖的水缸上，举起手臂正在梳头。很平民化，很生活化，很美。

水阴柔，历来是女性象征。土地厚重，主男性，故土地神称"土地老爷"或"土主老爷"。"老爷"非官，男性尊称也。和水母宫一样，土地庙不管在任何地方也是最寒碜的。在我的家乡，甚至连庙也没有，农民常随手捡一块条状石头塑在田间地头山下，说这就是土地老爷。于是烧香跪拜，献上酒礼。但这不等于怠慢土地老爷，恰恰相反，当中对土地的依恋、感激之忱，比起对虚无缥缈的东西，更实在、更亲切、更热烈、更家常。这种把大地之神视为一家的祭祀活动，有一年的农历六月十三我在云南宜良老爷山下也看到了。

山在云南宜良汤池镇木希村后。原名鸟纳山，彝语"麂子出没的地方"。现在老百姓都叫这座山为"老爷山"，确切地说，是"土地老爷山"。因为上面有座土主老爷庙，供奉着土主（土地）老爷。此土主与所有传说、信仰的神祇不同，他是很人性化的。流传在这一带的民间故事说，古时孽龙作怪，宜良坝子几成泽国，幸好鸟纳山土主请天神降龙治水，后人感其恩德，就地取材以巨石雕"土主老爷"一尊供于山顶，从此风调雨顺，鸟纳山因之又称为"老爷山"。四乡居民还在每年六月十三这一天上老爷山祭祀土主。是日，山下各村寨乃至呈贡、昆阳、晋宁等地农民皆登山祈福。

实际上，这种祭祀活动更像是一次郊游，一次走亲戚。这也许和当地的一个传说有关。传说南诏时期的某年某月某日，宜良坝子一洪姓女子与众姊妹上山挖野菜，至土主像下，有女孩戏言，看谁能把空箩筐抛出罩住那土主石像，便算是土主媳妇。众人皆未罩住，唯美貌出众的洪姓女子的箩筐一抛出便罩在石像头上，众姊妹笑闹着说土主很快便会来娶她。这一夜女子回家果得一梦，梦中一英俊小伙子自称鸟纳山土主，下山来了却人间缘分。一场春梦之后，洪家姑娘未婚先孕，足月产子。因羞于见人，只好将孩子藏于粗糠中，乡亲们从此叫这孩子为"粗糠宝"。这"粗糠宝"长大后英勇无敌，还辅佐南诏王建功立业，后唐王朝庄宗同光年间，民间有"五鼠闹东京"之说，这位"粗糠宝"还奉诏赴东京平了鼠妖。南诏王因之封他为"护国佑王"，赐姓"段"名"宗榜"。关于段宗榜的故事，至今在大理流传很多，被视为英雄，成为一方保护神，白族尊其为"本主"。宜良老爷山下的百姓则坚持他们的"粗糠宝"就是英雄段宗榜。民间传说，各地有不同版本，这是自然的事。我虽是白族，却倒觉得宜良版更人性化，更富人情味。你看，人（洪家女子）神（土主）交合，神被人性化了。而交合的结果，人（粗糠宝）又被神化了。它所表达的实质是：人和土地是血肉相连的，不可分离的。人离开土地便只有饥渴，而土地没有人哪来的果硕花繁？

这种人对土地的崇拜与眷念之情，在"以阶级斗争为纲"的岁月是无法表达的。只有到新时期，信仰自由了，山下百姓的日子越来越好过，求神拜佛也才不再受到限制。何况这位老爷山的土主还是本地的女婿。于是每年农历六月十三这一天，山下四乡八寨的百姓都会上山看看这位土主老爷洪家女婿，随到随拜，然后野餐，然后登山览胜。整个过程没什么隆重的仪式、典礼，香烛纸火也就意思意思，小箩筐里背的更多是上山吃的东西。看罢这位有亲戚关系的土主老爷，四乡八寨的百姓便一起游乐歌舞，或顺便挖点野韭菜、野花椒带回家。据说，凡老爷山上挖回的东西，在坝子里都长得相当茂盛。

我来到老爷山下的木希村时，这里同时在举行庙会。村委会后面的小广场上，密密麻麻摆了很多摊子。热气腾腾的羊肉汤锅，吃得几个小伙满头大汗，大姑娘小媳妇则对云南无处不在的凉米线情有独钟。那一缕缕洁白柔滑的米线盘在碗里，滴上红油，洒上香脆的花生和芝麻，再盖以翠绿的芫荽、葱花，浇以酱醋，看一眼就会叫人馋涎欲滴。更有操江浙、河南口音的小摊贩卖电动剃须刀、手机壳子、小玩具什么的，他们居然也来赶这个远离昆明及宜良的庙会，仿佛这就是自己村子里的庙会，这在新时期以前是不可想象的，足见国家信息、交通发展之快。

但更多的人却往山上走。老爷山不通公路，两千八百公尺只能徒步攀登，且非常陡峭。六月十三庙会这天据说都是有雨的，那一年却是难得的晴天。只见蜿蜒曲折的山路上从山脚到山顶，成千上万登山的人群远远望去就像一队蚂蚁缓缓爬行。山顶的人小了，不见了，山下还源源不断往上爬，有一种令人感动的执着的壮观。听说到了山顶，可远眺昆明市区楼群和浩渺滇池，可近观宜良田畴和阳宗海碧波。我本想"会当凌绝顶"，享受一下"我欲乘风归去"的登临快感，但自觉年过花甲体力大不如前，几近三小时的攀登，万一羊肠小道上老眼昏花踩了个风化石，顺着只长荒草的陡峭山坡一滚而下，那真是"一失足成千古恨"，加之主人劝说，便只好作罢。

此行虽未见到传说中的英雄段宗榜在宜良的这位"父亲"——鸟纳山土主老爷，但他扎根在这片沃土上那淳朴、敦厚，仅仅以一块粗笨石头凿成的雕像我已想象得出：他实际是一个以土地为生命的老实巴交的农民。

鸟纳山下的百姓把自己的形象赋予了他，农民——土地——土主已经血肉不可分了。这是一种原生态的信仰，因而它是本真的。

我相信或人、或物、或事，凡本真的，定会有永远的价值。

心──香

哲学是他的生活方式

黄 萱

转眼间,父亲黄枬森离开已经三年了。但我通过父亲留下的文章,他的笔记,他的日记,感受着他的存在,就像他从未离开。阅读父亲的日记或者笔记的时候,我有一个鲜明的感觉,就是他的大脑没有一天不在思考着哲学问题。

这当然不只是说他从未退而休之。在他的晚年,哪怕是耄耋之年,也仍然是一篇文章接着一篇文章,一个科研课题接着一个科研课题,直到他生命的最后时刻。

我这里的意思是,只要他醒着,在没有琐事打扰他的时候,他的脑子里就全都是哲学问题,甚至于普普通通的家居生活,在他眼里,也充满着哲学意味和哲学情趣。

那还是上世纪90年代,父亲陪着我母亲去美国探亲。在那里的三个月,他没有办法带上他做学术研究不能离身的哲学资料和书籍,也没有办法继续他未完成的课题项目。按说这对他来说是一次难得的长假,然而,他那早已习惯思考的大脑却停不下来。

记得他回国后很高兴地告诉我,他在那里整理出了四十多篇哲学杂文题目,既然是杂文,那就不能像平时的论文,长篇大论,而是以千字为限,一题一议,力求通俗易懂。并且,他已经写出了头几篇。

我在帮父亲录入这几篇文稿时得以先睹为快。发现这几篇哲学杂文从题目看就很吸引人，如《从先有鸡还是先有蛋谈到哲学》《自相矛盾的哲学家》等等。这些杂文与父亲通常写文章的语气结构均有不同，清新，生动，真正是寓高深的哲理于浅显的文字中。我欣喜地催父亲接着写下去，但父亲每次都说，等他的课题完成了，有了闲暇，再来写。然而，随着时光的推移，他手中要完成的工作有增无减，他所期盼的闲暇时光愈加遥遥无期。他也曾设想，在我退休之后，由我当他的助手，帮他完成两本书，一本是《我的哲学体系——对马克思主义哲学的解读》，另一本就是《生活中的哲学》，具体方法是由他把这些提纲列出来，或者用录音笔把想法口述出来，由我来整理成文。然而，直到2013年1月那个寒冷的冬日，长达十六年的时间里，他再也没有过类似的假期，最终也只留下了当年写于大洋彼岸的四篇杂文。

虽然哲学杂文没有续写，虽然父亲的工作是紧张的，但这却不妨碍他饶有兴味地品味着生活。只不过，这种品味，绝对是属于哲学家的。

父亲从美国回来后不久，我的女儿出生了，父亲非常喜欢孩子，他有时热心地帮我哄孩子睡觉，方法是操着浓重的四川口音对着几个月大的婴儿读他的哲学杂志，他说这叫工作生活两不误。效果居然奇好。

在父亲的眼里，孩子的成长过程也满含着哲学道理。他曾在日记里这样写道："一岁三个月的宝宝看见妈妈集邮，用铁夹子夹票放入集邮簿内，也要了一个夹子夹纸片玩。她称纸片为'票票'，夹子为'夹夹'。她当然不知道邮票为何物，也不知夹邮票在干什么，她能了解的是用夹子夹纸票，也就是说，她已有了初步抽象能力，但抽象出来的东西是表面的，初步的，这就叫从抽象开始，人的认识是从抽象到具体的过程。几年后，她的认识才能上升到'集邮'这一水平，那时她的认识当然就具体了。"

一个月后，父亲又有了新的发现："一岁四个月的宝宝已经有'相对'概念。最初她只知道一个妈妈，即她的妈妈。当她的妈妈叫她的阿婆为妈妈时，她哈哈大笑。可能她觉得太可笑了，怎么又跑出一个妈妈来呢？慢慢地她懂了，妈妈是相对于谁来说的，阿婆是妈妈的妈妈。当她妈妈问她：

我怎么叫阿婆？她回答说：'妈妈'。进一步问她，我怎么叫阿公？她回答，'爸爸'。"

父亲的哲学思考仿佛无时不在，无处不在。

清晨早起洗脸时，听见窗外公交车的行驶声自远而近又自近而远，他就想到："我知道，实际上公交车的声音并没有变化……因为我知道我听到的声音大小是由两个因素决定的，一是声音的大小，一是声音离我的远近（当然还有我的听力如何，此处只谈外部因素）。我所听到的声音变化不是它本身的变化，而是它与我的距离的远近的变化，因此，我不会因为我所听到的声音变化就断定公交车在行驶中声音是忽有忽无，忽大忽小。我知道当汽车稳速行驶时，其声音基本上是不变——这是感性认识中包含理性因素的一个恰当的例证。"自然，随后还有一些学术思考的申发。

春节到了，姐姐一家、保姆小蒲一家连同我家和两个老人一起聚餐，父亲高兴地说："四家人各坐一边，围着桌子团聚了，好不热闹。"姐姐的女儿接口说，不是四家人，是一家人。我们都说她说得好，父亲回答说："我说的是小家，你说的是大家。"接着父亲满含哲理地说："但愿大家似小家，不要小家似大家。"

餐后家人围坐打麻将，父亲也被我们拉上桌，尽管输赢的不是钱而是一堆黑白围棋子，但仍然是风水轮流转。晚上静下来后父亲写道："世事如麻将也。各种博弈中，均有偶然与必然二因素，唯比例不同而已。在没有作弊的条件下，我估计对面下棋（各种棋类），技术、主体状况（必然）与偶然之比大致为 90∶10，桥牌 70∶30，麻将 30∶70，纯赌博 10∶90。"由此，父亲想到了人生："个人达困、家道兴衰，棋乎，赌博乎？偶然必然均有，比例则难言也。"

哲思于父亲，就像他须臾不离的眼镜，帮他看清眼前的一切。但有时，理性的思辨也会给他带来困扰。

我女儿长大后，常常因为工作加班深夜不归。父亲曾在一篇日记中记载了他的心情："改革开放以来，经济上发展确实太大，过去无与伦比，但思想上、道德上、社会秩序上所付出的代价也太大。一个年轻女孩午夜独行就很不安全，全家都担心。真是辩证法弄人，令人左右都不是人！"父亲的理性与情感居然打架了。看到此处，莞尔之余，我再一次深深感受到父亲对晚辈的殷殷关爱。

辩证思维早已融入父亲的血液，以至于他表达最真挚的感情时也一样辩证。

2007年，我母亲八十岁生日时，父亲给她的祝词是这样写的："近日写关于《两论》的文章，谈到绝对与相对之理，于是得此数句：我们初次相逢时，你二十岁，我二十六岁，我比你大六岁。六十年后的今天，你八十岁，我八十六岁，我仍比你大六岁。可见，绝对地说，我们都变老了，但是相对地说，我们仍然那么年轻。这不是诡辩，这是事实。因为在我眼前晃动的仍然是你年轻的容颜和身影。在我心目中，你永远年轻。"

父亲的哲思星星点点遍布他的日记和笔记。

比如夫妻关系，他说："报上有文章讲，夫妻应是朋友。一般而言，夫妻关系远比朋友关系更为亲密，难道还要向更疏远更浅的关系看齐吗？这启发我想起，岂止夫妻关系应首先是平等的，即符合人与人之间最起码的原则——人道主义，许多高层次关系都缺乏人道主义的平等原则，如亲子、亲戚、朋友、同事、同志……莫不如此！"

再比如关于生死。他看见杂志上介绍西方世界末日思想与近期大灾难的可能，写道："其实，就个人讲，人人都有一个'末日'，天天都有人到达末日。'世界末日'好像是遥远之事，'个人末日'则是极其平常的。人们都能度过其末日，不能也能，又何惧世界末日？人能具有乐观地度过有成有毁的一生，人类何独不能乐观地度过其有成有毁的一生呢？遥想无边无际的宇宙中当有无数个人类生生死死，正如地球上有无数个人生生死死一样；每一个人类都想方设法拖延自己的毁灭，正如每个人拖延自己的死亡一样。是不是这样呢？"

生则只争朝夕，死则从容归去。马克思主义哲学给了他科学的世界观，通达的人生观，辩证的生死观。如今他已离去三年，大家还会聚在一起探讨他的哲学思想，所以，他对于我们，对于这个世界，并没有离去。

正如他在九十岁生日前一晚忽然悟得的那样："中华民族天生是一个无神论民族。根据是中华民族的最早的神话：盘古开天地，女娲补天。他们不是创世主，而是世界的改造者。宇宙是从来就有的，他们只是用自己的劳动改变世界。"从加入地下党，继而转向马克思主义哲学的研究与教学算起，父亲辛劳了七十多年，他为用劳动改变世界奉献了自己的一生。

林纾故居——风华绝唱冷红生

简 梅

(林纾故居门前 蔡华伟绘)

三月,正是翠色满眼的季节,流经福州的闽江,一如既往地轻轻击撞,浅唱流淌。位于南台的苍霞洲,白鹭依旧卿卿点点,上下翻飞。这是翻译家、古文大师林纾生活并记载过的地方,"余家洲之北……屋五楹,前轩种竹数十竿,微飔略振。"一个多世纪过去了,如今的白鹭们,可曾听闻百年前那一场场呼啸而过的风起浪卷,大地云烟?

在距离闽江大桥不远的莲宅社区,更隐有一方朴厚的天地,一个中国近代史上耀满芬华、才气鼎硕的人物曾居住在此。穿过路边的乡道，步行约十几米，就可望见一素简的红亭，亭后坐落着一座白墙黛瓦的闽地传统民厝。四周古榕苍郁，居民或下棋，或健身，怡然自得。靠亭右拐，可看到豁然的正门，上面写着"林纾故居"。

这是我心目中的一座精神家园。上中学时，只模糊地记得林纾是翻译法国小说《茶花女》的第一人，但对先生的身世一无所知。从家乡梅花古镇到榕城工作数年后，一次偶然的机会路过莲宅，想一探究竟，但故居之门却关闭着。直到有一天，看到边门开了，踱步入内，发现民居内别有洞天。

游人无几，庭院里静悄悄的，无人打搅我探寻的脚步，连天井上方的天空，似也凝固着一种庄重。民居呈清代风格，正座面宽三间，前后有天井，进深五柱，柱上写着浑然大气的林纾书法。大厝为穿斗式的木构架，左右披榭，厅堂中摆放着林纾儒雅的画像。左厢房陈列着林纾与妻儿的照片、书橱、衣橱，以及他生前用过的笔筒墨盒及床和衣架。右厢房内，柔和的灯光下一张张珍贵的老照片，让人不禁产生与先生远隔时空默默对话之感。

沿着木梯转角而上，脚下仿佛回荡着历史的回声。二楼，列有林纾造诣很高的真迹字画，以及珍稀原版的"林译小说"及罕见的文物百多件。我惊叹于先生竟有如此丰实的著述，文论、选评、散文、诗词、传奇、剧本、琐记、小说等，无不涉足。移步细看，更被他托孤的义举、扶危济困的柔情侠骨所打动，被他凛然大义状告钦差、严词劝进等清耿气节所感佩，深为闽省能出如此大家而倍感自豪。

1852 年 1 月 8 日，林纾出生于闽县玉尺山（今福州市光禄坊）。初名群玉，字琴南，年长后号畏庐。后以所居之处多枫树，取"枫落吴江冷"诗意，又别署"冷红生"。五岁时，父亲因租两条船运盐建宁，不幸遇风浪，船触礁而破，资财赔偿殆尽，只好远客台湾谋求生计。窘迫中，仅靠母亲和姐姐做针线度日，林纾还一度寄食于外祖母处。十一岁时，林纾师从当地塾师薛则柯学古文辞，薛先生极喜欧阳修文与杜甫、岑参的诗歌，对他说，"若熟此，可增广胸次"，给他开启了学识与修养的大门。平日里，林纾将零用钱积攒，用于购买旧书摊残破的《汉书》、子史，"杂收断简零篇用自磨治"到痴迷的地步。至二十余岁，已校阅古籍不下两千余卷。

自1874年起始，林纾随石颠山人学画达二十六年，初学得翎毛用墨法，后变之以山水画中，石颠山人赞其"孺子而不局于成法"，断定他日后将大有作为。果不其然，林纾北上之后，画品画艺名震京城。他还擅长拳、剑术，在当地一位名拳师方先生的指导下，学会了"纵鹤"的运气方法，常佩戴先生赠予的青露长剑，状若游侠。又曾豪言"一支笔靠在南门城楼没人搬得动"，被乡人视为"狂生"。

如同当时的许多文人学子一样，林纾也尝试以科举求取功名。1882年，受吏部侍郎宝廷赏识，他乡试后中举，自此，举人匾额被高高悬挂在莲塘林家大门口，成为族里的荣耀。然而此后，林纾"七上春官，屡试屡败"。1895年春，林纾最后一次入京应试，而此时，甲午战争正历惨败之际，北洋海军全军覆没。同在北京的数千名举人发动了轰轰烈烈的"公车上书"。林纾悲愤不已，国难当头，他愈发对端坐读书、设帐授徒的生活产生怀疑，从此看淡仕途，终身写作、画画、教书。

1897年的一个夏日，马江画舫，精通法语的王寿昌手捧小仲马《茶花女》原著，抑扬顿挫地口述。林纾铺纸几案，凝神倾听。终于，他以"信、达、雅"的文言文，一挥而就……几个月后，第一部译成中文的西洋小说《巴黎茶花女遗事》，"以华人之典料，写欧人之性情，曲曲以赴，煞费匠心，好语穿珠，哀感顽艳"，轰然问世了。这部书开启了林纾此后二十多年翻译救国的道路，林纾也被公认为中国近代文坛译界的开山祖师和泰斗。

后来，林纾与他人合作，翻译了一百六十三种（不包括未刊印的十八种）十一个国家九十八个作家的作品，其中许多著名作家如巴尔扎克、狄更斯等，都是由他首次推介到中国。不审西文的他以"译笔清腴圆润，有如宋人小令"，风靡海内外，《黑奴吁天录》《不如归》《孝女耐儿传》《爱国二童子记》《吟边燕语》等，每出一本，洛阳纸贵。鲁迅、郭沫若、茅盾、冰心、庐隐等著名作家,青少年时期都受过林译小说的熏陶。其赤子之心、救国改良热情,激荡神州,"余老矣,报国无日,故日为叫旦之鸡,冀吾同胞警醒。恒于小说序中摅其胸臆,非敢妄肆嗥吠,尚祈鉴我血诚!"

由于涵读《史记》《左传》、韩柳文章多年,林纾具有极高的文学素养,因此,林译小说在遣词、布局、设色、谋篇上,能将各个作家的风格恰如其分地表现出来,凭借清丽婉约、驯雅飞扬的古文,兼容并收,打开了一扇世界交流之窗。

然而,时局裂变,瞬息沉浮,作为中西文化引桥的林纾,以锐利谨慎的目光穿过风雨动荡的时局,只能恨国不争,怒其不振。纷纷扰扰中,他怀揣一颗忧国忧民之心而痛哭,并坚决护卫着千年儒学传统的贞志。

当看到西化风潮日益汹涌猛进,中华文化传统濒临边缘,为了"力延古文之一线",已六七十岁高龄的林纾,每日仍奋笔疾书,编撰了《修身讲义》《韩柳文研究法》《春觉斋论文》《〈古文辞类〉选本》《左孟庄骚精华录》《中学国文读本》等几十部作品,以拳拳之心,融毕生所学,润泽后世,留下了弥足珍贵的文化遗产。

林纾一生成就非凡,但他最推崇的是中国语言之光——桐城派大师吴汝纶,曾赞他是"抑遏掩蔽,能伏其光气者"。他也颇为自负地认为,"六百年中,震川外无一人敢当我者。"为了维护中华文化的根基,他呕心沥血,直至临终已不能言,犹以指在琮儿手掌上写道:"古文万无灭亡之理,其忽怠尔修!"

流连半日,摩挲着历史几多泪痕,在福州莲宅这处全国唯一留存的林纾故居中,我仿佛听到一种眷恋的声音始终没有离开故土:"莲塘有客作田居,临水垂柳画不知""遥想故园春半后,轻烟焙出女儿茶"……

"悠悠百年,自有能辨之者",一曲绝唱从天野掠过!

暮春拜谒周克芹

蒋 蓝

2016年的春季较往年迟滞,梅雨淅沥,阳台上的黄桷兰才努力吐出了绿芽。正午,我来到四川简阳市简城镇升阳村的乡道上,这里是著名作家周克芹故里。我闻到了一股幽香,这里的黄桷兰却已是芬芳馥郁,这也许源自城市与乡村迥异的季候。

今年是获得首届茅盾文学奖的周克芹先生逝世二十六周年,也是他诞辰八十周年。4月30日,中国作协副主席、文学评论家李敬泽与四川省作协主席、著名作家阿来做客四川省图书馆,畅谈茅盾文学奖背后的文学故事。谈及病逝的路遥、周克芹和陈忠实,李敬泽一度双眼通红。

针对周克芹逐渐被一些人所遗忘的文学现状,李敬泽说:"周克芹等人的小说,深刻、有力地表达了我们民族的复杂经验,表达了我们民族的历史以及记忆。小说里的那个中国,就是我们置身的这个中国!路遥、周克芹和陈忠实的小说,就是伟大的中国故事。由此可以看到中国文学持续的创造力,他们的语言开拓了我们民族的语言触觉。"

一条一点五公里的道路通往周克芹墓地。路是四川省作协与当地政府共同出资修筑的,作协还资助了多名本地学生。周边环境尽量保持了多年前的原貌,就是周克芹小说《许茂和他的女儿们》里的那个"葫芦坝"。此地本地人称"二葫芦",实际是沱江中游右岸一级支流绛溪冲积形成的三个葫芦状丘坝。大葫芦、二葫芦、三葫芦,在周克芹小说中统称"葫芦坝"。垭口有一棵硕大的黄葛树，如果没有黄葛树旁小卖部和茶馆遮挡，从这里可以俯瞰葫芦坝全貌。弹指一挥四十年，葫芦坝变化太大了，就像原地打旋的葫芦，甩掉了昔日的破败、穷困、荒凉。村舍绿树，水塘碧波，好一派四川丘陵山居图。看着眼前的山水丛林和点缀其间的度假村，与周克芹笔下的乡村场景形成了强烈反差……

来到鄢家湾老鹰岩之下，眼前出现一片开阔的平坝，周克芹墓地到了。这里离山下村落甚近，均是周克芹生前熟稔之地。我第一眼见的，是周克芹弟弟的坟茔，紧挨他胞弟的是周克芹祖父母的合葬墓。再往左，终于看到周克芹的墓碑。

周克芹的墓，离地六阶，高出他的祖父母兄弟三阶。他的墓碑也不是普通平面板材的石碑，而是一米多高的柱体，柱身厚重，顶部收拢成塔状，是一个小型的纪念碑造型。碑的四周围有雕花的矮墙。碑身的瓷砖之间水泥勾抹的深痕，就像他留给这个世界的文学痕迹。这里，不但是四川，也是中国文学的一个地标。

碑身的正面，凹进之地，为作家流沙河题写，金钩铁划的瘦体。上联："重大题材只好带回天上"；下联："纯真理想依然留在人间"。横批："德昭后代"。居中是一行竖体：小说家周克芹之墓。间插有立碑者名字——妻：张月英。女：慧莲；男：吉昌；女：梦莲，雪莲。1992年8月3日同立。均是红字。

纪念碑下部除刻有周克芹生卒年月和简历外，附有周克芹的一段话："做人应该淡泊一些，甘于寂寞……只有把个人对于物质以及虚名的欲望压制到最低标准，精神之花才得以最完美的开放。"

2016年春节，周克芹女儿周雪莲对我回忆："一个农村作者来成都找老师看稿，父亲私人安排他到燕鲁公所街招待所吃住，临别还给他几元钱，叫他去书店买几本书，嘱咐他要多读书。当时我们家子女多，拖累重，父亲的工资和稿费并不多，而这样的作者几乎是隔三差五就会登门……曾经还有一家企业人员背来一大背篓产品，要请父亲写文章'鼓吹鼓吹'，被婉拒后对方立即背起产品就走……父亲怎么可能为产品写广告词呢？父亲在发现身患恶疾后还参加了简阳三岔湖笔会，认真讲课、改稿……可以说他是为文学鞠躬尽瘁……"

周克芹名满文坛之际，家里还没有洗衣机。他说，就是买了，仍然要孩子们自己洗衣服。一次，儿子打着他的牌子在家乡联系买啤酒，他知道后把儿子痛批一顿并约法三章："今后不允许打着我的旗号到外边去办事。"周克芹痛恨腐败，有时又不得不委屈自己。因为不会拉关系，不愿屈身下拜，身为厅局级干部的省作协副主席，竟然连家庭电话都迟迟安装不了，真令人不可思议。他的身份证上，一直标明的是周克勤，就是克勤克俭复克己的人！

1982年，四十六岁的周克芹以长篇小说《许茂和他的女儿们》获首届茅盾文学奖。葫芦坝就是他的写作环境，超出一般人想象，甚至有点接近严酷。站在周克芹墓地里，我被那样一个沉郁而专注的气场所笼罩，仿佛听见静谧的时间里，到处都是风与水的湍流。在这样的环境里写作，周克芹只能透支体力与精力。为了写作，周克芹陷入到穷困境况，一度家徒四壁，将门板拆下卖掉也要写！

在我看来，那是饱受精神压抑和经济折磨的一代人，创作是他们认定的生命唯一活路，是命定的事情。基于此，周克芹的写作与命运合二为一，就像路遥，我们不能想象用一切财富可以置换他手中的笔。人在艰难困厄中自守，让渡自己的一切，全副身心去完成对光明、正义、理想、公平的追求，是周克芹和路遥的价值向度；人的不屈和倔强，成为了他们最为强健的脚力。

这种付出一己生命，反而对民族、局势的命运孜孜以求的人，在一些人看来是不可理喻的。但正因如此，反而体现了周克芹、路遥一代人那一道从脊柱里投射而出的光辉。

对于今天的作家来说，要像周克芹、路遥那样，在写作生涯里标举精神刻度，标举文学对于一个时代的确认和预言，在历史节点上继续反思和前进,同样极具挑战性。周克芹其实已经用他五十四年的一生做出了回答,他体察了中国农民和农村三十年中所经历的发展与变化,体现了对中国农民生活与农村问题的极大热情与关注。他找到了一个"热眼向世、鉴往知来"的历史规律。我想,如今的一些写作者常常以抱怨、咒骂生活来展示"个性",在周克芹面前,就必须扪心自问!

我回头,看到墓地一侧那尊出自无名者之手的周克芹塑像。他略略昂首,云翳之下,他一脸忧思。在我印象里,思者总是低垂头颅的。也许,他想发出天问……

白鹿原下樱桃红

刘兆林

天还没大亮,就惊闻陈忠实先生去世的噩耗。一瞬间,我的心之鸟一下飞回了几年前,他那一句浓浓陕西味儿的"哎呀"声仿佛就在耳边。

这声"哎呀",是十年前走在江西赣南红军长征路上,听陈忠实先生发出的。前面的"哎"字要比后面的"呀"字重得多,是被浓醋啊烈酒啊老辣子啊羊肉泡馍的老汤啊,日久天长混合浸泡而成的陕西味儿,那绝对是经白鹿原的长风与灞河劲水熏染而成的陈忠实的口音,与我听过的别的陕西文人如贾平凹、白烨、白描、邢小利等都不同。那次重走长征路采风,陈忠实先生是采风团团长之一,我是他手下一名团员,过后我曾在《过梵净山》一文中把他独特的"哎呀"译为相当于古汉语的"呜呼",一激动了,大家便学他口音呜呼几声,以示对他"哎呀"的呼应。

因了共走过这一段长征路,才得以近距离细细端详这块白鹿原上的"文学之碑"。他抽的烟是格外粗壮的雪茄,还随身带一个装了浓茶的大水杯,这两样提神的东西使他眼睛总是亮亮地在深思,却很少有话,会上也很少有。一旦忽然有了感触,通常也是前面所说那样"哎呀"一声了事,其余都留着力透纸背,或者说给确能听懂的人了。至今清晰记得,过梵净山时,当地政府安排了滑竿抬我们翻山,大家都不好意思让人抬,但都没办法拒绝,人家说这是为了拉动经济,好让当地农民挣几个钱。陈忠实没坐,他说那天身体不舒服,不能和大家一起翻山了,就从山下绕到对面和我们会合。当我们和他会合时，我和山西的葛水平请他坐到放在路边的滑竿上休息一会儿。他刚一坐下，我和葛水平却趁其不备抬他在大家面前走起来，他急得连连叫停，还是被我们抬了好几圈，惹得大家齐声呜呼了一阵子。其实他这个农民的后代，是最不好意思"压迫"农民的，才没和我们一块坐着滑竿翻山，我们却非让他"压迫"了我们一会儿，心思当然是出于对他的尊敬。那一路上说了太多兴高采烈的话，但我却没单独和他说多少话。一是行程很累，二是我自觉不配浪费他的宝贵时间。但从那以后，每次中国作协开会，我都要和陈世旭一同到他房间坐坐，陪他喝几杯啤酒或茶，就是表示一下对文学老大哥的尊敬，绝无其他妄念，但也因此逐渐有了感情。记得有一回陈世旭到得很晚，我便自己先去他屋里坐，他一口一口抽雪茄，我陪着一口一口喝浓茶，却没几句虚话。后来他忽然对我说，你该好好写一部长篇。我知道这话的分量，他是指垫棺当枕头那种长篇，我何尝没想过？我已有个长篇稿子在手里放着，只是一想到他那砖头样厚重石碑样高大的《白鹿原》，便丑媳妇不敢见公婆了。后来他说他自己也打算再写部长篇小说，我却表示了不赞同，说不如多写些散文随笔更好，再写那么沉重的东西，会把他自己压垮的。后来，我还是悄悄把放在手里好一阵子的长篇跟他说了，就是上海文艺出版社已看过的《不悔录》。之所以跟他说，是因责任编辑和总编辑看后都很感兴趣，想出版但有顾虑，建议我找位著名评论家写个序，再找位著名作家写段评语。《不悔录》应不是他希望我写的那部长篇，不想他却满口答应，并很快写了一段至今让我感念不已的话："刘兆林是位经遭过生活磨难，阅历丰富的真诚作家，却又永远有着乐观襟怀和幽默情调。他曾以小说《啊，索伦河谷的枪声》《雪国热闹镇》和长散文《父亲祭》震撼过文坛，也震撼过我的心。他的长篇小说《不悔录》，又使我受到一次更深刻的感动和震撼。"不用说，这段评语，我既感动不已，又羞愧难当。我不会大言不惭地认为他真就受到那么深刻的感动和震撼，其中总会有点感情因素吧？但我敬重他的感情，我觉得他的感情很纯粹。

几年后的一个 5 月中旬，老大哥在电话那头说："白鹿原樱桃熟了，你和世旭来原上摘樱桃吧！"我们就很实在地去了。到了之后他问我们除了摘樱桃，还想看看啥。我和世旭不约而同说最想看白鹿书院和他乡下旧居。旧居我在他自传式的创作谈《寻找属于自己的句子》里已反复领略过，如能亲眼看看则最为如意了。他却又是一声"哎呀"后说："我的旧屋子没什么好看嘛，看看书院就去原上摘樱桃吧！"第二天他就带我们上了白鹿原。一同上原的，还有他邀来的人民文学出版社原副总编辑何启治，他是《白鹿原》的责任编辑，还有来西安参会的评论家白烨。人多了，想法仍不谋而合，还是都想看看白鹿书院和陈忠实的乡下旧屋。陈忠实仍是那一声"哎呀"说："我的旧屋子有什么好看嘛，先看看书院就去原上摘樱桃！"这便是陈忠实，人越多，话越少，越执著。

陈忠实老大哥把我们引进乡间古朴风格的白鹿书院，领我们挨间屋子看了看，便叫我们坐到庭院的凉棚下喝茶，吃黄瓜、西瓜、瓜子、小西红柿和樱桃。那樱桃颗颗如山杏子大小，紫的叫"紫玛瑙"，红的叫"红珊瑚"。我以为就是白鹿书院种的呢，环顾一番才明白，环抱着书院的大园子，种有芍药、月季、西番莲、毛桃和矮松树等等，这就等于书院是建在花园里了。对怎么办书院，身为院长的陈忠实只字未提，倒是主持书院学术研究的《小说评论》副主编邢小利热情向我们介绍说："白鹿原上办白鹿书院，实至名归。陈老师在《白鹿原》里写的白鹿书院和主持人朱长山先生，都是有原型的，其原型是蓝田县清末举人牛兆濂主持的蓝田'芸阁学舍'。而这个蓝田县，自秦设县以来一直沿用至今，芸阁学舍是在为宋代著名的吕氏四兄弟状元学者吕大忠、吕大防、吕大钧、吕大临修的'四献祠'基础上拓修而成。四兄弟中，吕大临创造的哲学'合二而一'论，曾被新中国哲学家杨献珍发掘并推崇，受到毛泽东主席的点名批判，在全国形成一次'一分为二'与'合二而一'的哲学大辩论。由'四献祠'到'芸阁学舍'，再到小说中的'白鹿书院'，到现在白鹿原上的白鹿书院，历时千余年，而神脉不断，这就是对中国文化精神的薪火传承，薪尽而火传，灵魂不灭。《白鹿原》中的白鹿终于回到了白鹿原上，实现了陈老师的心愿。"对邢小利这些说法我们频频点头，陈忠实却不时"哎呀"一声，以示这些美好想法能实现多少，还不一定。

临要离开书院时，擅长书画的邢小利执意让我们每人都留下一点墨迹。我写的是"寻句白鹿，不亦乐乎""白鹿谁云不还童，原下灞水尚能西"。我这两句，虽不大气，但都是如实说给陈忠实老大哥的我的心迹。他曾写过一本专门谈《白鹿原》创作始末和感想的书，就是前面我说到的自传式心血创作谈《寻找属于自己的句子》，那可真如割破血管从身上放血一样珍贵的经验，读后感到这部书才是打开陈忠实人生密码与写作密码的最佳钥匙。此时能坐在白鹿书院和陈忠实先生一块喝茶聊天，怎能不再次想起"寻找属于自己的句子"的新意。

在原上的白鹿碑前只站了一小会儿，就有个年轻人跑上前说，陈老师有事我帮你跑腿啊。陈忠实问他是谁，他说是原下的乡亲，见过好几次面的。看来，原上原下许多人都认得陈忠实，没见过的，也家喻户晓他的名字了。他谢了人家好意，说你忙你的吧，就陪我们碑前碑后转起来。

明媚的阳光把我们几个人的影子投映在坚实的土地上，使我更加感到脚下自己的身影的单薄。而细看阳光下的陈忠实，苍硬的头发衬着饱经沧桑的脸上炯亮如炬的双眼，我不禁想起何启治先生讲的一件事。有位青年作家读过《白鹿原》后不知陈忠实是否还在世，便给何启治写信谈感想说："五十多万字的《白鹿原》，简直字字都是蘸血写出来的，即使作者活着，也该累吐几次血吧？"此事让我想了许多。在长篇小说年以千计的时下，作家们实在应该写得慢点再慢点。

因为我们在白鹿书院和白鹿原碑留连时间过长，陈忠实反复说的摘樱桃的事儿却没时间了。他只好在樱桃园为我们每人买上摘好的两大盒樱桃，叫带回去品尝了。古话说，樱桃好吃树难栽，我却一直以为，应该是樱桃好吃果难摘才对。虽然现在的改良樱桃比老品种大了许多倍，已大如毛桃了，但一斤也得上百颗，仍是不好摘的。我们千里迢迢来摘樱桃，却没亲手摘上一颗。

离开西安前的清早,我抽空到古长安城下的菜市场闲逛,远远听见有壮年男子扯嗓子喊:白鹿原大樱桃,好吃不贵!我赶过去,竟见青青古城墙下,卖主的驴车上,还插着一枝硕果累累当幌儿用的樱桃。听我说认识白鹿原下的陈忠实先生,那男子二话没说便允许我摘了,我不由得心下又是一声"哎呀"。

没想到,那一"哎呀",竟成了今日我沉痛的哭声!

冲破烽火与雾霾的希望之光

乔忠延

这地方真好。近处,半亩方田一鉴开,天光云影共徘徊;远处,茂林修竹连成片,苍翠起伏山连山。莫非这是晋代大诗人陶渊明"采菊东篱下,悠然见南山"的静谧村舍?差矣,主人不是陶渊明,而是近代教育家陶行知。这里是重庆市合川区草街古镇的古圣寺。陶行知那时栖息在这里,不是厌烦了官场的糜烂,躲避闹市的喧嚣,而是要点燃心灵圣火,造就一代新人。在那日寇侵犯的年代,陶行知就把课桌摆在了古圣寺,把学校办在这青山绿水间。

时在1939年,南京大屠杀的血腥弥漫在神州大地,重庆大轰炸的炸弹危及着无辜生命。抗日,需要浴血杀敌的战士,更需要有勇有谋、有胆有识的仁人志士。然而,遍地是流离失所的难民,还有无家可归、无人教养的流浪儿。陶行知正是在此时走进了古圣寺,走进来便安下家,扑下身,让一座寺院以造就人才的使命重光于世。

古圣寺不大,原先叫虎声寺。虎声寺,猿鸣树梢、虎啸沟壑的深山古寺,好个别致的名字。后来,宋代大儒周敦颐来到,看着年深日久、香火仍盛的殿宇,便用"古圣"二字阐释其古老的身世,于是,虎声寺变为古圣寺。当陶行知走进这里时,古圣寺已很苍老,墙皮脱落,屋顶长草,荒凉的景象警示着山河破碎的危机。但山门犹在,大雄宝殿犹在,观音殿、牛王殿、善堂和两侧的配殿也无一或缺,还有一左一右、高高耸立的钟楼和鼓楼。大雄宝殿、牛王殿、善堂相对宽敞,陶行知将它们都做了教室。观音殿聚会时是小礼堂,平时是教师的办公室。是日黎明,古圣寺久违的钟声响起,一个崭新的清晨开始了,一所"育才学校"随着朝阳的升起而诞生。

此时的鼓楼已没了鼓,支起一张木床,就成了陶行知的住所。摆上一张古旧的桌子,伏案而作,治校方略、教育思想,便顺着墨色印染在纸页上。白天安排、督查、讲课、听课,和师生一起劳作。夜里,一盏油灯久久亮着,亮出了《手脑相长歌》:"人生两个宝,双手与大脑。用脑不用手,快要被打倒;用手不用脑,饭也吃不饱。手脑都会用,才算是个开天辟地的大好佬!"朴实明了,朗朗上口,谱上乐曲,一教就会。歌声伴着少年的激情飘荡在古老的寺院里,洋溢在新生的校园里。夜晚,师生们偶一抬头,灯光辉映的鼓楼似乎变成了一座灯塔。

一座灯塔只能照亮一段航程,而那油灯闪烁的光芒却能冲破烽火和雾霾,照亮无数人的心灵。没多久,育才学校名声大振,学生由起初的七十一人增加到六百余人。前来参观取经的人络绎不绝,陶行知蜗居的那个小鼓楼,委屈自身尚可,却无法接待客人。于是,师生们一起动手,在寺门外的莲花池侧面,用山上的木头和河边的水草,搭建起一座茅草屋。从此,陶行知有了接待来宾的会客室,陶行知称之为"逸少斋"。少,自然是指那些青葱年华的学子;逸,可不是闲适安逸,而是超凡脱俗,希望学子们卓尔不群,早成栋梁——七年间,一批又一批学生就从这里走向抗日前线,踏上报效祖国的征程。

陶行知为何会执着于办校育人?走进古圣寺旁新建的陶行知纪念馆,疑问便会迎刃而解。

陶行知原名文濬,1891年出生在安徽省歙县西乡黄潭源村。贫穷的家庭无法供他上学,直到十四岁他才初涉校门。1914年,陶行知以优秀的成绩被选派出国留学,研修教育。置身西方,回望祖国,他看到中国弃旧图新的希望在教育,中国崛起图强的希望在教育。学业完成,他毅然归国,与蔡元培共同发起成立中华教育改进会。他把重力放在平民教育上，在南京城外劳山脚下的晓庄，办起了中国有史以来的第一所专门培养乡村教师的师范学校。他亲笔写下的培养目标是："健康的体魄，农夫的身手，科学的头脑，艺术的兴趣，改造社会的精神。"质朴的语句道出的却是先进的教育目标和理念。

这时他才更名为陶行知。之前他曾将文濬改为知行，当中既有对求知的向往，又有对王阳明"知行合一"的崇尚。从晓庄开始，陶行知不再以求知为目的，他要撒种，耕耘，将自己感知的思想化为育人强国的行动。只是晓庄播下的种子刚发芽，就被风雨摧折了；来到合川古圣寺，行知的希望才日日茁壮，终长成一棵参天大树。

陶行知在古圣寺鼓楼上写下的办校方针是：创造健康之堡垒，创造艺术之环境，创造生产之园地，创造学术之气氛，创造真善美之人格。他在教师会上讲：把学生的基本自由还给学生，要解放学生，解放他的头脑，使他能想，解放他的双手，使他能干，解放他的眼睛，使他能看，解放他的嘴巴，使他能谈，解放他的空间，使他能到大自然、大社会里去取得更丰富的学问，解放他的时间，不要把他的功课表填满，给他一些时间消化所学，并且学一点他自己渴望的学问，干一点他自己高兴干的事情。这是多么自由自主的学习，多么自由自在的求知！

展板上，记下了这么一次生动的晨会。陶行知给学生讲，山中有个点石成金的道人，点成一块，一个徒弟拿走了，再点成一块，又一个徒弟拿走了，石头变成的金子，一块一块都被徒弟争抢到手，唯有一个徒弟只看不拿，道人问他为何不要金子，徒弟说，他想要点金术。讲到这里，陶行知提高声音说，这才是最聪明的徒弟，金子会用完，可有了点金术就有用不完的金子。他提示学生，老师教多少，自己学多少，死记硬背，犹如只会拿金子的徒弟，学会求知的方法，那才是一生受用不完的点金术。

育才学校开设了语文、数学、物理、化学、音乐、美术等多门课程，这些课程在今天仍有，但有一门课程现在的学校是看不到的——垦出土地，每个学生划分一块,想种粮食,想种蔬菜,自由挑选,学校还提供种子和肥料,收获了,学校设有消费合作社,同学们可以互相交换劳动的成果——这就是陶行知的"生活教育",学校是小社会,社会是大课堂,走出校门的学子都是驾轻就熟的劳动者。

陶行知的教育思想太经典,教育行为太丰富,不是少许笔墨就能勾画清楚的。这里只能再钩沉一些他那朴实无华却振聋发聩的教育言论:

"教育就是教人做人,教人做好人。""好教育应当给学生一种技能,使他可以贡献社会。换言之,好教育是养成学生技能的教育,使学生可以独立生活。""教育工作中有百分之一的废品,就会使国家遭受严重的损失。"

每一句话都令我反思。反思钻进厚重的书包、一味索取知识的学习方法;反思缺乏技能、与社会需求毫不对位的教育模式;反思"啃老族"的出现,并没有引起应有的警觉;反思道德缺席,高智商却成为社会的杀伤力……

离开古圣寺之时,我记下了陶行知留在逸少斋墙上的一句话:捧着一颗心来,不带半根草去。

中国需要陶行知这样的教育。

中国需要陶行知这样的良师。

孙中山故居——小小翠亨村

丘树宏

(孙中山故居蔡华伟绘)

又是一个春和景明的日子,我再次来到翠亨村瞻仰孙中山的故居,寻觅伟人当年的成长印记,领悟今天的变迁,也寄托对明天的憧憬。

作为生活居住在中山这座城市的一分子,记不清来这里多少次了,每一次都会有新的感受和感悟。

然而,总是不变的一种感受,是它的低调,而它的低调,总可以用一个字来表达:"小"。

是的,小小的翠亨村。

它的前面是汪洋南海,是文天祥唱着"人生自古谁无死,留取丹心照汗青"经过的伶仃洋,是浩浩瀚瀚的太平洋;其面积只有二十七点四一平方公里,并藏匿在三百平方公里的五桂山中。在这样一种环境中,翠亨村,确实很小很小。

翠亨,据传是清康熙年间(1662—1722年),蔡姓人在此建村,因地处山坑旁,故名蔡坑。后人见这里山林苍翠,坑水潺潺,风景优美,且方言里"蔡"与"翠"、"坑"与"亨"谐音,又为求万事亨通,于是在清道光初年改称翠亨,并沿用至今。名字的来由,十分的朴素实在,当然,也透出那么一点儿的浪漫。

孙中山出生的故居,就在翠亨村的东南角。一条公路从故居门前蜿蜒而过,让故居门前孙中山手迹"后来居上"四个大字,更显出一种强大的冲击力。

沿着一条百来米长的林荫小道走进来,循着孙中山夫人宋庆龄先生书写的手迹"孙中山故居纪念馆"指引,一座两层楼的红色小屋呈现在眼前。

这就是孙中山故居。

这是一幢砖木结构、中西结合的两层楼房,里面设有一道围墙环绕着整个庭院。故居外表仿照西方建筑,楼房上下两层各有七个赭红色装饰性的拱门。屋檐正中饰有光环的灰雕,环下雕绘一只口衔钱环的飞鹰。楼房内部设计则采用中国传统的建筑形式,中间是正厅,左右分两个耳房,四壁砖墙呈砖灰色勾出白色间线,窗户在正梁下对开。这座建筑物门多、窗多、通道多。居屋内前后左右均有门通向街外,左旋右转,均可回到原来的起步点。而窗户的门,所有的都是木制的百叶窗。故居由孙中山亲自设计并施工,从设计中可以看出他传统并开放、继承并多元的思想。

参观者还会注意到,故居室内保存着孙中山日常使用过的书桌、台椅、铁床。1893年冬,孙中山曾在此研读古今书籍,探索救国救民真理,曾在这里草拟《上李鸿章书》,提出"人能尽其才、地能尽其利、物能尽其用、货能畅其流"的主张，并与友人商讨救国方略，还曾在这里为乡亲治病。

故居建筑最有意思的是厨房和浴室的差异。厨房完全是中国式的，而浴室则放置了一个白色的浴缸，这是从国外引进的，至今还能使用。更让人惊讶的是，当年孙中山在建造此住房时，还在周围竖起了一盏盏西式的路灯，这可能与他的父亲做过更夫有关，同时也体现了孙中山的爱心。

房子落成时，孙中山在正门亲自撰写了一副对联："一椽得所，五桂安居。"是啊，"一椽"之所，真的多么小啊。

庭院右边，有一口往年遗下的水井，其实这个地方才是孙家最早的居所。孙家最早的居所是仅仅三十平方米的平房，那正是孙中山1866年11月12日诞生的地方。原来孙中山的祖辈是一般的农民，父亲只不过是村里的更夫，因此一直很贫穷。后来孙中山的哥哥孙眉去了檀香山办起养牛场并致富，寄回钱来，孙中山亲自设计并施工，才有了今天我们看到的故居。

故居前院的左边，孙中山种下了一棵当年从檀香山带回来的酸子树。这棵树一直长势良好，郁郁葱葱，但上世纪60年代的一场台风将树冠吹倒了，从此它顽强地匍匐着生长，倒长成了龙的形状。当年故居管理人员用这棵树的树籽儿植的一棵新树，现在也已经长得粗壮高大。两棵树，一卧一立，煞是好看。每次看见酸子树，我总会想起1962年郭沫若到访孙中山故居写的一首诗："酸豆一株起卧龙，当年榕树已成空；阶前古井苔犹绿，村外木棉花正红；早知汪胡怀贰志，何期陈蒋叛三宗；百年史册春秋笔，数罢洪杨应数公。"

故居门前是一个小小的广场，广场草木茂盛，一片绿荫。在一棵苍老的榕树下，有一尊青铜雕像，述说孙中山小时候的故事。据说孙中山从小就喜欢听故事，尤其喜欢听英雄故事，而雕像表现的正是一位太平天国遗兵名叫冯爽观的老人在向孙中山讲述太平天国洪秀全的故事，一老一少，充满真实感。

翠亨村有东、南、西、北四个村门，当地人称这些拥有近百年历史的村门为闸门。从大理石构造而成的南闸门进入，门楣上的匾额雕刻着字体圆润的"瑞接长庚"四字，在"瑞"与"接"两个大字之间有一道明显的裂痕。关于这个裂缝，有一段经典的历史，据说这道裂缝是1892年孙中山与陆皓东等人在此门附近试验炸药时，震裂了门上的石匾而留下的。

从故居后面的通道，可以直接进入翠亨民居展示区。展示区内部保存、复原了许多清末民初以至现代的当地民居，立体地再现了当年翠亨村社会各阶层家庭的生活状况。从伟人故居跨入百姓生活，一个普通村落的完整面貌便呈现在眼前。改革开放后，富裕起来的翠亨村民进城的进城，建新房的建新房，逐步搬迁出去了，有心的管理者将村里的老房子购买下来或者进行托管，并以孙中山故居为中心进行适当的改造，一幅翠亨村"清明上河图"就完整而生动地展现在游客的面前。

从故居后院出来，我们还可以看到一片不大的农田，这也是管理者的巧思所在。这片农田叫做"龙田"，为孙中山一家当年所耕。今天走在这里，春夏看到绿油油的禾苗，秋天收获金灿灿的稻谷，冬天收获沉甸甸的番薯，村庄瞳瞳，鸟语花香，孙中山当年生活的情景又活生生地出现在我们眼前。

翠亨村外，一条小溪蜿蜒而过，这就是兰溪河。据说，孙中山小时候经常与小伙伴们在这里玩水。兰溪河能够通到大海，可以想象孙中山也许很早就从这里出发见到过南海，见到过伶仃洋。孙中山那么早就有开阔的视野和思想，应该与这一条小河很有关系。珠江与南海在这里交汇，让孙中山从小就接受到咸淡水文化的熏陶和滋养。

翠亨村的小，还在它的人口数量，孙中山出生的时候，整条村也只不过三百人。然而，那么小的一个村庄，却出现了许许多多的名人。首先是孙中山与结发妻子卢慕贞的长子孙科，还有人们称之为"四大寇"中的杨鹤龄，孙中山的战友杨心如，为共和牺牲的第一人陆皓东，以及中国共产党早期领导人、中国工人运动的先驱杨殷等等。"村小乾坤大"，确实名不虚传。从这个角度来说，翠亨是小，但又不小，正如前几年我主创的大型交响组歌《孙中山》中的歌词所说：

五桂山下，

　　兰溪河畔，

　　山河绿如蓝；

　　小小翠亨村，

　　走出一个人，

　　点亮一片天。

　　从故居纪念馆南门出来，一大片古色古香的建筑扑面而来。这就是著名的中山纪念中学。中山纪念中学是孙中山先生的长子孙科秉承其父"谋建设，培人才，为富强根本"的遗愿于1934年创办的，初名"总理故乡纪念中学校"，时任国民党政府行政院长的孙科亲任校长；1949年，学校改名为"中山纪念中学"。最初的建筑是红墙绿瓦，后来则是红墙黄瓦。整个校园建在五桂山脚下，占地八百六十多亩，夏季凤凰花开，冬天红棉满园，一年四季郁郁葱葱，景色美妙惊艳。在我眼里，这是全中国最漂亮的中学。学校的校训"祖国高于一切，才华贡献人类"，正是对孙中山精神的传承和弘扬。

巾 帼

邵 丽

小雨淅沥,"重走长征路"就这样开始了。重走,一次沉甸甸的旅途。川陕苏区将帅碑林,嵌碑两千两百八十八块,镌刻有八万五千名红军战士的英名。八九万鲜活的、青春的生命活成了石头,年龄永远定格在也许也是这样小雨淅沥的日子里。这里是四川省巴中市城南的南龛山,是中国最大的红军碑林。这,是我们此行的起点。

在细雨中,采风团举行了肃穆的启动仪式。其后的拜谒中,不期然,我遇到了那属于我的、此行"长征"的起点。由此,我有了一份隐秘的心情,仿佛冥冥之中的一次召唤,一个生命的邂逅,就藏在这巴山蜀水中,等待着我的到来。

张琴秋。

这个名字并不陌生,甚至在中国共产党的党史里还相当引人注目。她生于1904年11月3日,逝于1968年4月22日,学名张悟。1924年11月加入中国共产党,曾留学莫斯科中山大学。长征期间,张琴秋曾任红四方面军政治部主任、中共中央西北局委员等重要职务;新中国成立后,张琴秋担任了纺织工业部党组副书记、副部长。在解放军出版社出版的《解放军将领传》中,专门介绍了张琴秋,视她为没有军衔的红军将领。《中国军事大百科全书》中,认定张琴秋为红军唯一的女将领。"文革"爆发后的1968年,因受残酷迫害,这位杰出的女性毅然以死抗争。直到1979年,才被平反昭雪。

这些史实，之前我已经有所了解。然而，此刻我真正遇见了她。

我之遇见，确乎是那种一个生命与另一个生命的遇见，有血肉的相逢，更有同属女性的那种唯一的、吐气如兰的彼此交融。原谅我，原谅我此刻暂时忘记了铁血与丹心，忘记了戎马倥偬与创业艰辛，我只能够服从在自己有限的、一个女性的情感里。我想，恰是这样一份女性的气息流布在八十年前的那次征途中，才使得史诗更加的丰饶与低回，更加如泣如诉、感人肺腑。

她的塑像——不——她，立在细雨里。她的身边站立着徐向前、陈昌浩、曾中生、傅钟，甚至，不远处还反向站着张国焘。八角帽，红五星，短发齐整，笑容矜重。她就那样地看着我。她当然是矗立着的，我唯有仰视才能迎上她的目光。但是，远远地，远远地，我就读懂了她目光背后的那份深意。那是女性和女性相视时的默契啊，甚至，都怀有一份不足与外人道的私密的窃喜。那里面，有同类雀跃的心情，也有同类的感同身受与百感交集。

我知道，她出生于浙江桐乡县石门镇的一户小康人家，与茅盾先生是同乡。她的小学同学孔德沚，恰是茅盾先生的夫人。这对她的第一次婚姻乃至一生都产生了重要影响。从振华女校毕业后，她先后到杭州女子师范学校和蔡元培创办的上海爱国女校读书。在上海读书期间，她经常去看望也在上海的孔德沚，很自然地认识了茅盾先生，接着，也认识了茅盾先生的弟弟沈泽民。由此，她有了自己的第一段婚姻。

许是"茅盾先生"这个因素使然，那种与文学密切关联的信息，更加使得我与她心有戚戚。当我迎向她的目光时，宛如受到了精神世界一次盛大的邀约。我的写作，我的生命，都将因此而别开生面。我愿意，将此看作是我写作长征"重走"的一个契机。她读懂了我眼里的那份迫切与震颤吗？

在长期的革命斗争中，她与沈泽民结下了深厚的情谊。1925年11月，她与沈泽民举行了新式婚礼。婚后与茅盾夫妇、瞿秋白夫妇比邻而居，度过了一段非常愉快充实的生活。不久，孔德沚加入中国共产党。这样，茅盾夫妇、沈泽民夫妇都成为共产党员，成了一个名副其实的革命家庭。

多么美好的一段往事啊。胸怀天下，意气风发，铿锵生活的背面，还宝贵地伴随着琴瑟和谐、情投意合。我是多么为她这样的日子而高兴，就像多么愿意给天下的姐妹都送上祝福。

随后，就是留学苏联，就是归国革命，我崇敬她革命家的英姿飒爽，也同样牵挂她作为一个女性特殊的遭际——生子、丧夫，在血与火的斗争中，承受着一份普通女性不能忍受的生命之重。

1933年，沈泽民病逝，年仅三十三岁。三十年后，1963年，沈泽民的迁葬追悼仪式在红安隆重举行。在这三十年里，张琴秋有过怎样的心路历程？沈泽民的死带给她的创伤又是怎样被生活的针脚密密麻麻缝缀起来的？然而，在这一天，心中的伤口终于迸裂，血流如注——此时，张琴秋抱着沈泽民的墓碑，泪飞顿作倾盆雨。

1936年7月，在第三次过草地之前，张琴秋与红四方面军政委陈昌浩结婚，开始了她的第二次婚姻。1936年10月，红四方面军一部两万余人组成西路军，进入甘肃河西走廊。已怀孕的她作为组织部长，担负着繁重的干部调配工作。不久，担任西路军军政委员会主席的陈昌浩要西路军政治部主任李卓然把张琴秋送到西路军总医院，以使她能安全分娩。但在临泽守卫战失败后，西路军后勤单位被迫撤离。在撤离途中，"马家军"的骑兵穷追不舍，张琴秋恰巧在这个危急时刻分娩了。由于战场的特殊环境，这个婴儿没有存活下来。这次分娩给她留下了严重的妇科病，使她此后再没有能够生育。

"分娩""再没能生育"……这轻飘飘的几个字，对行走在生死线上的一个女人，意味着什么呢？

大时代之中的革命者啊，我们将应当怎样猜测你们的心情？抑或是，到底要有多坚强才能承受这一切？

陈昌浩去苏联治病，由于苏德战争的爆发而无法回国，不得不长期滞留苏联。他与张琴秋的婚姻名存实亡，组织上同意了张琴秋与陈昌浩解除婚姻关系的请求。即使与陈昌浩解除婚姻关系，张琴秋在对待陈昌浩的前妻和孩子上，表现出了高尚的人格，对他们无微不至的关怀和照顾，也值得在历史上重重地描上一笔。

1943年春，经中共中央组织部批准，张琴秋与红四方面军的老战友苏井观结为夫妻。徐向前和当年红四方面军的许多老战友都赶来向他们庆贺。新房的墙壁上张贴着原红四方面军老战友撰写的一副对联："两位老家伙，一对新夫妻"——呵呵，"革命乐观主义"和"革命战争中结下的深情厚谊"，从来没有如此鲜活地呈现在我的面前。新中国成立以后，苏井观、张琴秋夫妇双双担任了中央人民政府的副部长：一个在卫生部，一个在纺织工业部。他们相敬相爱，过了一段十分美满幸福的生活。1964年，苏井观因病情恶化，抢救无效病逝。"老家伙"剩下了一个，"新夫妻"留下了一人。

——四年后，形单影只、悲愤莫名的张琴秋从楼上一跃而下，坠地而亡。

以一个女性的历史，尤其是婚姻史来丈量一位革命家的一生，这也许是我的狭隘，但我想从这样的"狭隘"之中，抵达更为辽阔的宽广。

我们在细雨中凝望着彼此。她的目光如此坚定，其来有自；我的目光也如此执着，欲罢不能。这个"二十八个半布尔什维克"之一的女人，当她饱经磨难、九死而未悔的生命被突然从高空抛下，那一刻，她想到的是什么？

这凭空一跃，让她的历史充满了玉石俱焚的脆响和我们扼腕叹息的惆怅。

此刻，我只想到了一个词：巾帼。

巾帼，古时贵族妇女祭祀大典时戴的一种用丝织品或发丝制成的头饰，其上装缀金珠玉翠制成的珍贵首饰。如今，我们把"巾帼"作为对妇女的尊称，称女中豪杰为"巾帼英雄"。但依旧请原谅我，此刻，我想省去"英雄"的后缀，只以"巾帼"来呼唤她。

——巾帼。

当我这样默默呼唤她时,我真的听到了群山的回响。

祝福这个民族吧,祝福天下,祝福苍生,祝福这天下苍生中的巾帼吧——这,不就是你当年拼将一生休所谋求的一切吗?

丰子恺故居——一钩新月天如水

苏沧桑

(丰子恺故居　蔡华伟绘)

桐乡石门镇，缘缘堂。一个初冬的上午。我坐在一楼厅堂的木椅上，等待他们的脚步声在楼梯间响起。

我将手肘支在方桌上，将身体舒展成他穿棉袍时的闲适样子，望见了江南初冬依然绿影婆娑的院子，绿影婆娑的时光深处慢慢出现了一些声音和画面——春天里两株开满花的树下，跑过几只小鸡，有燕子呢喃；夏日午后门外传来货郎的叫卖声，傍晚的芭蕉树下，摆起了客人小酌的桌子；花坛边洋瓷面盆里游着一群蝌蚪；秋夜各个房内亮着夜读的灯；冬天炭炉上的普洱茶，廊下的一堆芋头，屋角的两瓮新米酒，火炉上烘着的年糕，都散发着袅袅香气……我听见他的笑声混在孩子们的笑声里，如同大提琴混在童声合唱里。忽然，笑声听起来有点吃力，是他在太阳底下吃冬春米饭出汗解了衣裳，正从秋千上抱下老三或老四，说，在面盆里，小蝌蚪永远不会长成青蛙的，来，我们送它们回家！

这些场景，是缘缘堂的主人——丰子恺先生漫画里的场景，也是他《缘缘堂随笔》里真实的生活场景。京杭大运河在浙江桐乡石门镇形成一个大湾折向东北。栖息在转角旁的一幢雅洁幽静的宅院，就是缘缘堂——丰子恺曾经的现实家园和精神乐园。

我将目光收回，落到了桌面隐隐发亮的木纹理上，肘关节与桌面接触的一小片肌肤上，有一丝隐隐的温暖。这是错觉，错觉还牵引着我闻到了他略带烟味的呼吸，一个眼神睿智、端庄平和的白发长者立在了我的眼前。寒风中他身穿黑棉长袍，头戴黑棉帽，棉帽上趴着一只黑白色小猫。

民国大师无数，而丰子恺是难得的一位德才兼备的艺术家、教育家。沿着他一生的脉络探寻，你会发现，他是一个在爱与慈悲里成长的幸运儿。丰子恺出生于一个有染坊、有良田的大户人家。阳光雨露没有宠坏那个叫"丰仁"的孩子，反使他成长为知书达理、谦恭好学的少年。入读浙江省立第一师范学校后，正式更名为丰子恺，也遇到了生命里十分重要的两位大先生——李叔同（弘一法师）、夏丏尊。他们之间长达一生、直抵灵魂的情缘，给了他深远的影响。他的婚姻虽是媒妁之言，夫妻竟一生恩爱、生死相随，育有七个子女。这一切因缘，造就了他"光风霁月"般的人格。在同时代挚友们的记忆里，他获得了这样的评价：

巴金说他是"一个与世无争、无所不爱的人，一颗纯洁无垢的孩子的心"。

叶圣陶说"子恺的画开辟了一种新的境界"，"有非凡的能力把瞬间的感受抓住"。

郑振铎说自己为丰子恺所"征服"。第一次见面，"他的面貌清秀而恳挚，他的态度很谦恭，却不会说什么客套话"。

朱光潜在《丰子恺的人品和画品》里说："最喜欢子恺那一副面红耳热，雍容恬静，一团和气的风度……而事情都不比旁人做得少"，"他老是那样浑然本色，无忧无嗔，无世故气，亦无矜持气"。

丰子恺的画，重于身边平凡事，如姐姐缝衣，弟弟上学，大人醉酒，娃娃捉迷藏，燕子做窝，蚂蚁搬家，孩童用两个蒲扇当自行车骑，也有描绘将一个个孩子从同一个模子里刻出来的针砭时弊的题材。人间万物，在他的笔下是小可爱、小情趣，又是大悲悯、大气象，深得人心。

他的代表作《人散后，一钩新月天如水》仿佛就是他人画合一的写照：简洁，平和，澄静，深邃，阔远。

我听见了楼上脚步的移动。和我一起来参观的中外文友们，与我刚才一样正瞻仰他的卧室和书房，当目光一一抚过他数百件遗物、百余幅遗作时，一定也会抚过他书桌上那只旧烟斗，会闻到他来自1927年初秋略带烟味的呼吸。

1927年初秋，二十九岁留日归来在上海教书的丰子恺恳请李叔同为寓所起名。李叔同让他在纸上写上许多他喜欢而又能互相搭配的字，团成小纸球撒在释迦牟尼画像前的供桌上抓阄。奇妙的是，丰子恺两次都抓到了"缘"字，便取名"缘缘堂"。后来无论迁居哪里，他都把李叔同写的"缘缘堂"匾额挂在家里，"犹是形影相随，至于八年之久"。1933年春天，在母亲的心心念念下，丰子恺用稿费在故乡的梅纱弄里，自家老屋后建好了一幢三开间砖木结构的高楼，加之前后两个小院，一个极具深沉朴素之美的"缘缘堂"诞生了。

搬家那天，热闹如戏场。丰子恺充满深情地写道——"我们住新房子的欢喜与幸福，其实以此为极！"而全家人中，唯有老母亲"静静安眠在五里外的长松衰草之下，不来参加我们的欢喜。似乎知道不久将有暴力来摧毁这幸福"，"民国二十二年春日落成，以至二十六年残冬被毁，我们在缘缘堂的怀抱里的日子约有五年。现在回想这五年间的生活，处处足使我憧憬"。除了偶尔往返于沪杭等地，他大部分时间都与全家老小住在缘缘堂，完成了近二十部著作。神奇的小院见证了天真如孩童、深邃如老者的一代大师生命里最幸福的时光。让人痛心疾首的是，短短五年后，幸福和缘缘堂一起，在日寇的炮火中化为乌有。

颠沛流离、九死一生，是抗战时期丰子恺一家辗转逃难于江西、湖南、广西、贵州、四川等地的写照，而一个个噩耗追随着他的脚步接踵而至——1938年1月，他在江西逃难时，"缘缘堂"被炮火夷为平地；1942年他在重庆避难时，"慈父"弘一法师在泉州圆寂；战争结束的次年，战乱中一直与他通信在精神上支撑着他的夏丏尊辞世，未能见上最后一面……

头顶上一个迟疑的脚步声告诉我，有一个人和我刚才一样，将脚步停在了那张丰子恺一直睡到去世的棕绷床前。棕绷和其他大多遗物一样，从他上海的故居日月楼搬来。"文化大革命"中，他因散文《阿咪》获罪，一家人住的日月楼被安置进了四五家人，丰子恺只得睡在连接阳台的走廊上，用棕绷搭个小床，棕绷太短，便在脚那头放个凳子，蜷缩着睡。小床边摆一张小方桌，就是他的书桌。无数个不眠之夜，唯有一钩新月静静陪伴一团蜷缩的身影。如此境地，他却说"天于我，相当厚"。怀着一颗赤子之心，怀着对苍生的大爱，他完成了弘一法师的遗愿、师生间灵魂的相约——《护生画集》。

关于人格，他这么说："我是一个二重人格的人。一方面是一个已近知命之年的，三男四女俱已长大的，虚伪的，冷酷的，实利的老人"，"另一方面又是一个天真的，热情的，好奇的，不通世故的孩子"，"在中国，我觉得孩子太少了。成人们大都热衷于名利，萦心于社会问题，政治问题，经济问题，实业问题……孩子们呢……弄得像机器人一样，失却了孩子原有的真率与趣味。长此以往，中国恐将全是大人而没有孩子，连婴孩也都是世故深通的老人了。"

时光隧道里传来的这一段话，振聋发聩。

田汉故居——国歌依然在故乡回响

谭仲池

(田汉故居门前　谭仲池绘)

昨天/一个伟大的民族/昂起不屈的头/在挺进的战歌中站起/每一个音符都是疆场飘飞的旗帜/带着血的呐喊　火的呼啸/召唤着共和国的晨曦。这几句诗,是我十四年前在昆明西山聂耳墓前从心底吟出的,她表达着我对国歌曲作者的深深敬意和怀念。今年是《义勇军进行曲》创作八十一周年,我听说词作者田汉在长沙县的故居已经得以修复,心情非常激动。于是选好日子,一清早就从长沙市区出发去瞻仰田汉故居。

田汉故居位于长沙县果园镇茅坪村田家塅,距离长沙市区不到四十公里。车子碾着乡村公路行驶,半小时后就驶上了乡亲们新修的长达一千九百四十九米,被称为"国歌大道"的柏油马路。这时,马路边的小学操坪，传来了师生们高唱国歌的声音。接着，一面鲜红的五星红旗，升起在学校的上空。我的精神顿时振奋起来。再向前走去，田汉故居便出现在眼前。这是一栋典型的湖南乡村民居，最初建于1820年。现在的故居是在原地址上按以前的房屋结构重建的。故居前和两厢屋边，栽种着香樟和玉兰树，它们以枝繁叶茂的风华生机，诗意地簇拥着一个不朽的灵魂。故居内有前厅后院。两侧的厢房临天井，白天阳光可以照进房间。叙述田汉生平事迹的文字、照片乃至遗物就陈列在两侧的房屋内。

我缓步走进故居，走进了田汉的童年和少年的岁月。田汉虽然出生于贫农家庭，但幼时就得到了勤俭善良的母亲的慈爱照料。他在舅舅的资助下读完小学，又于1912年秋进入湖南第一师范就读。著名教育家徐特立先生慧眼识珠，对他精心教诲，还在生活上照顾他。

尽管故居是重建翻新，但铺在天井、走廊地上的青砖，仍旧呈现着昨日岁月的履痕，窗棂、门楣、白墙黑瓦，依然氤氲着浓郁的乡土韵味。我仔细地在陈列室的每件物品、每张照片和一册册已书页泛黄的田汉剧作前伫立默读。我又看到了田汉那青春勃发的身影。1916年田汉考入日本东京高等师范学校，后加入李大钊等组织的少年中国学会，开始发表诗歌与评论，1921年又与郭沫若等组织创造社，倡导新文学。1922年回国后受聘于上海中华书局编辑所。1926年在上海与唐槐秋等创办南国电影剧社。次年秋，任上海艺术大学文学科主任、校长，并创作了话剧《苏州夜话》《名优之死》。到1928年，田汉又与徐悲鸿、欧阳予倩组建南国艺术学院，同年秋成立南国社，以狂飙精神推进新戏剧运动。1930年3月，田汉以发起人之一的身份，参加了中国左翼作家联盟成立大会，被选为七人执行委员会成员之一，接着参加了中国自由运动大同盟。1932年田汉加入中国共产党。1934年他创作话剧《回春之曲》及电影故事《风云儿女》（后经夏衍改编成电影台本），这部电影的主题歌就是田汉作词、聂耳作曲的《义勇军进行曲》。1937年"七七"事变后，田汉奔赴抗日前线，直接感受了中国军队抗战的英雄气概和气壮山河的民族精神，创作了五幕话剧《卢沟桥》，并举行劳军演出。8月他赴上海，参加文化界救亡工作。上海沦陷后，他回到长沙、武汉等地从事戏剧界抗日统一战线工作，是12月成立的中华全国戏剧抗敌协会的组织者之一。

1940年，田汉到重庆与欧阳予倩创办《戏剧春秋》，后又到桂林领导组建新中国剧社，京剧、湘剧和民间抗日演出团体。其时，他承受着沉重的工作负担和生活上的困苦。1943年9月25日，桂林《大公报》对田汉一家的生活情景有这样的记述：说来真有点黯然，田汉的笔尖挑不起一家人口的生活负担，近来连谈天的豪兴也失掉了。一家人吃饭，一点辣子，一碗酸汤……就是这样，他还要帮助那些生活有困难的剧团。有时竟无米下锅，家里人问他怎么办，他总是泰然地回答慢慢来。因此，"慢慢来"在当时戏剧界传为热词。

田汉就是这样的人，他对信仰的坚守一往无前。"慢慢来"的田汉，其实心中有一片大海、万座高山。而他与生俱来的大大咧咧性格和坚韧骨气，也决定了他的创作在思想上的雷鸣闪电及艺术上的绚烂华彩。我从一些资料的阅读中知道，田汉早期的创作主要在于张扬个性，彰显五四运动中思想解放个性解放的精神，无情地揭露了当时社会以及传统势力剥夺人的自由与幸福的罪行，着力表现人们面对黑暗现实所产生的苦闷、思索，以及对光明的热烈追求；而到了三十年代，田汉已经完全接受了马列主义，他的立场逐渐转向贫苦工农一边，尤其是抗战爆发以后，田汉热烈响应时代召唤，创作了一批宣传抗战的戏剧，表现中华民族伟大的抗日爱国精神，鼓励人们奔赴前线为国家民族流血斗争。曹禺曾动情地说："田汉的一生，就是一部中国话剧发展史。他对中国话剧的主要贡献表现在：第一，他是中国话剧运动的卓越组织者和领导者；第二，他在中国话剧历史上，是一位具有开拓性的剧作家和中国话剧诗化现实主义艺术传统的缔造者。"人们更不会忘记，新中国成立前夕，在第一次全国政治协商会议上，《义勇军进行曲》被定为中华人民共和国国歌，而且继续沿用原词原曲，一字不易。

从故居出来，在与老乡的交谈中我得知，1956年5月的一天，田汉回到长沙，然后步行二十多里走回田家塅。这是新中国成立后田汉唯一的一次返乡之行。一路上他边走边问地名、山名、河名、树名，还有小时候伙伴的名字。他在深情回忆童年的足印与乡情、乡音、乡俗。闻讯而来的田十一公（田汉的堂兄弟）紧紧握住田汉的手，许久无言，田汉亦凄然。历经了生活磨难和命运颠簸的游子回到故乡看到亲人，那心中的感念，怎能一言两语可以言说。田十一公领田汉来到了田家大屋旧址前。由于1954年被洪水冲毁，老屋只留下断墙地基的旧痕。面对这一片苍凉和岁月的扬尘，田汉不禁泪湿衣襟，拄着拐杖的手也在微微颤抖。他沉默片刻，又朝前走去。他要去李公庙再次看看小时候念过的戏台上的那副对联——不大地方可家可国可天下，寻常人物能文能武能鬼神。这也许可以算是田汉心中的一缕乡愁吧，它串起了一个潇湘赤子对梦想与信仰的深深忆恋。

　　故乡不老，山水常青。田汉仍在祖国大地行走。国歌依然在故乡回响。

永远的丰碑

杨海蒂

作为生长于江西这片红色土地的女儿,方志敏是永远屹立于我心中的一座丰碑。

少年时在课本中学过《可爱的中国》,"假如我还能生存,那我生存一天就要为中国呼喊一天;假如我不能生存——死了,我流血的地方,或者我瘗骨的地方,或许会长出一朵可爱的花来,这朵花你们就看作是我的精诚的寄托吧!"多么赤诚的心灵,多么崇高的品格,我为方志敏"是我们江西人"感到骄傲。

方志敏心中"可爱的花",就是杜鹃。在江西,杜鹃花还有一个美丽动听的名称:映山红。

我曾三上南昌城郊的梅岭,无限崇敬地瞻仰庄严肃穆的方志敏烈士墓。墓碑正中镌刻着毛泽东题词"方志敏烈士之墓"。毛泽东曾说:"方志敏同志是有勇气、有志气而且是很有才华的共产党员,他死得伟大,我很怀念他。"

而真正了解到方志敏的"有勇气、有志气而且是很有才华",是在今年清明时节,在我走进横峰后。

位于赣东北、地处闽浙皖赣四省要冲的江西横峰县,是著名革命老区。在那如火如荼的岁月里,方志敏在此叱咤风云,率领民众以两条半枪起家,发动弋(阳)横(峰)暴动,领导建立江西红军独立第一团、中国工农红军第十军,创建全国六大革命根据地之一的闽浙皖赣革命根据地。当年,横峰六万人口就有两万儿女参军参战，有名有姓的烈士逾六千，几乎家家户户都有为国捐躯的革命先烈，横峰为中国革命的胜利作出了重大牺牲和突出贡献。闽浙皖赣革命根据地，被毛泽东誉为"方志敏式的根据地""我们光荣的模范苏区"。而今，保存完好的闽浙皖赣革命根据地红色旧址群被列为"全国爱国主义教育基地"，系国家级重点文物保护单位。

与毛泽东、彭湃一道被公认为"农民大王"的方志敏，也是饱读诗书之士。

十六岁时，他挥就自况自勉自励的对联："心有三爱奇书骏马佳山水，园栽四物青松翠竹洁梅兰"，后来他分别以松、竹、梅、兰为四个儿女取名，其心志高远、心性高洁可窥一斑。

青年时期他求学上海，担任过《民国日报》校对；他写作的白话小说《谋事》在《觉悟》副刊发表，与鲁迅、郁达夫、叶圣陶等著名作家的作品一起入选上海小说研究所编印的《小说年鉴》。在上海，他结识了陈独秀、瞿秋白、恽代英、向警予等著名中共领导人，加入了中国共产党。回到江西后他创办"文化书社"，创建"马克思学说研究会"，出版《青年声》周报和《寸铁》旬刊。身为党政军领导人的他，还曾亲自编写话剧《年关斗争》并登台演出。

出众的文学艺术才华，加上理想主义精神、浪漫主义气质，使他气度超群卓尔不凡。他三十来岁就担任国民政府江西省委委员兼农业部部长，正可谓青年才俊"前途无量"。然而，为了信仰——共产主义信仰，他毅然决然踏上"革命"这条九死一生的道路。

横峰县葛源镇，峰峦交织地势险要，自古为兵家必争之地，方志敏在此把马克思主义与赣东北实际相结合，创建了中国共产党最早的苏维埃政权，创造出一整套建党、建军和建立红色政权的经验：率领起义农军开展游击战争，提炼出"出其不意、攻其不备、声东击西、避实就虚"的十六字战略要诀；首创地雷战，把人民战争提高到新水平；建立拥有"铁的纪律"的红十军，一年内连续打退国民党军多次"进剿"。

在葛源——当年赣东北革命根据地的心脏,方志敏亲手缔造出一个红色天地:创建我军第一座军校、第一所医院、第一支军乐队,首创我党第一家银行、苏区股份制、对外开放的边贸政策、第一座公园(列宁公园),还创办了一批学校和文化、教育、卫生单位。

天纵英才,他在政治、经济、军事、管理、文学、艺术上都有那么高的天分;岁月流逝,斗转星移,而他创造的那些传奇,永远不会失去光辉。

沿着崎岖蜿蜒的山路,我来到横峰葛源,踏着革命先驱的足迹,走进闽浙皖赣革命根据地旧址群——闽浙皖赣苏维埃政府旧址、中共闽浙皖赣省委机关旧址、闽浙皖赣省军区司令部旧址、红军操场司令台遗址的综合体——也就是方志敏的理想王国红色王国。

方志敏故居前,有一棵他亲手种下的芭蕉树,神奇的是,八十多年来,这棵芭蕉树年年春天发新绿。我轻轻地抚摸着它,想象着当年他在树旁是怎样的英姿勃发、笑如朗月,心底一阵阵发痛。在列宁公园,他也兴致勃勃地亲手植下了一株梭柁树,传说那正是月亮里吴刚永远砍不倒的桂花树。他是那么地热爱生活,那么地富有生活情趣。他住着一间阴暗简陋的屋子,所有家当就是一张挂着土蚊帐的老式架子硬板床、一张破旧办公桌和一把破损木椅,与赣地普通农夫住处无异,只有墙壁上糊着的因年代久远字迹已模糊的《红色东北》报和英文报纸,提示着房间主人的非同寻常。他曾在美国人创办的教会学校念书,能直接无碍阅读英文报刊。

1934年,为宣传中国共产党的抗日主张,推动全民族抗日救亡运动,策应中央主力红军战略大转移,病痛在身的方志敏临危受命,出任中国工农红军北上抗日先遣队总司令,去开辟新苏区并迫使国民党变更战略部署。这是"小马拉大车"的极其困难的军事行动,但方志敏誓言"党要我们做什么事,虽死不辞"。历时半年多、行程五千余里、在冰天雪地里浴血奋战二十多天后,他的队伍弹尽粮绝。本来已经突围的他,认为"在责任上我不能先走",非要亲自接应后续部队,仅仅率领着十几名警卫人员,又返回敌军的重重包围圈。

这个至情至性的硬汉子，这个舍生取义的大丈夫，不幸被俘。国民党士兵从他身上只搜到一只怀表和一支钢笔。敌人怎么也不肯相信，这个闽浙皖赣苏维埃政府主席兼财政部长，全部财产只有两套旧褂裤和几双线袜。

他被押解到南昌，当时一家美国报纸记者描述了在国民党驻赣"绥靖公署"举办的"庆祝生擒方志敏大会"上见到的情景："带了脚镣手铐而站立在铁甲车上之方志敏，其态度之激昂，使观众表示无限敬仰。周围是由大会兵马森严戒备着。观众看见方志敏后，谁也不发一言，大家默然无声。即使蒋介石参谋部之军官亦莫不如此。观众之静默，适足证明观众对此气魄昂然之囚犯，表示无限之尊敬及同情。"

撼山易，撼英雄难。在狱中，方志敏严词拒绝敌人高官厚禄的诱惑，宁死不屈。他声明："我愿牺牲一切，贡献于苏维埃和革命。"他英勇就义，年仅三十六岁。很多人目睹了他就义前的情形：举止汪洋，巍然刚毅，视死如归。

他已经杀身成仁，他的确功德卓著，他堪称道德完美。在生命的最后日子里，他克服种种难以想象的困难，写下十几万字重要文稿和信件。在《在狱致全体同志书》和《我从事革命斗争的略述》这两篇遗墨中，他在深切怀念战友的同时，不断反省自己的过失，主动承担战争失利的责任，不时沉痛严苛自责。

峻拔如孤峰绝壁，明净如高山积雪，高远如长空彩虹，坚润如金石蕙兰。这就是方志敏。

而他的不朽之作《清贫》，我每读一遍都会为之动容："我从事革命斗争，已经十余年了。在这长期的奋斗中，我一向是过着朴素的生活，从没有奢侈过。""清贫，洁白朴素的生活，正是我们革命者能够战胜许多困难的地方！"

《清贫》，是中华民族难以磨灭的文化记忆；清贫精神，是中国共产党的理想信念，是中国革命精神的重要组成部分。英雄虽逝，浩气长存，功勋不朽，精神永在，光耀千秋。

暮春四月,葛源杜鹃花开,漫山遍野,撼人心魄。我来到方志敏烈士纪念馆,为这个赤诚忠勇的先烈、清贫自守的领袖、灵魂圣洁的英雄、雄才大略的伟人、人格伟岸的革命家,以及所有牺牲在这片红色土地上的革命烈士,敬献花圈。大山静默,林风轻拂;我深深鞠躬,泪洒衣襟。